Dat meen je niet!

Eerder verscheen van dezelfde auteur:

Loslippig

Marie-Cecile Beniers

DAT MEEN JE NIET!

the house of books

Dit is een werk van fictie. Namen, personages en gebeurtenissen zijn een product van de verbeelding van de auteur of zijn gebruikt in een fictionele omgeving. Elke overeenkomst met werkelijk bestaande gebeurtenissen of personen berust op toeval.

Copyright © 2013 by Marie-Cecile Beniers
Een uitgave van The House of Books, Vianen/Antwerpen

Omslagontwerp
marliesvisser.nl
Omslagfoto
Getty Images
Foto auteur
© Laura Zwaneveld
Opmaak binnenwerk
ZetSpiegel, Best

ISBN 978 90 443 3839 3
ISBN 978 90 443 3840 9 (e-book)
D/2013/8899/32
NUR 340

Voor Eelco, Zilver en Storm

I

'Suus, word eens wakker. Je moet even meekomen.' Milo fluistert in mijn oor.

'Hm?' Langzaam doe ik mijn ogen open. Milo's gezicht is vlak bij het mijne. In het donker kan ik nog net zien dat hij glimlacht. 'Wat is er? Hoe laat is het eigenlijk?' Ik pak mijn mobieltje: 5.14 uur. Argh.

'Wat is er aan de hand?'

'Kom nou maar gewoon,' fluistert Milo. 'Maar je moet beloven stil te zijn.' Hij pakt mijn hand en leidt me door het huis mee naar buiten. Eenmaal buiten leidt hij me over het donkere pad naar het strand. Milo's zaklantaarn is het enige licht, verder is het pikkedonker. Als we op het strand staan word ik overdonderd door wat ik zie: de vollemaan schijnt als een felle lamp op de zee en het zand. En ik geloof niet dat ik, in de drie maanden dat ik hier in Costa Rica ben, ooit zoveel sterren bij elkaar heb gezien. Ik zie de Grote Beer en volgens mij wel twee sterrenbeelden waarvan ik even de naam niet weet. En een wittig waas dat de Melkweg is. Ondanks de klamme warmte voel ik het kippenvel op mijn armen.

'Wauw,' fluister ik, terwijl ik met open mond naar de hemel gaap.

Milo grinnikt kort en pakt mijn hand weer. 'Kom,' zegt hij zachtjes en hij trekt me voorzichtig mee. Een beetje verbaasd omdat dit blijkbaar de verrassing niet is, laat ik me meetronen. We lopen verder over het strand. Dan valt het kwartje.

'Schildpadjes! Zijn de eieren uitgekomen?' Vragend kijk ik naar Milo, die grijnzend knikt. Snel loop ik naar het houten hokje waarin het nest ligt, open het deurtje en dan zie ik het: de schildpadjes zijn bezig uit de eitjes te kruipen. Een stuk of vijftien zijn er al helemaal uit, andere piepen voorzichtig door een gaatje naar buiten, de rest van de eieren is nog zonder barst of scheur. 'Wat bizar, toen we gisteravond gingen kijken was er nog helemaal niets aan de hand.' Milo haalt zijn schouders op en knielt neer. Het schijnsel van de zaklamp probeert hij zo min mogelijk direct op het nest te richten.

'Gefeliciteerd, mama,' lacht Milo en hij geeft me een kus.

'Jij ook gefeliciteerd, papa,' antwoord ik. We lachen en ik ga naast Milo zitten om het nest eens goed te bekijken. Ongeveer een maand geleden ontdekten we de eieren. Het nest lag op een gevaarlijk druk stuk strand: de eieren zouden zo door dieren of mensen kunnen worden meegenomen. Schildpadden komen alleen aan land om eieren te leggen en gaan daarna weer terug naar de zee. De eieren laten ze onbeheerd achter. Op aanraden van een goede vriend besloten we alle eieren, 109 in totaal, mee te nemen. Fanatiek timmerde Milo binnen een dag een compleet hok. Verbaasd en ontroerd keek ik toe. Ik zag ineens een zorgzame kant van Milo die ik nog niet eerder had gezien. Milo blijkt een grote, stoere vent met een klein hartje dat sneller klopt voor onschuldige babyschildpadjes. De eerste twee dagen keek hij niet eens naar zijn surfplank. Een unicum. Voorzichtig begroeven we de eieren weer op een rustig stuk strand, vlak bij Milo's huis. Het hok plaatsten we er zorgvuldig overheen. Het werd echt ons project: elke dag namen we wel even een kijkje om te zien of ze er allemaal nog lagen en of er al iets was gebeurd. En nu is het dus zover: de eitjes komen uit. 'Cool, hè?' zegt Milo trots. Ik kijk hem aan. Hij is echt ontroerd door de babyschildpadjes. Vooruit, ik geef toe, ze zien er ook wel heel doddig uit.

'Eigenlijk zouden we ze namen moeten geven,' zegt Milo. 'Maar dat is een beetje onbegonnen werk.'

Ik haal mijn schouders op. 'Dan nemen we één naam en dan van 1 tot en met 109. Wat wordt het, Beppie of Berta?'

'Nee, het moet wel een beetje passen,' antwoordt Milo serieus. Hij denkt even na en zegt dan: 'Vida. We moeten ze Vida noemen. Want daar draait het toch om? Om het leven. En daarvan genieten.' Ik had wel door dat Milo de afgelopen weken heel begaan was met het lot van onze schildpadjes, maar nu ze eenmaal zijn uitgekomen lijkt mijn vriend getransformeerd in een soort jonge Steve Irwin.

'Je weet wel dat we ze niet kunnen houden, hè? Over een paar dagen moeten we ze vrijlaten in de zee.'

'Natuurlijk weet ik dat. Maar dit is toch uniek! Als wij ze niet van dat drukke strand hadden gehaald, hadden ze het nooit gered. En moet je nu eens zien!' Vertederd kijkt Milo weer naar het nest.

'Ik wil niet heel lullig doen, maar als ze eenmaal in zee zijn begint voor hen de strijd pas echt. Slechts een op de honderd overleeft het eerste jaar. Het gaat er ruig aan toe daar.'

'Jaahaa, Suus, verpest dit moment nu niet, wil je?'

Ik schud mijn hoofd en moet een beetje gniffelen. 'Zullen we teruggaan? Ik ben moe.' Het is duidelijk dat Milo nog veel langer bij zijn baby's had willen blijven, maar toch loopt hij met me mee naar het huisje.

Als we eenmaal weer in bed liggen vraag ik me ineens af wat Milo 's nachts bij dat hok deed. 'Waarom was je eigenlijk bij het nest?' vraag ik hem. 'Je bent toch niet elke nacht opgestaan om het nest te controleren?'

'Nee. Ik was wakker geworden door mijn telefoon. Er kwam een sms'je binnen. Toen ik daarna niet meer in slaap kon komen, ben ik even naar het hok gewandeld.'

'O. En wie sms'te jou dan midden in de nacht?' Want hier worden we zelden gebeld of ge-sms't, tenzij het echt belangrijk is.

'Een berichtje van Jurre Timmer. Niets belangrijks.'

Meteen zit ik rechtop in bed. 'Niet belangrijk? Hoe kan een berichtje van je manager nou niet van belang zijn? Hij heeft je al die maanden niet één keer ge-sms't, dus als hij je nu ineens een bericht stuurt, zal het heus wel belangrijk zijn.'

Milo blijft stil, doet alsof hij wil slapen.

'Doe nou niet zo onverschillig. Wat stond er in dat sms'je?' Omdat Milo nog steeds de schone slaapster speelt, maak ik aanstalten om uit bed te kruipen. 'Prima, dan check ik het berichtje zelf wel.'

Als door een wesp gestoken komt Milo overeind. 'Hij schreef dat ik auditie kan doen voor een nieuwe rol.'

'Een nieuwe rol? Waarin? Waarvoor?'

'Kunnen we het daar alsjeblieft morgen over hebben? Ik wil nu echt pitten.'

'Ja, doei! Jij bent degene die me midden in de nacht wakker maakt!'

'Om die schildpadjes te bekijken, niet om doorgezaagd te worden over een eventuele nieuwe rol.'

'Stel je niet aan. Kun je dan op zijn minst een tipje van de sluier oplichten?'

'Vooruit dan, mevrouw de onderzoeksjournalist. Een tipje… *Donkersloot*.'

'Wát!?' Ik veer op. '*Donkersloot*? Je bedoelt zo'n beetje de best bekeken kwaliteitsserie van het afgelopen seizoen? Díe *Donkersloot*?'

'Ja.'

'Halleluja! Dat is echt groot nieuws! Hoe kun je hier zo koel over zijn?'

'Joh, ik heb die rol nog niet en waarschijnlijk hebben ze half achterend Nederland gevraagd auditie te doen.'

'Dan vraag je Jurre toch hoe dat zit. Waarom heb je hem überhaupt nog niet gebeld?'

Milo blaast lucht uit. 'Omdat het nu midden in de nacht is en…'

'In Nederland niet! Je moet hem bellen, hoor.'

'Suus, schatje, ik ga hem heus wel bellen. Maar niet nu. Nu wil ik gewoon pitten.'

'Ongelooflijk. Als ik de vraag krijg of ik op gesprek wil komen bij *Vogue* hang ik gelijk aan de telefoon. Wat zeg ik? Ik stap meteen in het vliegtuig! Maar nee, jij wil slapen. Goed, je moet het zelf weten.'

Teleurgesteld laat ik mijn hoofd op het kussen vallen. Terwijl ik aan Milo's vertraagde ademhaling hoor dat hij al snel slaapt, lig ik opgewonden in het donker te denken. *Donkersloot*. Het afgelopen tv-seizoen was deze serie voor het eerst op televisie en het was meteen een dikke hit. Ik volgde de serie over de rijke familie Donkersloot ook en was helemaal verslaafd. Het verhaal is spannend, zit slim in elkaar, de dialogen grijpen je soms echt bij de keel. Zelfs het decor is on-Nederlands goed. En de acteurs... ze spelen stuk voor stuk zo echt, zo geloofwaardig. Er zitten zoveel grote namen in. Als Milo een rol in deze serie krijgt zou dat een enorme stap vooruit zijn in zijn carrière. Van soapie in *Geen Weg Terug* naar het echte werk. Ik heb in die drie maanden dat we hier zijn geen enkel sms'je gestuurd, maar dit is nu zo'n moment waarop ik mijn vrienden dolgraag een berichtje zou willen sturen met de boodschap: Milo mag auditie doen voor Donkersloot!!

Wanneer ik de volgende ochtend wakker word zie ik dat Milo niet meer naast me ligt. Niets bijzonders, hij staat bijna elke dag eerder op om de beste golven te kunnen pakken. Maar als ik de veranda oploop zie ik zijn surfplank nog liggen. Is hij alweer bij de schildpadden? Ik schiet mijn slippers aan en wandel naar het strand. Ja hoor, daar zit hij. Zijn brede, gespierde lijf gebogen over het hok. In zijn hand wat kleine krabbetjes.

'Goedemorgen,' zeg ik.

'Hé schatje,' zegt Milo opgewekt. 'Er zijn er weer een heleboel uitgekomen.'

'Goed, zeg. Misschien moeten we een klein feestje houden als we ze loslaten in zee.'

'Topidee! Ik heb Julio net gebeld, je weet wel, van dat Turtle Centre, en hij adviseerde om ze vrij te laten nadat ze allemaal zijn uitgekomen.'

Ik knik. Ik kuch even en zeg dan: 'En Jurre, heb je die ook gebeld?'

'Daar ben ik nog niet aan toegekomen.'

'Hoezo niet? Je hebt wel Julio gebeld, dan had je Jurre toch ook even kunnen bellen. Ik ga ervan uit dat hij wil dat je zo snel mogelijk terugbelt.'

'Ik heb er gewoon niet aan gedacht.'

'Je was het vergeten? Milo, dit meen je niet.'

'Goed, ik bel straks wel.'

'Het is in Nederland acht uur later, als jij Jurre vanmiddag pas belt is hij allang weg.'

'Echt niet. Hij neemt zijn mobieltje altijd op.' Milo kijkt me aan met zijn blauwe ogen die, nu hij zo gebruind is, nog feller lijken. 'Suus, ik bel echt wel, hoor.'

'Je kunt je afvragen hoe vaak je zo'n gouden kans krijgt, maar hé, het is jouw carrière.' Ik ga er niets meer over zeggen, maar toch baal ik ervan. Milo kan soms zo gruwelijk nonchalant doen. Andere acteurs zouden een moord doen voor een kans als deze. Maar Milo lijkt het niets te doen. Hij zou eens wat meer tegenslag moeten krijgen, denk ik bitter. Hoewel ik me afvraag of hij daar iets van leert. Milo windt zich niet zo snel over dingen op. Alleen als het om surfen gaat. En babyschildpadjes, natuurlijk.

Als ik de dag erop voor de verandering weer eens met een boek op het strand lig ploft Milo plotseling naast me neer. 'Drie keer raden wie zo goed als zeker een rol in *Donkersloot* heeft?'

Ik klap mijn boek dicht en kijk hem aan. Milo kijkt breed grijnzend terug. 'Dus je hebt Jurre gebeld? Vertel, wat zei hij?'

'Dat de castingagent en de regisseur mij heel graag willen hebben voor die rol. Dat hooguit twee andere acteurs auditie doen, maar dat is eigenlijk een formaliteit.'

'Echt? Dat is geweldig!' Ik val Milo om de hals en begin hem te kussen. 'Wat is het voor rol? Het is toch geen figurantenrol waarin je slechts één keer door het beeld mag lopen?'

Milo lacht. 'Jij krengetje. Nee, je had helemaal gelijk toen je zei dat dit een gouden kans is. Want geloof het of niet, jouw vriend heeft hoogstwaarschijnlijk de rol te pakken van Kas Donkersloot, de jongste zoon van Fred Donkersloot.'

'Die gebrouilleerd is met zijn vader en daarom in Australië woont? Komt die dan terug? Wat gaaf!'

'Ja, eh… dat weet ik ook allemaal niet, hoor.'

Ik rol met mijn ogen. Heeft Milo *Donkersloot* niet eens gevolgd? 'Milo… dat meen je niet. Heb jij geen enkele aflevering gezien van de serie waarin je misschien gaat spelen?'

'Ik kon toen toch niet weten dat ik daarvoor zou worden gevraagd?'

'Oké, daar zit wat in. Dan kijken we de serie wel op dvd als we eenmaal thuis zijn.'

'Dat is nog wel een puntje...' Milo schraapt zijn keel. 'Ze willen dat ik maandag auditie doe.'

'Maandag? Als in: aanstaande maandag? Maar dat is... al over zes dagen!'

'Ik weet het. Dat is zwaar klote. Maar wat zei jij ook alweer: "Ik zou meteen in het vliegtuig stappen als ik zo'n kans zou krijgen?"'

Ik ook altijd met mijn grote mond. Maar het is waar: dit is een enorme kans, het kan Milo's doorbraak betekenen, daar is zelfs hij zich van bewust. Maar om dit hier, ons zorgeloze en romantische leven in Milo's huis in Costa Rica, zo snel te moeten verlaten, dat voelt knap waardeloos. Vaarwel zon, zee, zand. Hallo werk, regeltjes, paparazzi. Milo en ik zullen vast weer fotografen achter ons aan krijgen. En mijn oud-collega's van *Scoop* zullen ongetwijfeld hun best doen om valse stukjes over mij en mijn relatie met Milo te schrijven. Ik moet me focussen op de positieve dingen. Er wacht me zelfs al een klus als ik terug ben. Met SHE, de weekendbijlage van *Het Nieuwsblad*, heb ik de afspraak dat ik voor hen als freelancer aan de slag kan. Maar dat voelt op dit moment als een schrale troost.

Ineens dringt tot me door wat er allemaal moet worden geregeld. 'We moeten tickets boeken. En ik moet zorgen dat die onderhuurder zo snel mogelijk uit mijn appartement vertrekt. Ik zal Joy moeten bellen om te kijken wanneer haar collega uit mijn huisje kan,' zeg ik stuiterend van de adrenaline op mijn badlakentje.

'Rustig, Suus, relax. Ik regel die vliegtickets wel en wat betreft je huis: je kunt altijd bij mij logeren. Geen probleem. Laten we alsjeblieft nog genieten van de tijd die we hier hebben,' probeert Milo me gerust te stellen. Dat lukt maar ten dele. Ongelooflijk. Tien minuten geleden lag ik nog heerlijk relaxed op het strand en nu voel ik de stress door mijn lijf schieten. Bah.

Die middag nog tik ik in een internetcafeetje een mail naar mijn vriendin Joy om te zeggen dat ik naar huis kom en of zij haar collega, die al die tijd in mijn huis heeft gewoond, hiervan op de hoogte wil stellen. Tot mijn grote verrassing krijg ik meteen een mailtje terug en voor ik het weet zitten we druk te chatten. Een uur lang kletsen we over van alles en nog wat, zoals we eigenlijk altijd doen. Als ik uitlog is mijn humeur 180 graden omgeslagen: misschien is het helemaal niet zo verkeerd om weer terug naar Nederland te gaan. Ik realiseer me dat ik Joy en ook Flint en Romijn toch best mis. Het lijkt me heerlijk om met mijn drie beste vrienden weer ongegeneerd lang te kletsen in ons stamcafé.

Milo heeft de terugvlucht inmiddels geboekt. Over twee dagen vliegen we weer naar Nederland. We moeten nu dus echt alles klaarmaken voor vertrek. Onze rugzakken pakken, Milo's huisje opruimen en schoonmaken en afscheid nemen van de vrienden die ik hier heb gemaakt.

Op de dag van ons vertrek hebben Milo en ik afgesproken met een groep vrienden op het strand vlak bij Milo's huis. Het is vier uur in de middag en iedereen is gezellig aan het kletsen. Pilar, de eigenaresse van een hostel hier in de buurt, heeft voor drank gezorgd. Wie wil kan een drankje uit een koelbox pakken. Terwijl ik met twee vrienden sta te praten, kijkt Milo me vanaf een afstandje aan en geeft me een knipoog. Ik knik om te laten zien dat ik begrijp wat hij bedoelt. Hierop loopt hij met twee anderen weg. Intussen klets ik gezellig verder.

'Mag ik jullie aandacht?' klinkt Milo's stem tien minuten later. Hij is de groep genaderd. Milo en de andere twee dragen grote emmers. Voorzichtig laten ze de emmers op het zand zakken. Sommigen proberen te zien wat erin zit. Anderen slaken een zucht van vertedering als ze de inhoud van de emmers zien.

'Lieve vrienden, fijn dat jullie er zijn,' zegt Milo plechtig terwijl hij me zachtjes naast zich trekt. Liefdevol slaat hij een arm om me heen. 'Vanavond vliegen Suus en ik weer terug naar Nederland en we kunnen nu al zeggen dat we dit best zwaar vinden.' Ik knik instemmend en trek mijn mondhoeken naar beneden. 'Dat ik hier een paar jaar geleden een huisje heb gekocht was de beste beslissing ooit. Hier heb ik altijd de beste tijd. Surfen met mijn maten, biertjes drinken bij Pilar en Antonio... en dit jaar met mijn bloedmooie vriendin erbij.' Milo geeft me een zoen.

'Dit was werkelijk de mooiste zomer van mijn leven,' val ik hem bij. 'Ik heb zoveel gelachen, het is hier zo mooi, zo relaxed. Ik begrijp helemaal waarom Milo verliefd is op deze plek. En ik heb zulke lieve vrienden gemaakt, dat ik zeker terugkom. Met of zonder Milo.' Iedereen begint te lachen. Pilar heft haar flesje bier en geeft me een luchtkusje. Ik glimlach naar haar.

Milo neemt weer het woord. 'Suus maakte deze zomer speciaal. Maar er was nog iets wat het heel bijzonder maakte. Deze jongens hier.' En hij knikt naar de emmers. Ik zie de kleine schildpadjes krioelen.

Iemand zegt: 'Ga je nu laten zien hoe je schildpaddensoep maakt?' We lachen. Milo ook.

Dan gaat hij verder met zijn betoog: 'Sorry, jongens, maar ik ben even serieus. Het vinden van de schildpadeieren, ze veiligstellen en erbij zijn toen ze uitkwamen, ik vond dat echt uniek. Ik denk dat sommigen van jullie dat ook wel hebben gemerkt. Er waren momenten dat ik geen zin had om te surfen.' Iemand roept 'boe'. Milo lacht en gooit zijn handen in de lucht. 'Sorry, sorry! Het spijt me echt. Maar zonder al te sentimenteel te doen, het is een feit dat deze schildpadden worden bedreigd. En dat is doodzonde, want het is belangrijk dat de unieke natuur hier behouden blijft. Eigenlijk ben ik wel een beetje trots dat ik hieraan een kleine bijdrage heb mogen leveren. Het heeft me ook aan het denken gezet. En ik heb me iets voorgenomen. Mocht in Nederland mijn leven in de soep lopen, vooruit, in de schildpaddensoep, dan kom ik terug en ga ik hier een schildpaddenproject opzetten.'

'Geen surfschool?' roept een vriendin.

'Nee,' lacht Milo. 'Die surfers redden zich wel. De schildpadden daarentegen...' Iedereen lacht mee en de meesten applaudisseren om het nobele voornemen van Milo. Ik ben vooral verrast. Mijn vriend kan ineens met een plan op de proppen komen zonder mij daarin te betrekken. Dat deed hij voor de zomer ook al, toen hij had besloten om uit *Geen Weg Terug* te stappen.

'Voor Suus en mij is het zo tijd om te gaan. Net als voor deze jongens. Ik stel voor dat iedereen een paar schildpadjes uit de emmers pakt en ze voorzichtig bij de kustlijn vrijlaat.' Iedereen begint weer te klappen, sommigen joelen. Ze vinden het een leuk idee.

Ook ik pak voorzichtig een babyschildpadje uit een emmer en leg het in de palm van mijn hand. Hij past er net in. Ik loop naar de branding en kniel neer. Zachtjes pak ik het schildpadje en zet het neer op het zand. Ontroerd kijk ik toe hoe hij langzaam en een beetje onhandig naar de zee loopt om uiteindelijk mee te worden genomen door de golven. Ik voel het kippenvel op mijn armen. 'Daar ga je, Vida 92. Veel geluk, het ga je goed,' fluister ik in mezelf.

De zon begint onder te gaan als we afscheid moeten nemen van onze vrienden. We kussen, omhelzen, knuffelen en beloven contact te houden. 'Snel terugkomen, hoor!' is de meest gehoorde kreet. En telkens knik ik ja. Ik doe niets liever.

'Kom, we moeten nu echt vertrekken,' zegt Antonio. Hij brengt ons naar het vliegveld van Golfito. Vandaar vliegen we naar San José en dan rechtstreeks naar Nederland.

Als we in de auto zitten moet ik het Milo vragen. 'Meende je nou wat je zei, vanmiddag op het strand?'

'Wat precies? Ik heb zoveel geluld vandaag.'

Ik schud mijn hoofd. 'Over dat schildpaddenproject natuurlijk. Als het in Nederland niet lukt met je werk, dat je dan naar Costa Rica gaat om een project voor schildpadden op te zetten. Meende je dat?'

Milo kijkt me aan. 'Natuurlijk meende ik dat. Denk je dat ik maar wat zat te kletsen?'

'Zo bedoel ik het natuurlijk niet. Maar het is nogal wat. Verhuizen naar een ander land... je inzetten voor dieren.'

'Ik vind het een prachtig back-upplan. Ik kan met vrijwilligers werken. Dat doet Julio in het Turtle Centre ook. Vrijwilligers betalen hem zelfs een vergoeding om te komen helpen, tegen kost en inwoning. Dat zou ik ook kunnen doen. We zouden dan in het hostel van Pilar en Antonio kunnen slapen. Ik heb dat al met hen besproken en zij vinden het een heel goed idee. En ik hou nog genoeg tijd over om te surfen.'

'Ik ben onder de indruk. Je hebt er goed over nagedacht.'

'Suus, schatje, dat heb ik ook. Het lijkt misschien impulsief, maar dit zou echt kunnen werken.' Eigenlijk zou ik daar niet eens aan moeten twijfelen. Milo lukt immers altijd alles. Hij is echt een zondagskind, alles komt hem aanwaaien.

Op het vliegveld omhelzen we Antonio nog een laatste keer.

'Een goede reis en heel, heel veel geluk samen,' zegt hij. We beloven dat we zullen mailen en dan rijdt Antonio weg. Milo en ik pakken elkaars hand en lopen samen de hal van het vliegveld binnen. Het zit erop.

'Dus dit was het dan,' zeg ik als we op Schiphol onze rugzakken van de lopende band hebben gepakt.

'Wat doe je dramatisch?' lacht Milo. 'Je doet net alsof we elkaar nooit meer zullen zien.' Hij pakt mijn vestje vast en trekt me naar zich toe. Ik zie nog net hoe achter hem twee pubermeisjes elkaar aanstoten en giechelend naar hem wijzen.

'Mogen we een handtekening?' vragen ze even later nerveus. Ik kijk toe hoe Milo zijn handtekening op twee papiertjes krabbelt en even later met de meisjes op de foto gaat. Ja, we zijn duidelijk terug in Nederland.

Als we de schuifdeuren doorlopen zien we allebei tegelijk het gezicht van Derek Lester: Milo's allerbeste vriend. Samen met Derek heeft Milo een paar jaar geleden het huis en het stuk land in Costa Rica gekocht. Derek is het stereotype 'snelle jongen' – denk: strak in het pak en goede baan bij een platenmaatschappij – en kan dus niet zo vaak en zo lang in Punta Banco verblijven als Milo. Deze zomer was hij toch ruim drie weken in het huis. We hebben ontzettend gelachen met z'n drieën, vooral om de seksuele escapades van Derek. De beste man is een schat, maar vooral een eersteklas womanizer en ook in Costa Rica zat (of lag) meneer niet stil.

'En het mooiste koppel van Nederland is geland,' grijnst Derek. 'Hoe was de vlucht? Geef die maar aan mij.' Hij pakt mijn zware rugzak over.

'Fijn dat je ons wilde ophalen,' zegt Milo.

'Geen enkele moeite, dat weet je toch.'

2

'Daar hebben we onze reizende fashionista!' Flint, Joy en Romijn staan meteen op van hun stoel als ik het café kom binnenlopen. Een voor een geven ze me een stevige omhelzing.

'Jezus, Suus, je lijkt de dochter van Rachel Hazes wel. Je bent gewoon eng bruin,' gruwt Flint.

'Joh, je bent gewoon jaloers,' zegt Joy, die intussen een serveerster probeert te wenken.

'Jaloers, *moi*? Weet je wel hoe slecht de zon is voor je huid? Kijk maar naar dat leren vel van Rachel.'

'Wil je me beloven dat je nooit meer zo lang wegblijft?' zegt Romijn als we allemaal zitten.

'Sorry, dat kan ik niet beloven,' lach ik. 'Daarvoor is Costa Rica echt te relaxed. Ik had er nog veel langer willen blijven.'

'Nog langer?' roept Joy uit.

'Echt wel! Het stukje land van Milo en Derek daar is prachtig. Je wandelt vanuit de jungle zo het strand op. En hun huisje is perfect. Geloof me, het was gewoon een paradijs.'

'Ik zie het wel voor me, hoor: zon, zee, zand, cocktail in de hand en een jonge god om je schouders in te smeren,' zwijmelt Flint mee.

'En wat heb je nou al die maanden gedaan?' vraagt Joy.

Ik haal mijn schouders op. 'Geluierd, veel gelezen, een ontelbaar aantal pogingen gedaan om te surfen. En ik heb verschillende trekkings gemaakt door de jungle. Af en toe hielp ik Antonio en Pilar in hun hostel. En verder eigenlijk niet zoveel. Heerlijk als je helemaal niks hoeft!'

'Daar zou ik helemaal kriebelig van worden,' rilt Joy.

'*Me too*, al was het alleen maar vanwege die beesten daar.' Flint trekt een vies gezicht. 'En het gebrek aan *fashion moments*, uiteraard.'

'Dat was ook de belangrijkste reden om terug te komen,' glimlach ik. 'En jullie natuurlijk.'

'En hoe gaat het met Milo?' zegt Romijn.

'Heel goed! Op dit moment heeft hij zijn auditie. Maar volgens mij komt dat wel goed. En als hij die rol krijgt... Dat zou zo mooi zijn.'

'Ja, vertel, hij gaat dan Kas Donkersloot spelen? Die zoon die al die tijd in Australië woonde? Ik kan niet wachten hoe dat verdergaat,' vist Flint.

'Meer weet ik ook niet. Maar als Milo eenmaal de rol en het script heeft, wil ik tegen betaling best wat spoilers geven,' knipoog ik. 'En verder... tussen ons gaat het ook heel goed.' Prompt val ik stil. Ik zucht en begin te roeren in de koffie die inmiddels is geserveerd.

Joy trekt een wenkbrauw op en vraagt: 'Maar...?'

'Maar ik ben zo bang dat het vanaf nu bergafwaarts zal gaan.' Mijn vrienden kijken me vragend aan, verrast door de plotselinge omslag in mijn humeur. 'Costa Rica was perfect. We hadden geen problemen, niks. Onze grootste zorg was wat of waar we 's avonds zouden eten. Klaar. Straks vallen we allebei weer in een werkritme, zien we elkaar veel minder, geen paradijselijke witte stranden om ons heen en over *Scoop* en de andere roddelbladen zal ik het maar helemaal niet hebben.'

'Joh, dat zal wel loslopen.' Joy slaat een arm om me heen. 'Je moet je pas zorgen maken als er echt problemen zijn.'

'Je hebt gelijk. Maar dat vind ik soms verdomd lastig. Ik ben nou eenmaal heel goed in piekeren. Genoeg over mij. Ik wil weten hoe het met jullie gaat. Hoe zit het bijvoorbeeld met jou en de sexy buurman?' Ik kijk Romijn aan. Die kijkt moeilijk terug.

'Tja, goeie vraag. Dat zou ik ook wel eens willen weten. We zijn nog steeds niet uitgevochten,' verzucht ze. Ze haalt haar schouders op. 'Ik weet het niet. Fedde is echt supersexy en lekker en ik vind hem heel erg leuk. Maar dan gebeurt er weer iets of zeg ik of zegt hij iets verkeerds en voor ik het doorheb, hebben we weer knallende ruzie.'

'Om het daarna weer goed te maken tussen de lakens,' vult Flint aan.

'We kunnen niet met en niet zonder elkaar, zeg maar.'

Ik knipper met mijn ogen. Ik vind zo'n fatalistische relatie zó niet bij mijn vriendin passen. 'Wat lastig,' zeg ik neutraal omdat ik het sterke vermoeden heb dat Joy en Flint haar hierover al vaak hebben toegesproken. 'En hoe nu verder?'

'Als we dat wisten,' is Joy Romijn voor. 'Flint en ik hebben hier de hele zomer met Romijn over gepraat. Het is gewoon hopeloos.'

'Nou zeg,' reageert Romijn verontwaardigd. 'Sommige stellen maken in het begin gewoon veel ruzie. En daarna zijn ze klaar met de strijd, weten ze wat ze aan elkaar hebben en kunnen ze in harmonie verder.'

'Tuurlijk. Geloof je het zelf, mop?' Flint kijkt Romijn ongelovig aan.

'De beste stuurlui staan aan wal. Jij mag mijn relatie met Fedde dan misschien hopeloos noemen. Maar wanneer had jij voor het laatst een relatie?' bijt Romijn hem toe.

'Prrrr, niet zo fel, dametje,' grapt Flint. Maar ik zie aan zijn ogen dat hij Romijns opmerking verre van leuk vindt. Het is inderdaad al weer een hele tijd geleden dat Flint een vaste vriend had. Een jaar lang had hij onenightstands aan de lopende band, maar ook dat is een poos geleden. Zelf zegt Flint dat dit komt omdat hij het zo druk heeft met werk. Maar volgens mij komt hij gewoon niet de juiste man tegen. Flint zou echter nog liever doodgaan dan dit aan iemand toegeven.

'En jij? Ben jij al ten huwelijk gevraagd door Ole?' grap ik tegen Joy in een poging het gesprek weer luchtig te krijgen. God, ik lijk mijn moeder wel.

'Grapjas. Ole is wel om zich heen aan het kijken voor ander werk.'

'Toch niet buiten Amsterdam? Jullie mogen nooit verhuizen, hoor!'

'O, hou op!' lacht Joy. 'Ik ga helemaal nergens naartoe als het zo'n gat is. Tenzij O bakken met geld gaat verdienen. Dan stop ik zelf met werken en word ik een Gooische vrouw... De hele dag shoppen en rosé drinken. Is misschien best leuk.'

'Of Veluwsche vrouw, of Zeeuwsche vrouw...' gaat Flint door.

'Wanneer begin jij eigenlijk met je nieuwe werk?' vraagt Romijn opeens.

'Over twee weken. Ik heb met Cordelia, de redactiechef, afgesproken dat ik vier dagen in de week op de redactie ga werken. En die ene dag werk ik thuis aan mijn andere klussen. Als ik die heb...'

'Die andere opdrachten komen heus wel,' probeert Joy me gerust te stellen. 'Ik zal eens kijken of wij niet ergens een schrijfklus voor je hebben. Een brochuretekst of zo. Of wil je alleen journalistiek werk doen?'

'Nee, hoor. Eerlijk gezegd maakt het me op dit moment niet zoveel uit. Maar ik moet toch eerst nog wat dingen regelen. Mijn huis bijvoorbeeld. Die collega van jou, Curtis, is die erg druk of zo? Ik krijg hem maar niet te pakken om een afspraak te maken. En ik wil er zo snel mogelijk weer in.'

'Eh... geen idee, eerlijk gezegd. Curtis werkt op een heel andere afdeling dan ik en zo vaak zie ik hem niet. Toen jij liet weten dat je terug zou komen, heb ik hem dat de volgende dag meteen verteld. Dus hij weet dat hij eruit moet. Heeft hij nog niet gereageerd op jouw mailtje?'

'Nee. Het blijft helemaal stil aan de andere kant.'

'Dat kan hij niet maken. Ik loop morgen meteen naar zijn kamer en spreek hem erop aan. Ik zal zeggen dat hij je moet bellen en dat hij er zo snel mogelijk uit moet.'

'Dank je.'

'Weet je, ik bel hem gelijk even. Dit moet gewoon geregeld worden.' Kordaat pakt Joy haar mobieltje uit haar tas. Met zijn drieën kijken we toe. 'Voicemail,' moppert ze en ze rolt met haar ogen. '*Hi Curtis, this is Joy Waterman calling. My friend and I want to know when you are planning to leave her appartment. As I already told you, Suzanne is in Holland right now and wants to move in again. Could you please call her or me so we can make an arrangement? Thank you!*' Joy stopt haar mobieltje terug in haar tas. 'Zo. Nou hoop ik dat Curtis snel wat van zich laat horen, anders krijgt hij op kantoor de wind van voren van mij. Ik vind het geen stijl. Sorry, Suus, als ik had geweten dat dit zo zou lopen, dan had ik hem niet voorgesteld.'

'Daar kun jij toch niks aan doen.'

'Nee, maar ik ben wel degene die ervoor heeft gezorgd dat hij nu in je huis zit.'

'Het is oké. Voorlopig zit ik nog goed bij Milo. Bovendien ga ik donderdag naar mijn ouders in Frankrijk. Daar blijf ik dan ook een paar dagen.'

'Aha, *papa et maman*! Altijd *très* gezellig!' grinnikt Flint. Ik lach met hem mee.

'Zal ik eens iets vertellen… ik heb ze het hele jaar nog niet gezien. Dus het werd weer eens tijd. En als de berg niet tot Mohammed wil komen…'

'… dan moet Mohammed naar de berg gaan,' maakt Joy mijn zin af. 'Brave Mo.' En ze klopt vriendelijk op mijn schouder.

Als ik Milo's loft binnenstap is het tot mijn verrassing donker. De gordijnen zijn allemaal dichtgetrokken en alleen een zee van kaarsjes verlicht flauwtjes de grote ruimte. Ik ben amper bekomen van mijn verbazing als Milo met een grote grijns voor me staat. In zijn handen een grote fles champagne en twee glazen.

'Goedenavond, schatje. Mag ik me even voorstellen? Kas Donkersloot, de teruggekeerde zoon van de welgestelde vastgoedmagnaat over wie in januari de tweede serie van start gaat.'

Ik kijk Milo met grote ogen aan. 'Je hebt de rol? Echt? Dat is geweldig! Gefeliciteerd.' En ik sla mijn armen om zijn nek en kus hem.

Terwijl Milo de fles openmaakt begint hij te vertellen: 'De auditie ging top. De rol van Kas is me eigenlijk op het lijf geschreven. Tenminste, zo formuleerde de castingagent het. Volgens hem hadden de scriptschrijvers mij in hun hoofd toen ze Kas' personage ontwikkelden.'

De kurk schiet intussen met een flinke knal tegen het plafond. Snel schenkt Milo de glazen vol. 'Yeeha. Op Donkersloot!'

'Bizar dat je straks met zulke bekende acteurs mag spelen.'

'Pardon? Wat denk je dat jouw vriendje zelf is?' lacht Milo terwijl we samen op de bank ploffen.

'Straks sta je voor de camera met de grote Jean Metz!'

'Dat zit er dik in. Hij speelt mijn vader.'

'Vind je het niet eng?'

Milo haalt zijn schouders op. 'Misschien wel. Maar dat is voor mij alleen maar meer reden om het vooral wel te doen.'

'Je met open ogen in een ravijn laten vallen?'

'Precies!' Milo schenkt de glazen bij. 'De repetities beginnen trouwens overmorgen.'

'Zo, dat is rap.'

'Dat gaat wel goed komen. Ik heb er zin in.' Milo kijkt me diep in de ogen, pakt het glas uit mijn hand en trekt me langzaam naar zich toe. 'Waar ik trouwens ook wel zin in heb...'

'Hm... Ik ook.'

3

Ben ik de weg kwijt? Deze straat komt mij totaal niet bekend voor. Gespannen kijk ik van links naar rechts, zoekend naar iets herkenbaars. Dan zegt de blikkerige stem van mijn navigatiesysteem: 'Na driehonderd meter rechts afslaan. De bestemming Rue Voltaire 6 ligt aan uw rechterhand.' Ik sla rechts af en haal opgelucht adem. Ik rij wel degelijk de goede kant op. Deze weg herken ik als het weggetje waar mijn ouders wonen. Het is ook al een tijdje geleden dat ik hier voor het laatst was. Ik manoeuvreer mijn huurautootje rustig het grindpad op. Daar parkeer ik voorzichtig achter de auto van mijn vader.

In films of bij andere mensen zouden de ouders allang de oprit zijn opgelopen wanneer ze de auto van hun achthonderd kilometer verderop wonende dochter horen aankomen. Maar in mijn geval blijft het akelig stil. *Quelle surprise*. Mijn ouders zijn niet zo klef. Toen mijn zus en ik zeven jaar geleden op kamers gingen wonen, kochten ze binnen drie maanden een huis in de Bourgogne en verlieten hun vaderland. Voor hen een droom die uitkwam. Wanneer mijn zus en ik jarig zijn krijgen we een telefoontje. Als we geluk hebben.

Als student waren we op onszelf aangewezen. Terwijl anderen in de weekends met een grote tas vol vieze was richting pa en ma vertrokken, bleef ik achter in een nagenoeg leeg studentenhuis. Zo leerde ik mezelf in mijn eentje te vermaken. Naarmate de jaren verstreken bleven vrienden steeds vaker ook de weekenden op hun kamer, zodat het gezelliger werd. En als mijn vrienden nu klagen over de bemoeizucht van hun ouders, prijs ik me gelukkig met mijn afstandelijke ouders. Wat niet wil zeggen dat het niet nog steeds steekt: de desinteresse van mijn ouders. Het is dus helemaal niet raar dat het mijn initiatief was om mijn ouders een bezoekje te brengen. Het is september en ik heb ze dit jaar nog niet één keer gezien.

Ik tuur door de voorruit naar het huis. Het oude, met pleisterwerk bewerkte pand ligt enigszins verscholen achter struiken en bomen. De tuin naast de oprit is aan het zicht onttrokken door een heg. Ik pak mijn handtas en stap uit de auto. Knisperend loop ik over het grind en als ik bij de voordeur sta kijk ik eerst eens of mijn ouders misschien in de voortuin zitten. Leeg. Ik bel aan. Na verschillende keren tevergeefs bellen, loop ik naar de achterkant van het huis. De achterdeur is op slot. Heel fijn. Ik heb mijn ouders toch heel duidelijk verteld dat ik vandaag in de loop van de middag zou arriveren. Maar blijkbaar is dat voor hen geen reden om thuis te blijven. Ik pak mijn telefoontje en bel het mobiele nummer van mijn ouders. Vrijwel meteen hoor ik in het huis een ringtone uit de prehistorie overgaan. Natuurlijk. Ze zijn zonder dat ding vertrokken.

Met een zucht plof ik neer op een van de oude houten tuinstoelen. Daar zit ik dan, in een Frans gehucht waar ik behalve mijn ouders niemand ken. Ik pak mijn mobieltje en stuur een zielig sms'je naar Milo.

Ben aangekomen bij mijn ouders, maar die zijn nergens te bekennen. Snik! Liefs, Remi.

Maar dan bedenk ik dat Milo druk in de repetities zit en helemaal geen tijd heeft om sms'jes te lezen. Laat staan om ze te beantwoorden. Er zit niets anders op dan hier op mijn ouders te wachten en er het beste van te maken. Ik pak een tweede stoel en leg mijn benen erop. Ik schuif wat verder onderuit, sluit mijn ogen en geniet van het najaarszonnetje. Hm, dit is lekker.

'Suzanne! Je bent er!' Ik schrik wakker en zie dat mijn moeder me verbaasd aankijkt. Het is al aan het schemeren. Blijkbaar ben ik in slaap gesukkeld. 'Nou, eigenlijk ben ik hier al een tijdje. Waar waren jullie?'

'Bij een wijnboerderij twintig kilometer verderop. Ik dacht dat je morgen pas zou komen.'

'De 21e, dat heb ik jullie laten weten,' verzucht ik.

'Nou ja,' bromt mijn vader. 'Nu zijn we er toch?' En hij begroet me met – heel Frans – twee kussen op de wang.

'Hebben jullie wijn gekocht?'

'Nee, we waren op de fiets, dan neem je niet zo snel wat wijn mee.'

'Drinken daarentegen, dat gaat prima,' grinnikt mijn vader. En ineens weet ik weer waar mijn voorliefde voor alcoholische versnaperingen vandaan komt.

'Vrienden verklaren ons voor gek dat we nog zo ver fietsen. Maar we vinden het prettig, nietwaar, Rogier?' Mijn vader bromt.

'De logeerkamer is nog niet helemaal op orde,' zegt mijn moeder als ik mijn weekendtas naar boven wil sjouwen.

Ik rol met mijn ogen. Waarom verbaast me dit niet? De 'logeerkamer' is gewoon de rommelkamer van pap waarin hij al zijn boeken en prullaria bewaart waarvoor in de rest van het huis geen plek meer is. En in een hoek staat een eenpersoonsbed opgeklapt. Wanneer iemand langskomt, wordt het bedje uitgeklapt en voilà: een logeerkamer is geboren. Maar nu hebben pap en mam niet eens het bed uitgeklapt, laat staan de kamer een beetje uitgemest. Ik wil niet weten hoe het eruitziet als mijn ouders zelf al toegeven dat het niet 'op orde' is.

'Dat komt natuurlijk,' verontschuldigt mijn moeder zich, 'omdat ik dacht dat je morgen pas zou komen. Rogier, maak jij die kamer even netjes? Dan ga ik beginnen met het avondeten.'

Tijdens het eten vragen mijn ouders me honderduit over Costa Rica, Milo en de hele fotoaffaire bij mijn vorige werkgever *Scoop*.

'Dus een fotograaf met wie je samenwerkte had het zo in scène gezet dat het net leek of Milo met een ander meisje stond te zoenen?' vraagt mijn moeder ongelovig.

'Precies. Hij had een meisje betaald om zich op straat voor te doen als een fan. Op het moment dat ze hem kuste, heeft hij foto's gemaakt. Natuurlijk kreeg niemand de foto's onder ogen waarop je ziet hoe Milo haar van zich afduwt.'

'Niet te geloven, dat dit soort dingen gebeuren.'

'En mijn chef Skylla wist ervan. Dat is helemaal erg.'

'Je had nooit bij zo'n stupide blad moeten gaan werken,' bromt mijn vader. 'Een roddelblad, daar heb je toch geen journalistiek voor gestudeerd?'

'Ja, pap, dat weten we nou wel. Ik was bijna blut. Ik moest toch wat?'

'En nu ga je voor de krant werken?' probeert mijn moeder het gesprek weer een positieve wending te geven.

'Voor de weekendbijlage van *Het Nieuwsblad*, ja. Geen vast contract, maar op freelancebasis. Ik ga elke week een interview doen met iemand die in het nieuws staat. Dat kunnen beroemde mensen zijn, maar ook gewoon Jan met de pet die toevallig iets spannend heeft meegemaakt.'

'Leuk!' roept mijn moeder enthousiast uit.

'Alleen jammer dat het bij zo'n waardeloze krant is,' zeurt mijn vader verder. Hij is weer lekker op dreef. 'Maar hopelijk kun je hierna overstappen naar een echte kwaliteitskrant.'

'Misschien wíl ik wel helemaal niet bij zo'n zogenaamde kwaliteitskrant werken. Misschien is dit wel wat ik echt wil,' werp ik verongelijkt tegen.

'Ik kan het me niet voorstellen. Maar goed, als jij je carrière wilt vergooien bij zo'n sensatiekrantje... Ik spreek je over tien jaar nog wel.'

'Jeetje, pap, je doet net alsof ik de prostitutie ben in gegaan!' Ongelooflijk, hoe krijgt hij het voor elkaar. Ik ben nog geen drie uur met mijn ouders in één huis en we zijn al aan het bekvechten.

'Iemand een dessert?' piept mijn moeder, terwijl ze de tafel snel afruimt. Ik moet me inhouden om niet een enorme scène te trappen. Dezelfde dag al knetterende ruzie, dat zou een nieuw record zijn. Daarom sta ik op en help bozig mijn moeder met afruimen. Als we samen in de keuken staan verzucht ze: 'Laat je vader nou maar. Hij bedoelt het goed. Hij vindt nou eenmaal alleen het beste goed genoeg voor jullie.'

'Het beste voor ons. Weet je wat het beste is? Als hij stopt met alles altijd afzeiken.'

'Suus, nu ben je onredelijk. We hebben immers nogal wat met je te stellen gehad. Eerst vertrek je op stel en sprong naar het buitenland en blijf je bijna twee jaar weg. Daarna ga je werken bij nota bene een roddelblad. We hoeven niet alles goed te vinden, hoor.'

'Dit slaat echt helemaal nergens op! Ik zie jullie amper, het moet altijd van mijn kant komen en als ik jullie dan eens zie, is het enige wat jullie doen, een potje zeiken en afkraken. Ik ben het zat.' Met een smak zet ik een schaal op het aanrecht die wonder boven wonder heel blijft. Boos ruk ik mijn vest van de kapstok en stamp naar buiten. Als ik op het landweggetje loop bel ik Milo. Die blijkt net pas klaar te zijn met de repetities en terug naar huis te rijden.

'Nu pas klaar met werk? Tjonge, het leven van een steracteur gaat niet over rozen.'

'Inderdaad,' lacht Milo. 'Die repetities gaan maar door. Ik ga bijna terug verlangen naar mijn soaptijd bij GWT. Toen repeteerden we amper. En alles in één take. Dat was natuurlijk ook wel terug te zien in de acteerprestaties,' grinnikt hij.

'Ik mis je,' gooi ik er dan uit.

'Je bent net weg!'

'Ik ben hier een paar uur, maar ik word nu al gek van mijn ouders.'

'Is het zo erg?'

'Mijn vader zit vreselijk te zeuren over *Het Nieuwsblad* en dat ik allemaal verkeerde carrièrekeuzes maak. Te irritant. Op de een of andere manier weet hij me altijd op de kast te krijgen. Op dit soort momenten ben ik zó blij dat mijn ouders ver weg wonen. Maar dat is toch eigenlijk erg?'

'Ouders, je kunt niet met ze en je kunt niet zonder ze.'

'Hm,' brom ik. 'Waar ik misschien nog het meeste van baal, is dat ik nog geen week terug ben uit Costa Rica en al weer helemaal gestrest ben. En dan moet het werk nog beginnen!'

'Suusje, rustig nou. Laat je niet zo gek maken. Het zijn je ouders. Ongerust zijn en zich zorgen maken is hun taak.'

'Ja, ja,' lach ik schamper. 'Ga je de volgende keer wel mee?'

'Als ik kan, zeker weten. Waarschijnlijk zal jouw volgende bezoekje aan je ouders toch pas over vijf jaar zijn, dus kan ik makkelijk een gaatje in mijn agenda vrijhouden.'

'Ze waren zelfs vergeten dat ik vandaag zou komen!'

Milo begint keihard te lachen. 'Dat méén je niet. Dat zou zomaar een actie van mij kunnen zijn. Wat zeiden ze ook al weer... dat dochters vaak mannen uitzoeken die op hun vaders lijken?'

'Echt niet! Geloof me, Milo, jij wilt echt niet op mijn vader lijken. Als ik maar het flauwste vermoeden krijg dat jij trekjes van mijn pa begint te krijgen, dump ik je,' dreig ik.

'Je bent ook keihard.'

Als ik ophang kijk ik verbaasd om me heen. Tijdens mijn gesprek met Milo heb ik de dorpskern bereikt. In de zeven jaar dat mijn ouders hier wonen is er amper iets veranderd. Er staat een kerkje, er is een bakker en een café. Ik besluit een drankje te doen in de plaatselijke kroeg. Op een oude man na is het er leeg. Maar achter de bar staat een bijzonder prettig heerschap glazen schoon te maken: een wilde bos krullen en een diepgebruinde huid. De mouwen van zijn shirt zijn nonchalant over zijn stevig gespierde armen omhoog gerold. Ik besluit aan de bar te gaan zitten. Het oog wil ook wat, toch?

'*Un vin blanc, s'il vous plaît,*' zeg ik als de barman, die ontzettend mooie bruine ogen blijkt te hebben, me vragend aankijkt. Hij schenkt een glas voor me in en vraagt: 'Jij komt hier niet vandaan. Ben je een toeriste of op bezoek?'

'Ik ben de dochter van Rogier en Beth. Het Nederlandse stel dat net even buiten het dorp woont.'

'Ah, de Hollanders ja! Hoe gaat het met ze?'

'Goed,' antwoord ik. Maar volgens mij weet deze knul nog beter dan ik hoe het met mijn eigen ouders gaat.

'Je spreekt goed Frans,' zegt meneer de barman.

'Merci. Dat moet ook wel... met een vader die vroeger Frans doceerde en nu in Frankrijk woont.'

'Ach, er zijn mensen die hier al jaren komen en nog steeds geen woord Frans spreken. Blijf je lang?'

'Een weekje. Als ik het volhoud,' grap ik. Hoewel dat eigenlijk de waarheid is.

'Ons dorp is een gat, inderdaad. Eigenlijk is er niets te doen, maar ik zou hier nooit weg kunnen.'

'Je bent hier geboren en getogen?'

'Ja. Ik heb ook een tijdje in Nice gestudeerd en gewerkt, maar uiteindelijk ben ik toch weer teruggegaan. En nu heb ik dit café overgenomen van mijn ouders.'

'Wat vind je zo leuk hier?'

'De mensen. De omgeving. Maar vooral de vrijheid die je hier hebt.'

'Ik zou toch de stad missen. Hoewel... ik ben net terug van drie maanden in Costa Rica en daar ben ik ook bijna alleen op het strand of in de jungle geweest. Heerlijk!'

Julien, want zo blijkt mijn barman te heten, en ik raken gezellig aan de praat. Het is al twee uur geweest als ik weer op mijn mobieltje kijk en zie hoe laat het is. 'Shit! Het is al hartstikke laat. Mijn ouders zullen wel ongerust zijn. Ik moet weg.'

Julien glimlacht. 'Ik denk dat het voor mij ook tijd wordt om te sluiten. Jij was al ongeveer drie uur mijn enige klant.'

Ik kijk over mijn schouder. Het oude mannetje dat aan een tafeltje bij het raam zat, is verdwenen. Oeps. 'Sorry! Dat had je best mogen zeggen, hoor.'

'Welnee, ik vond het hartstikke gezellig om met je te praten. Zal ik je naar huis brengen?' Omdat ik het niet echt een fijn idee vind om in mijn uppie in het pikkedonker naar het afgelegen huisje van mij ouders te wandelen, stem ik in. 'Alleen als het niet te veel moeite is.'

'Natuurlijk niet,' glimlacht Julien weer. 'Ik sluit snel even af en dan kunnen we gaan.'

4

Als ik de volgende ochtend wakker word, zie ik pas goed wat een enorme puinzooi het eigenlijk in de logeerkamer is. Stapels tijdschriften liggen op de grond. Het boekenkastje zit bomvol boeken, beeldjes, miniatuurautootjes en andere prullaria. Op het bureautje staan potjes en kartonnen doosjes waar ongetwijfeld ook weer allerlei rommeltjes in zijn gepropt waar mijn ouders om de een of andere duistere reden geen afstand van kunnen doen. Het krakkemikkige opklapbedje waar ik vannacht op heb geprobeerd te slapen staat weggedrukt in een hoekje.

Nadat Julien me vannacht had thuisgebracht, ben ik zo stilletjes mogelijk naar binnen geslopen. Om er zeker van te zijn dat mijn ouders niet wakker zouden worden, heb ik me uitgekleed en mijn tanden gepoetst in het schijnsel van mijn mobieltje. En blijkbaar ben ik geslaagd in mijn missie, want als ik beneden kom vraagt mijn moeder als eerste: 'Hoe laat was jij thuis? En waar ben je eigenlijk geweest?'

'Ik was in het café in het dorp. En het was iets van twee uur of zo.'

'Ben je zo laat nog alleen hierheen gelopen?' vraagt mijn moeder bezorgd en ik voel me weer helemaal zestien.

'Nee, Julien, die eigenaar van het café, heeft me thuisgebracht. Service van de zaak,' zeg ik zo achteloos mogelijk in de hoop dat deze verklaring niet nog meer commentaar oplevert van mijn moeder. Dat werkt. Ze trekt enkel haar linkerwenkbrauw omhoog.

Mijn vader is inmiddels de keuken in komen lopen. Als ik hem zo zie weet ik zeker dat ik mijn *fashion sense* niet van hem heb geërfd. Hij draagt een broek met rechte pijpen waar enorme zakken op zijn gestikt. Daarbovenop een spijkerblouse met een groezelige spencer. Kortom: de docentenlook avant la lettre. Ik prijs me nog steeds gelukkig dat mijn vader niet op mijn eigen middelbare school lesgaf. Ik zou me hebben doodgeschaamd.

'Je vader wil je nog iets zeggen, toch, Rogier?' Mijn moeder kijkt mijn vader vermanend aan waarop die zijn keel schraapt.

'Ja, dat klopt. Eh… wat ik je wilde zeggen is dat het me spijt als ik gisteren zo negatief overkwam. Ik moet nog leren dat jouw keuzes soms niet de mijne zijn. Dat is soms moeilijk voor me.'

'Dat was te merken,' antwoord ik chagrijnig. Hierop kijkt mijn moeder míj vermanend aan. Meer dan deze handreiking van mijn vader zit er blijkbaar niet in. Nu moet ik niet meer zeuren, zo vinden ze. 'Goed, ik hoop dat je je cynische commentaar voortaan achterwege laat. Zo vaak zien we elkaar nou ook weer niet,' voeg ik eraan toe. Hopelijk pikken ze deze steek onder water wel op. Maar dat blijkt ijdele hoop.

'Mooi zo,' zegt mijn moeder tevreden. Ze is zichtbaar opgelucht. 'Laten we vandaag iets leuks gaan doen met zijn drietjes. Zullen we wat wijnboerderijen bezoeken? Dan kun jij je wijnvoorraad een beetje aanvullen.' Ik kijk mijn moeder verrast aan: soms kan ze out of the blue met werkelijk briljante ideeën komen!

Ons wijntripje wordt een groot succes. We bezoeken zo'n vijf wijnboerderijen in de omgeving en slaan aardig wat wijn in. Elke keer worden we allerhartelijkst ontvangen; mijn ouders blijken – weinig verrassend – geen onbekenden te zijn, wat ook nog een kortinkje hier en daar oplevert.

'Je bent wel heel gek op Milo, is het niet?' vraagt mijn moeder als we bij de laatste wijnboerderij onze neuzen in een glas steken.

'Uh-huh,' mompel ik terwijl ik de wijn door mijn mond laat rollen. Hm, dat smaakt veelbelovend. In plaats van de wijn in de emmer te spugen slik ik hem tevreden door. Heerlijk. 'Ja, het gaat ook echt goed. In Costa Rica hebben we niet één keer ruzie gehad. Dat vind ik best een mooie prestatie, toch? En daarnaast… hij is gewoon de mooiste en lekkerste vent die ik ooit ben tegengekomen.'

'Dat klinkt goed,' glimlacht mijn moeder. 'Ik ben blij dat je een leuke jongen bent tegengekomen. Na Rik ben je toch een behoorlijke tijd van slag geweest.' Rik, ja, joepie. Moet mijn moeder nou echt mijn overspelige ex van dik twee jaar geleden ter sprake brengen?

'Mam, please! Het was net zo gezellig. Ik wil nooit meer iets over die klootzak horen. *Asshole* dat-ie is.'

'Suus!' Mijn moeder kijkt geschrokken rond of iemand ons gehoord heeft. Aan de gezichten van de andere bezoekers te zien blijkt dit niet het geval. Of de fransozen hier hebben echt geen *fromage* van de Engelse taal gegeten, dat kan natuurlijk ook. 'Wat Rik heeft gedaan verdient absoluut geen schoonheidsprijs, maar je hoeft niet zo grof te doen. Natuurlijk snap ik dat je er nog steeds boos over bent.'

'Boos? Zeg maar gerust pisnijdig.'

'Hoe dan ook, het lijkt me leuk om Milo te ontmoeten.'

'Kom een keertje langs, zou ik zeggen,' en ik drink het glas leeg.

'Bonjour, *mademoiselle*,' hoor ik achter me een bekende stem zeggen. Verbaasd draai ik me om en kijk recht in de diepdonkerbruine ogen van Julien. Slik. Hij lacht zijn mooie rij tanden bloot. Oempf.

'Bonjour, Julien. Hoe gaat het? Dit is mijn moeder Beth en die man daarachter, dat is mijn vader. We proeven wat wijn,' verklaar ik ten overvloede. 'Mam, dit is Julien. Je weet wel, van het café?'

'Natuurlijk. Hoe gaat het met je? Het is al weer een tijd geleden dat mijn man en ik in jouw zaak zijn geweest,' glimlacht mijn moeder, maar haar gezicht spreekt boekdelen. Ze vertrouwt het zaakje duidelijk niet en vermoedt waarschijnlijk dat Julien en ik er sinds vannacht een heftige romance op na houden. *As if.* Hoewel... Julien ziet er ook nu weer superlekker uit in zijn vale broek en strakke shirt. Het is dat ik thuis al een leuk exemplaar heb...

Als we aan het einde van de dag met een kofferbak vol alcohol terug naar huis rijden, ben ik rozig en voldaan. Het was een gezellige dag, ik heb lekkere wijntjes voor thuis kunnen kopen en wonder boven wonder geen noemenswaardige aanvaringen met mijn ouders gehad. Misschien moeten we tijdens mijn verblijf hier wel elke dag een andere wijnboerderij bezoeken. Dat houdt de spirit goed.

Wanneer ik na een week logeren mijn tas inpak krijg ik een sms'je van Flint.

Alles bon in la douce France? Doe pa en mommie dearest de groeten. Wilde ff zeggen dat je niet moet schrikken als je thuis de Scoop ziet. Er staat een belachelijk stuk in over jou en Milo.

Belachelijk stuk? Wat hebben mijn ex-collega's *from hell* dan uit hun dikke duim gezogen? Ik bel meteen Flint.

'Hi mopski! *Ça va?*'

'Flint, wat maak je me nou? Stuur je me zo'n cryptisch sms'je zonder me details te vertellen. Wat staat er in *Scoop*?'

'Echt een te lullig stuk. Blijkbaar hebben ze gehoord dat Milo weer aan het werk is en jij niet in Nederland bent. Dus staat hij op de cover met in vette letters de kop MILO KEERT ALLEEN TERUG NAAR NEDERLAND.'

'Dat meen je niet.'

'Jawel, lieve schat, het is echt waar. Je moet het hele stuk maar eens lezen, dan ga je helemaal over je nek. Je vriendjes bij *Scoop* hebben echt hun best gedaan dit keer.'

Ik voel mijn hart stevig bonzen. Ik was bijna vergeten hoe vals en achterbaks mijn oude collega's te werk gaan. Bijna dan. En het lijkt erop dat ze er geen gras over laten groeien. Milo en ik zijn amper terug in Nederland en ze beginnen meteen met de heksenjacht. Het allerergste vind ik misschien nog wel dat het me zo van streek maakt. Ik weet als geen ander hoe vals en gemeen hoofdredacteur John de Zwart en zijn zielige volgelingen zijn, dus ik wist dat ze vroeger of later met modder zouden gaan gooien. Maar nu ik ermee geconfronteerd word, ben ik toch van slag. Tegen beter weten in. Ik moet leren hier boven te staan. Alleen heb ik nog geen flauw idee hoe.

Ik ben er dan ook met mijn hoofd niet echt bij wanneer ik afscheid neem van mijn ouders en in de auto stap. Zodra ik op de snelweg ben, bel ik Milo. Voicemail. Die is natuurlijk bezig met *Donkersloot*. Als ik de Nederlandse grens ben gepasseerd, stop ik meteen bij het eerste het beste tankstation om een *Scoop* te kopen. Op de cover zie ik al Milo's gezicht prijken. Terug in de auto blader ik koortsachtig naar de goede pagina. Daar, tot mijn grote afschuw, ontdek ik dat er naast een vreselijk stuk ook een werkelijk gruwelijk onflatteuze foto van mijzelf staat afgedrukt. Op de close-upfoto, waarvan ik geen idee heb waar die is gemaakt, duw ik met een überchagrijnig gezicht een pluk haar achter mijn oor. Ik zie ook plotseling twee dikke groeven in mijn voorhoofd waarvan ik het bestaan niet wist. Ik heb wallen die tot aan mijn kin hangen en, zo ontdek ik: die kin heeft zich op miraculeuze wijze verdrievoudigd! The horror! Hoewel ik nu mijn portie drama al heb gehad, dwing ik mezelf toch het stuk te lezen.

Milo zielsalleen in Nederland

ROMANCE NU AL VOORBIJ?

Amper vier maanden geleden verklaarden ze smoorverliefd te zijn en kon hun romance niet stuk. Maar het lijkt er sterk op dat hun relatie niet eens het einde van de zomer heeft gehaald. Want Milo den Hartog is na een lange vakantie op Costa Rica alleen teruggekeerd naar Nederland. Zónder zijn Suzanne!

De zomer zit erop en het lijkt er sterk op dat dit ook geldt voor de relatie van Milo den Hartog en Suzanne Frans. Samen vertrokken ze met veel bombarie naar Costa Rica. Nu de zomer voorbij is, is Milo weer terug in Nederland. En terwijl hij druk bezig is met de opnames van de nieuwe tv-serie *Donkersloot*, is **Suus nergens te bekennen**. Sinds Milo terug is in Nederland, is het tweetal nergens samen gesignaleerd. Niet samen bij zijn appartement aan de Amsterdamse gracht, niet in een restaurant. Ook vrienden en collega's zouden hen **niet meer samen** hebben gezien.

Hoogst opvallende ontwikkelingen voor dit prille paar. Valse tongen beweren dan ook dat de **relatie over en uit** is. Er wordt zelfs gefluisterd dat

Suus naar Frankrijk is gevlucht en daar haar wonden likt. Ontroostbaar en overstuur zou de blondine zich van de buitenwereld afschermen. Intussen doet Milo in Amsterdam alsof zijn neus bloedt. Waarschijnlijk omdat hij niet zoveel last heeft van de breuk. 'Milo is een echte donjuan en is **nooit serieus geweest** met Suus,' zo laat een goede kennis weten. Maar Den Hartog en ook zijn management doen geen uitspraken over een mogelijke relatiebreuk. Over of niet, in ieder geval blijken de twee **niet zo onafscheidelijk** als ze zelf willen doen voorkomen.

Stelletje klootzakken! Pissig gooi ik het blad naast me op de stoel. Wat een losers. Nog een wonder dat ze niet schrijven dat Milo vreemd is gegaan. Of dat ik zwanger ben, nog zo'n stokpaardje van John. En dan die kutfoto erbij. Opgefokt start ik de auto en rijd weg. Naar Milo. Naar huis.

'Hé schatje,' zegt hij als ik de deur opendoe. Zijn knalblauwe ogen kijken me blij en stralend aan. Zijn blonde haar is nat en hangt in speelse sliertjes langs zijn gezicht. Hij draagt alleen een joggingbroek en een hemd waarin zijn bruine, gespierde armen goed uitkomen. Dat is wat ik noem prettig thuiskomen. Milo pakt mijn tas uit mijn hand en kust me meteen lang op de mond. Ha, jammer dat paparazzo Bram van Heijningen nu niet in de buurt is om een foto te maken, denk ik smalend. Dat zou ze leren om te schrijven dat we uit elkaar zijn. Hou op, spreek ik mezelf in gedachten toe. Ik zou me niet meer zo moeten laten opfokken door die *Scoop*-sukkels.

'Alles overleefd?' vraagt Milo me met een dikke grijns.

'Al met al heb ik een heel leuke week met ze gehad.'

'Mooi zo. En hoe was de reis?'

'Slecht. Vlak voordat ik vertrok sprak ik Flint nog even. Hij vertelde over een shitstuk in *Scoop* waarin ze schrijven dat het zogenaamd uit is tussen ons. "Nergens samen gesignaleerd", "Suus overstuur in Frankrijk", blablabla. Het gebruikelijke. Maar goed. Het irritante is dat ik daar de hele reis over heb zitten malen.'

'Stukje? Over ons? In *Scoop*?' Milo schudt zijn hoofd.

'Heb je dat nog niet gezien dan?' Even twijfel ik of ik die *Scoop* met daarin die extreem belabberde foto van mij wel aan Milo moet laten zien. Toch gooi ik het blad naar Milo, die het met één hand vangt. Hij bekijkt de cover van het blad waar hij met een grote foto op staat. Zonder het verder in te kijken zegt hij: 'Je moet dat soort rommel niet lezen. Je hebt zelf bij dat blad gewerkt, dan weet je toch beter.'

'Natuurlijk weet ik dat. Maar het irriteert me gewoon.'

Milo haalt zijn schouders op. 'Als je die bladen niet leest, dan heb je er toch ook geen last van?'

Ik denk na. Milo laat de zaken altijd zo simpel klinken. Ik weet niet of ik die valse stukjes in *Scoop* naast me neer kan leggen. Zeker niet omdat ik weet dat mijn oud-collega's het puur hebben geschreven om me te jennen. 'Ik laat me niet meer op de kast jagen, want zo krijgen ze juist wat ze willen,' zeg ik stelliger dan dat ik het vanbinnen voel.

'Heel verstandig,' en hij geeft me een stevige omhelzing. Net als ik hem wil kussen zegt Milo: 'Iets heel anders… ik ben uitgenodigd om over drie weken naar de première te gaan van *Zomerlucht*. Karl, de regisseur van *Donkersloot*, heeft deze film geregisseerd, het is hetzelfde productiehuis als *Donkersloot*. Dus, alsjeblieft, ga je mee?'

Natuurlijk, dat ontbrak er nog aan. Samen met Milo naar een feest waar het wemelt van de paparazzi en de roddelpers. Waar foto's worden gemaakt die tot in lengte van dagen in de bladen kunnen worden gebruikt. 'O lord,' verzucht ik. Milo geeft me een kusje op mijn neus.

'De hele cast gaat. Ik kan het niet maken om niet te gaan.'

'Als we gaan, geven we de roddelpers weer materiaal waar ze nog maanden mee door kunnen gaan.'

'Ik laat me heus niet door ze interviewen, hoor. En als ze ons samen op de rode loper zien, weten ze in elk geval dat we nog bij elkaar zijn,' probeert Milo.

'Ja, maar…' wil ik tegenwerpen. Milo is me echter voor.

'Luister. Volgens mij hadden we net afgesproken dat we ons niet meer gek zouden laten maken door die bladen? Dat houdt

wat mij betreft ook in dat we ons niet door hen laten tegenhou-
den om naar een première te gaan. Toch?'

Milo kijkt me aan met zijn onweerstaanbaar lieve en mooie gezicht. Ik schud met mijn hoofd, haal mijn schouders op en zeg:
'Oké. Jij je zin.'

5

Ik sta nog onder de douche als Milo roept dat mijn telefoon over-gaat. 'Neem jij maar vast op, ik ben zo klaar,' gil ik terug terwijl ik de kraan dichtdraai. Ik heb net een grote handdoek om me heen geslagen als Milo de badkamer inloopt met mijn mobieltje in zijn hand.

'Het is Flint,' zegt hij.

'Hi *dear*.'

'Dus jullie zijn nog steeds samen?' roept Flint quasiverbaasd uit. 'In *Scoop* stond toch heel iets anders.'

'O, hou je mond!' zeg ik terwijl ik met de handdoek in één hand mijn haren begin te drogen. 'Had je me trouwens niet meteen kunnen vertellen dat er ook een waanzinnig slechte foto van me bij dat stuk stond? Ik schrok me helemaal rot.'

'Als ik dat had verteld was ik bang dat je nooit meer terug naar huis zou durven komen.'

'Dat had inderdaad niet veel gescheeld. Mijn god, ik lijk wel vijf-tig op die foto.'

'Waar is die eigenlijk gemaakt?'

'Ik heb geen flauw idee.'

'Lijkt me een heel gek idee dat de paparazzi op de loer liggen om een foto van je te maken.'

Wanneer Flint dit zegt voel ik een koude rilling over mijn rug lopen. Maar ik laat me niet kennen. 'Ik heb me voorgenomen om me niet meer bezig te houden met *Scoop*. Ik ga alle valse leugens die ze ongetwijfeld nog over me zullen gaan schrijven gewoon keihard negeren.'

'Amen,' zegt Flint. 'Heb je eigenlijk al plannen voor vandaag? Wat dacht je ervan om je shopquotum wat omhoog te schroeven?

De afgelopen maanden heb je natuurlijk nauwelijks geshopt en er moet serieus boodschappen worden gedaan in een paar nieuwe kledingzaakjes die er deze zomer bij zijn gekomen.'

'Hm, dat klinkt heel verleidelijk. En ik kan absoluut een stijlinjectie gebruiken, zeker nu ik over drie weken naar de première moet van *Zomerlucht*, maar...'

'Maar...? Hallo? Hallo? Suus, *is it you*? Wie ben jij en wat heb je met mijn vriendin gedaan?'

Ik lach. 'Ik zou dolgraag met je willen shoppen, geloof me. Maar ik moet vandaag echt werk maken van mijn etage. Die Curtis heeft nog steeds niks van zich laten horen. Ik bel, spreek voortdurend berichtjes in en begin het nu behoorlijk irritant te vinden. Joy zegt dat zij hem ook nog steeds niet heeft kunnen contacten, dus ik heb besloten dat ik hem vandaag gewoon opzoek op zijn werk. Ik ga naar het kantoor van UniDad en geef hem daar meteen door dat-ie kan oprotten. En anders ga ik naar mijn appartement en begin zelf alvast met het pakken van zijn spullen.'

'Zal ik meegaan?'

'Als je wilt, graag.'

'En als we snel klaar zijn, kunnen we alsnog even shoppen, toch? Op een premièrefeest kun je immers niet in een oude jurk aankomen.'

'Tuurlijk, scheet.'

Terwijl het najaarszonnetje amper schijnt zit Flint met een enorme zonnebril op in de tram.

'We moeten een plan van aanpak hebben,' zeg ik als ik naast hem ga zitten.

'We zeggen niet dat we voor hem komen, want dan gaat de receptie hem bellen en kan hij ons weigeren. We doen gewoon net alsof we een afspraak hebben met Joy.'

'Wat voor afspraak dan?' vraag ik geïrriteerd. Ik heb steeds minder vertrouwen in een goede afloop van deze spontane actie.

'Daar kom ik nog wel op. *Trust me*,' knipoogt Flint terwijl hij me een geruststellend klopje op mijn bovenbeen geeft.

Ruim drie kwartier later staan we voor het gigantische pand

waarin UniDad huist. UniDad is een van de grootste levensmiddelenfabrikanten van Europa. Worst, chips, ijsjes en diepvrieskroketten: UniDad is hofleverancier van lekkere en veelal vette happen. *Love it*! Joy werkt hier nu een aantal jaar als pr-manager en ze heeft het enorm naar haar zin. Ze is verantwoordelijk voor de pr en promotie van luxe ijsjes, beter bekend als caloriebommen op een stokje. Maar dat laatste mag je absoluut nooit zeggen, want kom je aan die ijsjes, dan kom je aan Joy. Mijn vriendin neemt haar werk heel serieus, dat is een ding dat zeker is. Misschien was dat wel de reden dat ik haar zo blind vertrouwde toen ze met een huurder aan kwam zetten voor mijn appartement. Joy staat namelijk synoniem voor veilig, betrouwbaar en stabiel, dus moest haar collega dat toch ook zijn? Een jammerlijke misvatting, zo blijkt. Nu baal ik als een stekker dat ik niet wat zorgvuldiger en kieskeuriger te werk ben gegaan. Ik had echt beter moeten screenen. Curtis het hemd van het lijf moeten vragen, referenties moeten vragen. Maar ja, dat is allemaal achteraf.

'Goedemorgen,' zeg ik poeslief tegen de receptioniste. 'Ik kom voor Joy Waterman.'

'U hebt een afspraak?'

'Ja, en ik weet dat ze nu nog een bespreking heeft, maar ik kan zolang wel wachten. We zouden samen gaan lunchen,' fluister ik haar quasivertrouwelijk toe.

'Ze is net terug van een wereldreis, zodoende. Dat zie je toch wel aan die bruine kop van d'r,' voegt Flint eraan toe.

Vals kijk ik hem aan. En dan weer naar de receptioniste. Die zit met haar eigen bruingebakken Croma-gezicht naar Flint te staren. Volgens mij voelt ze zich niet aangesproken. Gelukkig.

'Inderdaad, ik was drie maanden in Costa Rica. Zalig!' probeer ik het gesprek amicaal te houden.

'Ja, en nu wil ze Joy vertellen dat ze zwanger is, enig, nietwaar?' babbelt Flint lekker gezellig mee. Ik geef hem zachtjes een trap tegen zijn been. Flint moet nu niet overdrijven. Maar mijn vriend trekt zich daar lekker niks van aan en doet er nog een schepje bovenop. 'Van Milo den Hartog, weet u wel? Die soapster.'

'Milo den Hartog! Dat was mijn favoriete acteur in *Geen Weg Terug*. Zo jammer dat-ie eruit is. En ben jíj zijn vriendin?' De receptioniste kijkt me ongelovig aan. 'Ik had er wel over gelezen in de krant en zo, dat-ie een vriendin had. Eeuwig zonde, als je het mij vraagt.' En ze knipoogt naar Flint.

Die leunt over de desk en fluistert haar samenzweerderig toe: 'Ze hebben de hele zomer in zijn huis in Costa Rica gezeten en nu krijgt ze zijn liefdesbaby.'

De ogen van onze receptioniste worden nu nog groter en haar mond valt open. 'Oooo, echt?'

Flint knikt en ik stamel: 'Eh, ja.'

'Maarre... mondje dicht! Bijna niemand weet dit. Ze is nog niet over de kritieke grens heen en ze willen het graag nog even stilhouden, toch, mopje?'

Ik begin me steeds ongemakkelijker te voelen. Liefdesbaby? Waar haalt Flint het vandaan?

'Dat is inderdaad goed nieuws, zeg. Gefeliciteerd! Dat moet je je vriendin meteen vertellen.' De vrouw laat een doorrookte lach horen. Ik giechel mee. 'En ik zal het uiteraard niet verder vertellen,' knipoogt ze.

'Kunt u mij ook vertellen op welke verdieping Curtis Jameson zit? Dan ga ik hem ook nog even gedag zeggen,' zeg ik zo nonchalant mogelijk.

'Natuurlijk. Curtis Jameson, ik kijk even voor u. Negende verdieping, kamer 27.'

'Dankuwel!' Flint en ik lopen zo koelbloedig mogelijk naar de lift. Als we in de lift staan zegt hij vrolijk: 'Dat ging makkelijk!'

Ik sis hem boos toe: 'Inderdaad, maar jezus, Flint, wil je dat nooit meer doen? Waar sloeg dat op?'

'Wat?' vraagt Fint met een onschuldige blik.

'Die onzin van "ze is zwanger". Hoe haal je het in je hoofd!'

'Ik zat gewoon lekker in mijn rol... Oké, sorry. Ik liet me een beetje meeslepen.'

Ik rol met mijn ogen. 'Vanaf nu voer ik het woord. Afgesproken?'

'*You're the boss.*'

Zodra we op de negende verdieping zijn stamp ik op mijn hakken naar kamer 27. Daar zit hij, met zijn rug naar de deur: Curtis. Mijn lakse onderhuurder is druk aan het bellen. De collega die tegenover hem zit praat met een man die nonchalant op zijn bureau zit met een stapel paperassen. Ik kijk Flint aan, die me een bemoedigend knikje geeft en fluistert: 'Go get him, tiger.'

Ik haal diep adem en been de kamer in. De twee collega's kijken verbaasd hoe ik naar binnen kom razen, Curtis daarentegen heeft nog niks in de gaten en gaat nietsvermoedend verder met zijn telefoongesprek. Dan verbreek ik de verbinding door mijn vinger op de haak te leggen. Curtis kijkt op en schrikt als hij mijn gezicht ziet. 'What the f...'

'Hi Curtis. So good to see you,' zeg ik poeslief. 'Costa Rica was geweldig, lief dat je het vraagt. Ik vind het alleen zo jammer dat ik jou maar niet kan bereiken sinds ik terug ben. Wat is er gebeurd? Is je telefoon kapot? Of ben je soms vergeten de rekening te betalen?' In de deuropening hoor ik Flint grinniken. De twee collega's kijken elkaar inmiddels met grote vragende ogen aan. Zij hebben geen flauw idee wat er zich voor hun neus afspeelt. Curtis schuifelt intussen ongemakkelijk op zijn stoel. Hierdoor gesterkt ga ik verder, steeds meer groeiend in mijn rol van koele überbitch. Bovendien: in mijn Scoop-tijd heb ik wel voor hetere vuren gestaan. 'Ik wil echt dolgraag horen of je het een beetje naar je zin hebt hier in Nederland. Beter gezegd... of je het naar je zin hebt in MIJN appartement. Het appartement dat ik heel graag terug wil. Nu.' Ik kijk hem strak aan. Curtis kijkt vlug weg.

'Kunnen we dit gesprek ergens anders voeren?'

Onverschillig haal ik mijn schouders op en zeg: 'Tuurlijk.'

Curtis staat op en loopt de kamer uit. Ik draai me op mijn hakken om en volg hem. Flint komt op een drafje achter ons aan. Als we met z'n drieën in een bespreekkamer staan, doet Curtis de deur dicht en schraapt zijn keel. Dan kijkt hij me woest aan en briest: 'Wat heeft dit te betekenen?'

Even ben ik uit het veld geslagen door deze onverwachte wisseling van gemoedstoestand. Ik knipper met mijn ogen en wissel een blik met Flint, die achter Curtis staat. Hij moedigt me aan door driftig met zijn hoofd te knikken. Zijn armen maken bemoedigende bewegingen alsof hij wil zeggen: 'Pak hem!' Ik kijk Curtis aan en val weer in mijn rol. Terwijl mijn hart als een dolle in mijn borstkas klopt, probeer ik koelbloedig te kijken. Gedecideerd sla ik mijn armen over elkaar en zeg zo ijzig mogelijk: 'Nou, Curtis, je liet me geen andere keuze. Waarom nam je je telefoon niet op? Waarom reageerde je niet op mijn voicemails? Waarom heb je me nooit teruggebeld?' Dat laatste gil ik uit. Mijn pose van harde *dominatrix* kan ik niet langer volhouden. Ik ben woest, zeker nu Curtis tegenover me de verontwaardigde bozerik uithangt. De lul.

Na deze uitbarsting is het doodstil in de bespreekkamer. Curtis en ook Flint kijken me sprakeloos aan, duidelijk geschrokken. Onbewust heeft Curtis een stapje achteruit gedaan. Voorzichtig laat ik een zucht ontsnappen. Dan gooit Curtis zijn handen in de lucht en zegt: 'Wow, relax, *girl*. Ik was van plan je terug te bellen, maar vergat het telkens. Wist ik veel dat je weer terug was in Nederland.'

'Waarom zou ik je anders tien, twintig keer per dag bellen?' vraag ik ongelovig.

'Nou ja, je kan er zo in. Ik woon er toch al niet meer.'

'O?' Flint en ik wisselen verbaasd van blik. Curtis haalt zijn schouders op.

'Die etage van jou was plotseling vergeven van de vlooien. Daarom.'

'Wat?!'

'Ik woonde ongeveer een maand in jouw huis toen het ineens helemaal onder de vlooien zat. *The whole goddamn place*.'

'Ik geloof je niet. Hoe kan mijn etage nu ineens onder de vlooien zitten?'

Curtis haalt zijn schouders op. 'Maak je geen zorgen, ik heb met een bestrijdingsmiddel alle vlooien grondig uitgeroeid. Maar ik ben daarna al snel vertrokken naar een ander huis. Voor mij was toen de lol er een beetje van af. Dat snap je wel.'

Sprakeloos staar ik Curtis aan. Ik begrijp er werkelijk niets van. 'Maar... hoe kunnen er nu ineens allemaal vlooien in mijn huisje zitten?' vraag ik vertwijfeld.

Flint buigt naar me toe en fluistert in mijn oor. 'Wat maakt het uit? Die vlooien zijn weg en hij blijkbaar ook.'

'Eh... nou, goed dan. Mag ik mijn sleutels terug?' vraag ik wat onhandig. Mijn zelfverzekerde houding is inmiddels helemaal verdwenen.

'Heb ik niet bij me. Ik geef ze wel aan je vriendin Joy. Die kan ze dan aan jou geven. Of heb je er haast bij?'

Ik schud mijn hoofd. 'Nee, ik heb natuurlijk mijn eigen setje. Goed, fijne dag nog en bedankt.' Nog steeds twijfelend draai ik me om en loop de kamer uit. 'Dag.'

'Bye.'

In de tram ben ik nog een beetje beduusd van de onverwachte wending in mijn gesprek met Curtis.

'*Who cares?*' zegt Flint nog eens. 'Hij heeft toch keurig alle maanden huur betaald? Terwijl hij er nog niet een derde van de tijd heeft gewoond. Eigenlijk heb je gewoon mazzel gehad.'

'Ik vind het maar een vaag verhaal. Hoe kan er nu ineens een vlooienplaag in mijn huis zijn? En hoezo was daarna voor hem de lol er af?'

'Weet ik veel. Maar wij gaan nu gewoon lekker shoppen!'

'Sorry, maar ik ga niet. Ik wil naar mijn huis.'

Flint kijkt me stomverbaasd aan. 'Wat? Ik ga me steeds meer afvragen of je wel de echte Suus bent. Hebben ze je gekloond daar in Costa Rica? En zijn ze tijdens het proces je stijlgenen vergeten?'

'Flint, dit mag misschien nieuw zijn voor jou, maar het leven bestaat uit meer dan winkelen. Mijn hoofd staat nu echt niet naar nieuwe kleding.'

'Hoe kun je dat nu zeggen? Je hebt maanden niets nieuws gekocht en begint volgende week aan een nieuwe baan! En laten we vooral die première niet vergeten. Je móét nieuwe kleren.'

'Jij bent stylist. Shoppen is jouw vak. Maar ik...'

Flints mond valt open en hij legt geschokt zijn hand op zijn borst. 'Is dat hoe jij over mijn werk denkt? Doodleuk shoppen? Sorry, hoor, maar styling is zoveel meer dan alleen wat leuke kleren bij elkaar zoeken.'

'Ja, vast. Maar ik ga nu echt naar mijn appartement. Ga je mee of niet?'

Flint kijkt mokkend uit het raam. 'Kan ik je daarna nog een paar nieuwe boetiekjes bij jou in de buurt laten zien?'

Ik glimlach. 'Misschien.'

Enigszins opgewonden steek ik de sleutel in het slot. Eindelijk heb ik mijn huisje terug. Opgetogen stap ik het halletje in. Maar als ik verder de woonkamer inloop is mijn glimlach op slag verdwenen. Wat ik zie gaat mijn grootste nachtmerrie te boven. 'Nee!' zeg ik verschrikt.

Flint volgt me snel en als ook hij in de woonkamer staat, slaat hij geschrokken een hand voor zijn mond. 'Dit meen je niet.'

Ik knipper druk met mijn ogen en kijk nog eens goed of ik echt zie wat ik denk dat ik zie. Mijn etage of wat daarvoor door moet gaan is compleet onherkenbaar. Mijn gordijnen zijn weg, de vloerkleden zijn weg, mijn bankstel: ook foetsie. Het vrolijke behang heeft vale vlekken. Op de houten vloer zitten krassen en het schilderwerk op de kozijnen en deurposten heeft een grauwe waas. Alsof mijn woning een make-over heeft gekregen van een of ander *crappy* woonprogramma. Of beter gezegd: een *make-under*. Met z'n tweeën kijken we sprakeloos naar mijn gehavende huisje. Dan schreeuw ik: 'Wat is hier godverdomme gebeurd!?'

'Dat lijkt me duidelijk. Curtis heeft jouw huis mishandeld.'

'Hoe dan!?' reageer ik furieus. 'Hoe kan hij zoiets doen? Hoe kan hij zomaar krassen op mijn vloer maken. En... en... en... waar is mijn bank, waar zijn mijn gordijnen?' Ik schud mijn hoofd en loop mijn slaapkamer in. 'Jezus, hier is hij ook al bezig geweest!' schreeuw ik. Het matras ligt er niet meer, de fauteuil die er altijd stond is weg en ook hier zijn de gordijnen verdwenen.

Flint staart intussen verdoofd naar de overblijfselen van wat ooit mijn gezellige huis was.

'Die vent is dood,' sputter ik woest. 'Ik vond hem al een lul, maar nu scoort hij een tien op de lul-o-meter. Wat een klootzak.'

Boos bel ik Curtis onmiddellijk op. Natuurlijk antwoordt hij ook nu weer niet. Nijdig spreek ik zijn voicemail in. 'Ik ben in mijn appartement en je hebt het helemaal verwoest. Ik wil je meteen spreken. Bel me terug. NU!'

'Dit is toch niet te geloven,' zeg ik hoofdschuddend. Langzaam loop ik nog eens door mijn huis om te kijken wat er allemaal mis is. 'Alles wat van stof is, is weg. En dan die strepen op mijn behang en op het houtwerk.'

'Dat antivlooienspul heeft waarschijnlijk die vlekken veroorzaakt.'

'Wat nou vlooien! Hoe kan hier in hemelsnaam nou een vlooienplaag ontstaan? Ik heb niet eens huisdieren. Hij heeft vast en zeker zelf een zwerfkat mee naar binnen genomen. En nu probeert hij mij de schuld in de schoenen te schuiven. Nou, mooi niet.' Opnieuw bel ik Curtis. Tot mijn stomme verbazing neemt hij op.

'Hier kom je niet mee weg.'

'Ho ho, dametje. Ik heb je zojuist al precies verteld wat er is gebeurd. Een paar weken nadat ik in jouw huis ben getrokken was het er ineens vergeven van de vlooien. Het was een complete ramp. Alles zat onder. Ik moest zelfs mijn kleding speciaal laten reinigen.'

'Heel vervelend voor je kleding,' zeg ik sarcastisch. 'Maar waar is mijn bankstel gebleven? Mijn kussens? Mijn matras? Ongeveer de helft van mijn inboedel is weg. Om van de krassen op de vloer en de witte waas op het behang en houtwerk maar te zwijgen. Je zult die schade moeten vergoeden.'

'Dat denk ik niet. Er was geen andere manier om van die plaag af te komen. Jij laat mensen in een smerig appartement wonen dat vergeven is van de vlooien. Dát is pas crimineel.'

'Mijn appartement is niet smerig en ik heb geen idee hoe die vlooien erin zijn gekomen. Ik heb nooit huisdieren gehad. Die beestjes moeten er via jou zijn binnengekomen.'

'Niet dus,' antwoordt hij koeltjes. 'Bovendien heb ik ook betaald voor de maanden dat ik niet in je huis heb gewoond. Ik kan dus beter jou om geld vragen.'

'Wat!? Je bent gek.'

'Als je nu blijft zeuren ga ik je huisbaas inlichten over deze kwestie. Ik neem aan dat hij niet weet dat je het appartement hebt onderverhuurd.'

Shit. 'Hier kom je niet mee weg,' zeg ik nog eens en ik druk hem woest weg. 'Dit is toch niet te geloven.'

'Wat zei hij allemaal?' vraagt Flint.

'Kort gezegd vindt hij dat ik niet moet zeuren. Hij heeft immers de huur betaald.'

'Wat!? Je moet naar de politie gaan. Aangifte doen.'

'Nou,' zeg ik aarzelend, 'dat wordt lastig. Ik heb mijn etage natuurlijk onderverhuurd zonder het aan mijn huisbaas te vertellen. Illegaal dus. En dat weet Curtis.'

'Dus…?'

'Dus kan ik het niet zomaar aankaarten. Als mijn huisbaas erachter komt dat ik dit appartement zonder zijn medeweten heb onderverhuurd zal hij niet blij zijn. En hij zal woest zijn als hij ontdekt dat de onderhuurder ook nog eens totaal onbetrouwbaar was. En dan druk ik me nog zachtjes uit. Hij kan me er zo uitgooien. Ik hoef je niet te vertellen hoe moeilijk het is om in Amsterdam een leuke, betaalbare woning te vinden.'

'Dus je kunt niks tegen die gast beginnen?' zegt Flint. 'Suus, die man bluft. Om te beginnen, die vlooienplaag. Dat heeft-ie gewoon zelf gedaan.'

'Precies, dat kan niet anders,' bries ik weer. Dan bedenk ik ineens iets. Dirkje. Vlak voor mijn vertrek heb ik op Dirkje gepast. De kat van mijn bovenbuurvrouw. Die lag drie dagen in het ziekenhuis vanwege een operatie en toen heb ik dat beest in mijn huis gehad.

'Suus, wat is er? Je ziet ineens zo bleek. En dat wil in jouw geval nogal wat zeggen.' Flint kijkt me bezorgd aan.

'O god, ik geloof dat ik niet goed word.' Ik zak neer op een stoel en gooi mijn hoofd op tafel. Ik laat het twee keer op het blad bonzen.

'Die vlooien zijn misschien wél mijn schuld.'

Flint gaat naast me zitten en kijkt me vragend aan. 'Hoe dan?'

'Door Dirkje. De kat van mevrouw Wientjes boven mij. Ik heb dat beest twee dagen in huis gehad.'

6

'O, het spijt me vreselijk. Ik voel me er zo rot onder.' Joy is met-een gekomen toen ze het verhaal hoorde over Curtis en mijn huis. Nu ze aan mijn eettafel zit kan ze niets anders uitbrengen dan hoe schuldig ze zich voelt dat uitgerekend zij deze onderhuurder aan mij heeft voorgesteld. Ook Romijn is gekomen en behoorlijk on-der de indruk van de staat waarin mijn appartement verkeert. Het nieuws is ingeslagen als een bom.

'Nou, wat hebben we vandaag geleerd: laat geen vreemden in je huis. En dat geldt voor mensen én dieren,' zegt Flint.

'Ik dacht, laat ik een beetje goodwill kweken bij de buurvrouw en op haar poes passen. Dan kan zij voor mij de boel een beetje in de gaten houden als ik weg ben.' Gefrustreerd grijp ik met mijn handen in mijn haar. 'Ik had die kat niet eens in huis hoeven ne-men. Gewoon twee keer per dag een bakje eten en drinken klaar-zetten in haar eigen huis was genoeg geweest.'

Romijn schenkt intussen wijn in de glazen. 'Kom maar door met die alcohol,' zeg ik gelaten. Joy reikt me een glas aan. Het volgen-de moment begin ik te snikken. Romijn slaat een arm om me heen.

'Het komt goed. Wij gaan je heel hard helpen om je huisje zo snel mogelijk weer op orde te krijgen. Je zult zien, het wordt mooi-er dan het ooit is geweest.' Ik haal mijn neus op, knik en veeg de tranen onder mijn ogen weg.

'En die Curtis krijgt zijn verdiende loon wel. Daar zal ik per-soonlijk voor zorgen,' zegt Flint. Nu moet ik lachen. Want als Flint ergens goed in is dan is het wel in sublieme wraakacties on-dernemen. Op de een of andere manier helpt dat altijd heel goed om mij uit een dal te trekken. Alleen al door het bedenken van zo'n actie voel ik me stukken beter.

Romijn doet meteen een voorzetje: 'We kunnen zijn auto foto-graferen op de parkeerplaats van UniDad en voor een spotprijs te koop aanbieden op Marktplaats. Met zijn telefoonnummer erbij.'

'Zal ik dan meteen een profieltje voor hem aanmaken op een paar hardcore gaysites?' zegt Flint. 'Het is een klassieker inmid-dels, maar bij jouw foute ex Rik werkte het prima, toch?'

'Precies.' En ik neem een slok wijn. 'En zet er maar bij dat hij graag vastgebonden wil worden of iets dergelijks.'

'Gebruik dan het mailadres van zijn werk. Dat kan ik je wel geven,' gniffelt Joy. 'Dan krijgt hij al die foute mailtjes op kantoor. Lekker ongemakkelijk.'

'Goed idee!' zegt Flint enthousiast. Met zijn drieën gieren ze het uit, ik lach schamper mee. Ik voel me al weer een klein beet-je beter.

'Zondagavond is jouw huis weer helemaal perfect, let maar op. Al moet ik het hele weekend doorhalen,' zegt Joy terwijl ze met haar auto voorzichtig twee fietsers inhaalt. Ze stond erop dat ze me naar Milo's huis mocht brengen. Ik geloof dat ik haar schuldge-voel nog maandenlang kan uitbuiten.

'Denk je dat Milo al thuis is?' vraagt ze als we er zijn.

'Waarschijnlijk niet. Anders had hij wel gebeld.' Ik heb ongeveer tien keer gebeld, sms'jes verstuurd en zijn voicemail ingesproken, maar mijn vriend heeft nog niets van zich laten horen. 'Bij *Geen Weg Terug* had hij echt kantooruren, maar hier zijn de draaitijden heel anders. Er wordt meer op locatie gedraaid,' leg ik uit.

'Ik vind het wel ontzettend stoer dat hij een rol in *Donkersloot* heeft. En als hij niet kan helpen is dat geen probleem, hoor. Wij zijn er sowieso en Ole heeft ook aangeboden om te komen hel-pen.'

'Dat is lief.'

'Het is wel het minste wat ik kon doen,' antwoordt Joy.

Daar sta ik dan. In Milo's appartement. Het is ontzettend mooi en gezellig, aan de gracht, maar ik had vanavond heel graag in mijn eigen bed willen slapen. Dan gaat mijn mobieltje: Milo.

'Hé schatje. Wat lees ik nou allemaal?!'

'Mijn onderhuurder heeft me ongevraagd getrakteerd op een metamorfose. Dankzij hem is de woning nu praktisch onbewoonbaar.'

'Ben je nu bij mij thuis?'

'Ja. Ik heb zelfs geen bed meer.' En ik begin te snikken.

'Suusje, ik ben er zo snel mogelijk.'

Een halfuurtje later komt Milo thuis. Als hij binnenkomt zegt hij niets, trekt me alleen tegen zich aan en houdt me stevig vast. Ik sla mijn armen om hem heen. Terwijl ik mijn tranen de vrije loop laat, streelt Milo mijn haren. Ik duw mijn snotterende neus nog steviger tegen zijn borst. Dan neemt hij mijn gezicht in zijn handen en kust hij mijn tranen weg.

'Het komt allemaal wel goed.'

Ik knik voorzichtig. 'Romijn, Flint, Joy en zelfs Ole willen me helpen bij het klussen. Maandag begin ik bij *she* en ik wil het dan netjes hebben.'

Milo's gezicht betrekt. 'Shit. Ik heb dit weekend opnames.'

'Ik wil het echt af hebben voordat ik weer ga werken. Ik zie het niet zitten om na het werk nog te moeten klussen. Bovendien mis ik mijn huisje.'

'Echt? Vind je het niet gezellig bij mij?'

'Natuurlijk wel. Maar ik mis mijn eigen spullen om me heen.'

'Dat snap ik. Wacht, ik bel meteen de producer om te vragen of er geschoven kan worden met het draaischema.'

'Nee, joh, doe niet zo gek. Jij moet gewoon werken, dat is hartstikke belangrijk. Zoals ik al zei, mijn vrienden helpen me al.'

'Zeker weten?'

'Zeker weten.'

'Elk vrij uurtje dat ik heb zal ik je helpen, oké?'

'Is goed. Voel je niet schuldig. Ik begrijp het.'

Als ik Milo later, met ieder een afhaalpizza op schoot, gedetailleerd vertel over Curtis wordt hij echt woest. Bij mij is de ergste woede al wat getemperd, maar Milo heb ik niet eerder zo boos gezien. Afgezien van die keer dat ik hem vals beschuldigde van vreemdgaan.

'Wat een klootzak. Als ik die vent ooit tegenkom...'

'Ik ga hem zeker nog terugpakken.'

'Hoe dan?'

'Dat weet ik nog niet. Maar jouw vriendin is heel goed in wraak nemen.'

'O? Vertel?'

'Nou... mijn vorige vriendje is vreemdgegaan en ik kan je verzekeren dat hij daar flink spijt van heeft. Je bent dus gewaarschuwd.'

Milo begint te lachen. 'Ik word bijna bang.'

'En terecht.'

'Lieve Suus, ik hoef helemaal niet bang te zijn, want het laatste wat ik zou doen is jou bedriegen. Jij bent mijn nummer een. En twee, én drie.'

'En wie is dan nummer vier?'

'Mijn moeder.'

We beginnen te lachen.

De volgende dag halen Flint en Romijn me op bij het huis van Milo.

'Dat is een behoorlijk indrukwekkend pand waar jouw BN'er in woont. Ik dacht dat soapacteurs niet zoveel verdienden,' zegt Flint als ik de auto instap.

'Hij heeft ook wel eens een commercial gedaan.'

'Maar dan nog,' antwoordt Flint 'Of is het vanbinnen net zo armoedig als bij jou?'

'Hahaha. Niet grappig, Flint.'

Bij de bouwmarkt aangekomen laden we de kar in met onder andere verf, schuurpapier, terpentine en schoonmaakmiddelen.

'Waar is Flint?' vraagt Romijn als we klaar zijn.

Ik kijk om me heen. 'Geen idee.'

'Flint!' roept Romijn, terwijl we met de kar rij voor rij aflopen. Dan zien we hem staan. Met een bedenkelijk gezicht kijkt hij naar de rekken met overalls.

'Wat doe je?' vraag ik.

'Ik zoek de minst lelijke overall uit.'

'Je kunt ook gewoon oude kleding aantrekken,' zegt Romijn.

'Lieve schat, ik heb geen oude kleding. Elk seizoen ga ik door mijn kledingkast en gooi ik weg wat ik een jaar niet heb gedragen.'

'Hoe noemt topstyliste Bliss Hummelman dit ook al weer? O ja, je garderobe winterklaar maken!' Romijn begint te lachen.

'Ten eerste is Bliss Hummelman geen topstyliste, maar een anorectische graftak die al haar klanten in een Amsterdam Oud-Zuid-uniform hijst en dat *boho-chic* noemt. Ten tweede is het heel nuttig om je kledingkast op te schonen. Zo creëer je ruimte in die kast en de oude kleding verkoop je gewoon via Marktplaats. Zou je ook moeten doen, kun je aardig mee verdienen.'

'Volgens mij zit niemand op mijn oude H&M-spullen te wachten,' zegt Romijn.

'Je zou nog versteld staan.'

'Allemaal heel interessant dit, maar kunnen we verder? Ik heb haast. Er moet in drie dagen een heel appartement worden opgeknapt,' zeg ik ongeduldig.

'Mopski, als ik ga klussen wil ik wel een beetje fashionable voor de dag komen.'

'Flint!' Geërgerd kijk ik hem aan.

'Oké, oké. Die donkerblauwe dan maar. Jullie ook een? Hij kost... even kijken... maar veertien vijfennegentig! Meiden, dit is een koopje! Ik ga denk ik de overall hot verklaren.'

Geïrriteerd gris ik drie overalls uit het rek en gooi die in het karretje. 'We gaan. Nu!' Vanuit mijn ooghoek zie ik Flint en Romijn elkaar veelbetekenend aankijken. Kan me niet schelen, ik wil door.

Wanneer we eindelijk bij mijn huis aankomen, zijn we al anderhalf uur verder. In dit tempo krijgen we het nooit voor elkaar, denk ik nerveus. Bepakt en bezakt sta ik voor de voordeur als ineens mevrouw Wientjes komt aanlopen.

'Mevrouw Wientjes! Hoe gaat het met u?'

'Ik mag niet klagen. En hoe is het met jou, Suus? Hoe was je vakantie?'

'Het was heerlijk, maar ik vind het ook fijn om weer lekker

thuis te zijn,' lieg ik. Ik zeg maar niets over de toestand achter mijn voordeur. Straks vertelt ze het nog aan onze huisbaas.

'Mooi zo. Want zoals het klokje thuis tikt...'

'... tikt het bij Suus ook niet meer. Of is jouw klok een van die paar dingen die Curtis heeft laten staan?' Romijn stompt Flint in zijn zij. 'Au!' Mevrouw Wientjes merkt gelukkig niets.

'Hoe gaat het trouwens met Dirkje?' vraag ik zo nonchalant mogelijk.

'Goed, hoor, het is zo'n lekker aanhankelijk beestje. Zo fijn dat je toen op hem kon passen.'

'Graag gedaan. Het is ook een lieve kat. Beter dan die zwerf-katten in Costa Rica. Dat zijn allemaal luizenbalen. Brrr.' Ik kijk naar mevrouw Wientjes of ze deze hint oppikt.

'Vreselijk! Als ik ergens een hekel aan heb... Zoiets zou mij niet gebeuren.'

'Heeft Dirkje nog nooit vlooien gehad? Wat knap!' zegt Romijn onschuldig. Ze speelt het spel handig mee.

'Nou, dat wel. Elk beest heeft natuurlijk wel eens vlooien. Gut, kind, Dirkje had toch geen vlooien toen-ie bij jou logeerde?' vraagt mijn buurvrouw geschrokken. 'Want dat zou ik heel ver-velend vinden. Ik heb hem nog snel voordat ik hem bij jou bracht even wat druppels in zijn nek gegooid.'

Flint en Romijn draaien hun hoofden mijn kant op, afwachtend wat ik hierop ga zeggen. Het was dus wel Dirkje. Shit. Maar ga ik dit nu, maanden later, mijn bejaarde buurvrouw nog onder haar neus wrijven?

'Nee, hoor, niets van gemerkt,' glimlach ik. 'En als u nog eens een oppas nodig hebt voor Dirkje, dan kunt u het me altijd vra-gen.'

'Dat is aardig van je.'

Als we binnen zijn sist Flint meteen naar me: 'Waarom zei je niet dat die kat van haar een hoop problemen heeft veroorzaakt?'

'Omdat ik haar niet wil opzadelen met een schuldgevoel. Bo-vendien kan mevrouw Wientjes er toch niets aan doen dat Curtis zo rigoureus te werk is gegaan?'

'Nee, maar ze had geen kat met vlooien naar jou moeten brengen,' zegt Romijn.

'Klopt. En dat zal ook niet meer gebeuren.'

'Je bood nog geen minuut geleden aan om vaker op Dirkje te passen!' werpt Flint tegen.

'Maar dan neem ik hem niet in huis. Ik wandel gewoon naar boven en geef hem brokjes en water in zijn eigen huis. Iets wat ik toen al had moeten doen.' Ik pak de spullen uit de tassen en deel sponzen en emmers uit aan Flint en Romijn. 'Zullen we beginnen met het houtwerk? Kijken of we die vage waas eraf kunnen poetsen?'

Tot 's avonds laat zijn we bezig met het schoon schrobben van plinten, kozijnen en deuren. Het bestrijdingsmiddel zit er goed op. Het is bijna elf uur als we uitgeput neerploffen.

'Dat hebben we mooi gedaan,' zegt Romijn tevreden.

'Inderdaad. Heb ik al gezegd hoe blij ik ben dat jullie me helpen?'

'Pas een paar honderd keer, maar je mag het best nog eens zeggen, hoor,' antwoordt Flint.

'Ik ben heel, heel blij met jullie,' lach ik. 'En weet je? Ik denk dat het gaat lukken. Met Joy er morgen en overmorgen ook bij, moet het zeker goed komen.'

'Alleen jammer dat die kerel van jou zijn snor drukt.'

'Flint, Milo drukt zich niet. Hij wil juist graag helpen, maar dat gaat niet. Hij wilde zelfs de producer bellen om het schema om te laten gooien.'

'Hij had nu toch kunnen komen? Of staat-ie nog steeds op de set?'

'Vast wel. Anders was hij heus wel hier.'

Maar als ik een halfuurtje later Milo's huis binnenstap zie ik hem languit op de bank liggen. Met een zak chips naast zich en een film op tv, heeft meneer het zich helemaal gemakkelijk gemaakt.

'Ook goedenavond.' Met een plof laat ik mijn tas op de salontafel vallen. 'Ik werk me de hele dag uit de naad en jij zit intussen lekker op de bank te relaxen.'

'Sorry, hoor, maar ik heb ook de hele dag gewerkt.'

'Je had beloofd dat je elk vrij uurtje mee zou helpen.'

'Klopt. Het spijt me. Maar ik voel me nu zo verrot dat ik waarschijnlijk toch niets voor je had kunnen betekenen.'

'Hm.'

'Sexy overall zeg. Nieuw?'

'Je hebt me gewoon laten stikken. Niet cool van je.'

'Sorry, Suusje. Morgen kom ik na de opnames meteen naar je toe, oké? Kan ik het nu goedmaken met een massage?' Milo's handen glijden naar mijn nek en beginnen zachtjes te kneden. Dat voelt goed na een lange dag schrobben. Heel goed zelfs. Ik draai mijn rug naar hem toe, zodat hij er beter bij kan. Met één hand masseert hij mijn nek, duim aan de ene kant, de overige vingers aan de andere kant. Langzaam naar boven naar mijn haargrens, dan door mijn haren. Zijn andere arm slaat hij om me heen zodat hij de lange rits van mijn overall kan openen. Hij stroopt de overall naar beneden zodat ik alleen nog in mijn beha zit. Zachtjes drukt Milo overal kusjes op mijn rug. Nadat hij me een lange zoen in mijn nek heeft gegeven, draai ik me om en kijk hem aan. Ik strijk met mijn hand door zijn haar en breng mijn mond naar zijn lippen. Milo laat zijn tong naar binnen glijden en al snel dansen onze tongen hartstochtelijk om elkaar heen, dan weer duwen ze plagend tegen elkaar. Ik laat me op mijn rug op de bank zakken en Milo krult over me heen. Terwijl hij mijn overall verder naar beneden stroopt, trek ik zijn shirt over zijn brede rug. Steeds wilder en meer opgewonden zoenen we door, terwijl de kledingstukken een voor een uitgaan. Beha, broek, boxershort, slipje. Als we helemaal naakt zijn drukt Milo zijn onderlijf tegen me aan. Ik leg mijn handen op zijn rug. Milo likt eerst speels aan mijn oor en glijdt daarna met zijn tong langs mijn nek, zo naar mijn borst en dan verder naar beneden. Ik sluit mijn ogen en geniet.

'Ik wist niet dat er een dresscode was,' merkt Joy droogjes op als ze ons alle drie in onze blauwe overalls ziet. Aan haar armen bungelen enorme tassen en in haar handen draagt ze een grote doos.

'Wat heb je daar? vraagt Flint terwijl hij nieuwsgierig in een tas kijkt.

'Ik heb wat verrassingen voor Suus.'

'Echt? Mag ik kijken?' En ik loop naar Joy. Ze overhandigt een enorme plastic tas en als ik die open zie ik zes kussens met heel mooie fluwelen hoezen.

'Wat lief! Maar dat hoef je toch helemaal niet te doen?'

'Ik probeer mijn schuldgevoel af te kopen,' glimlacht Joy. 'En gisteren kon ik ook al niet kon helpen vanwege mijn werk, dus ben ik vanmorgen extra vroeg opgestaan om te winkelen. Deze zaak heeft zulke leuke woonaccessoires.' Joy overhandigt me een tweede tas en ook die zit vol mooie spullen: kandelaars, een plaid, een tafelkleed, geurkaarsen. In de volgende zitten nog meer kussentjes en Joy heeft zelfs een dekbed gekocht en twee mooi hoezen.

'Jij weet ook precies wat ik mooi vind. Echt ontzettend lief van je. Dankjewel!' Ik geef mijn vriendin een stevige omhelzing.

'Goed, wat staat er vandaag op het programma?'

'Gisteren hebben we het houtwerk gedaan. Vandaag de vloer en de muren,' leg ik uit. Terwijl Joy en Romijn met een schuurmachine de scheuren uit mijn geverfde houten planken proberen te schuren, storten Flint en ik ons op het behang. Maar al snel ontdekken we dat de vlekken er niet af te poetsen zijn.

'Ik moet weer naar de bouwmarkt,' verzucht ik. 'Een nieuw behangetje uitzoeken. Kom, laten we met z'n allen gaan.' Enthousiast springen mijn vrienden op en rijden we naar de bouwmarkt.

'Het moet een niet te ingewikkeld motief hebben. Zo goed kan ik ook weer niet behangen.'

'Deze?' Flint pakt een fotobehang van een strand met ondergaande zon. 'Een Costa Rica-sfeertje in je huis creëren?'

'Neh.'

'Een bos dan?'

'Ik zoek iets wat meer neutraal is.'

'Deze.' Joy pakt een staal wit behang met hier en daar een lichte bloem erop, heel subtiel.

'Die vind ik mooi!'

We pakken zes rollen behang, lijm en een borstel plus een overalletje voor Joy en rekenen af. Weer ruim honderd euro lichter.

Deze hele operatie kost me veel geld. En dan moet ik ook nog een bankstel, gordijnen en een vloerkleed kopen.

Weer thuis glipt Joy in haar net aangeschafte werkoutfit. 'Tadaa! Wat vinden jullie ervan?' Met een hand op haar heup paradeert ze door mijn woonkamer. We fluiten en klappen.

'*Work it, girl*,' joelt Flint. Romijn loopt naar de muziekinstallatie en even later schalt Beyoncé door mijn huis. Alle vier in dezelfde overall dansen we rond, terwijl we hard mee blèren met 'Run the World'. Drie nummers later combineren we onze dansmoves met het klussen. Flint kleddert op de maat behangplak op het behang en smeert het ritmisch uit, terwijl Joy, Romijn en ik al zingend en dansend een behangetje pakken en die voorzichtig tegen de muur plakken. Vervolgens wrijven we op de maat in allerlei poses het behang glad.

'Meiden, eigenlijk is dit hartstikke gezellig,' zegt Flint enthousiast.

Ik knik blij. 'Volgend weekend jouw huis doen?'

'Prima, mopski!' En hij wrijft de volgende rol swingend in met lijm.

Als Milo om vier uur arriveert is hij verbaasd als hij vier blauwgeklede klussers aantreft die blij zingend door de kamer bewegen.

'Gezellig hier,' merkt hij enthousiast op.

'Hi schatje!' Ik loop op hem af en omhels hem met mijn plakkerige handen. Het kan Milo niet schelen dat zijn trui vies wordt en hij pakt me stevig vast en kust me lang op mijn mond.

'Wat ziet het er al goed uit!'

Na de nodige drankjes wordt Milo aan het werk gezet en lakt hij de geschuurde delen van de vloer. Zorgvuldig plakt hij er tape rondom zodat we weten dat we daar niet overheen moeten lopen. Wij zijn intussen klaar met behangen. Tevreden kijk ik om me heen: de vloer ziet er goed uit en het nieuwe behang geeft de woonkamer heel veel sfeer. Mijn vrienden hadden gelijk: mijn huis wordt echt beter dan het ooit is geweest.

De volgende dag is het tijd voor de finishing touch. Ik heb een busje gehuurd – weer honderd euro – en rijd samen met Joy naar IKEA. De enige woonwinkel waar ik meteen een matras, bankstel en gordijnen kan inladen en meenemen. Ik ga voor een simpele grijze bank die desondanks toch vierhonderd euro kost. Ook het matras is een paar honderd euro. Wanneer ik kant-en-klare gordijnen heb ingepakt maak ik de balans op: als ik straks heb afgerekend ben ik nagenoeg blut. Met nog een paar honderd euro op mijn rekening sta ik zo meteen maximaal in het rood. En ook mijn spaarrekening is al helemaal geplunderd. Shit.

'Ik laat die vloerkleden maar even zitten. Ik moet ook nog eten kunnen kopen.'

Joy kijkt me aan. 'Is het zo erg?'

'Ja, wat dacht je dan? Ik heb ruim drie maanden niet gewerkt en die make-over van mijn huis had ik van tevoren niet echt gebudgetteerd.'

'Laat mij dan die twee vloerkleden betalen.'

'Dat is superlief van je, maar ik heb al zoveel van je gekregen. Ik ga volgend weekend gewoon eens naar een kringloopwinkel voor een fauteuil voor in de slaapkamer. Misschien vind ik daar ook wel leuke kleden.'

Joy trekt een vies gezicht. 'Tweedehands vloerkleden? Wie weet wat daar allemaal voor smerigheid in zit. Straks heb je weer vlooien in huis.'

'Oké, geen vloerkleden van de kringloper,' zeg ik snel, en lachend lopen we richting de kassa.

Zodra alles op z'n plek staat rijd ik naar Milo's huis om mijn spullen te pakken. Mijn kleding, schoenen en toiletspullen zitten in twee grote dozen die ik een voor een in Joys auto laad.

'Ziezo, dat is gedaan. Nu terug naar je huis en dan kunnen we alles netjes op z'n plek zetten,' zegt Joy tevreden.

Ik merk dat ik, ondanks de financiële strop, echt blij ben met de nieuwe look van mijn huis. Het ziet er fris en gezellig uit. Ook Milo blijkt onder de indruk van het eindresultaat. En net als Joy biedt ook hij aan om vloerkleden voor de woonkamer en slaapkamer te betalen.

'Niet nodig,' zeg ik stoer.

'Dan moet je het zelf weten. Maar vrijen op een harde houten vloer is niet echt lekker.'

'Ik heb een spiksplinternieuw matras.'

'Wijsneus.' En hij tilt me op en draagt me naar de slaapkamer. Milo laat ons samen op mijn nieuwe bed vallen. Hij ligt boven op me en begint me te kussen. 'Ik zal je missen.'

'Ik jou ook.'

Als we gaan slapen merk ik dat ik doodop ben. Die twee dagen metamorfose hakken erin. Stilletjes liggen we op onze zij tegenover elkaar in het schemerdonker. Mijn nieuwe IKEA-gordijnen blijken niet zo verduisterend als op de verpakking werd beweerd.

'Dank je dat er bent,' fluister ik.

'Dat is toch logisch,' fluistert Milo terug. Zijn ogen glinsteren in de nacht. Zachtjes streelt hij mijn wang. 'Ik hou van je, Suusje.'

'Ik hou ook van jou.'

7

Vandaag is mijn eerste dag bij *SHE*. En ik ben moe, moe, moe. Drie koppen koffie moeten me voorlopig op de been houden. Nog erger is dat Milo zich vanochtend heeft verslapen. Hij werd om zeven uur wakker gebeld door een runner. Hij had al een halfuur eerder op de set moeten staan.

Met een bonzend hart duw ik tegen de draaideur van het pand waar *Het Nieuwsblad* is gevestigd. Ik ben zenuwachtiger dan ik had verwacht. Als ik voor de balie sta zeg ik zo opgetogen mogelijk: 'Goedemorgen, ik ben Suzanne Frans en kom vandaag werken op de redactie van *SHE*.'

De receptioniste, een vrouw die iets jonger is dan ik, kijkt me vriendelijk aan. 'Jij bent de nieuwe medewerker?' Ik knik, opgelucht dat Cordelia dit netjes heeft doorgegeven aan de receptioniste. 'Hier heb je een pasje, daarmee krijg je de deur naar de redactie open. Dat moet je wel vanavond als je naar huis gaat weer inleveren. Freelancers krijgen namelijk geen eigen toegangspasje. En de redactie van *SHE* zit op de tweede verdieping. Als je uit de liften stapt, is het aan de linkerkant.'

'Dankjewel!' En ik neem het pasje aan en wandel naar de liften.

'Een goede eerste werkdag!' roept de receptioniste me vrolijk na. Om er verlekkerd aan toe te voegen: 'Enne, is die Milo in het echt nou ook zo'n lekker hapje?'

Ik geef geen antwoord en kan alleen maar geschokt kijken. Ik ben meer dan verbaasd dat deze vrouw me heeft herkend als de vriendin van Milo. Beduusd stap ik in de lift. De redactie van het weekendmagazine zit helemaal afgezonderd van de redactie van *Het Nieuwsblad*. Die zit op de hele eerste etage. Nadat ik de deur met mijn pasje heb geopend stap ik fier naar binnen. Daar tref ik vijf mensen aan die in opperste concentratie aan het werk zijn. De een tikt, de ander leest iets, en weer iemand anders belt. Niemand die me opmerkt. En Cordelia, de enige met wie ik tot nu toe contact heb gehad, is in geen velden of wegen te bekennen. Heel fijn. Ik zie dat de dichtstbijzijnde redacteur met een koptelefoon op een bandje zit uit te tikken. Die laat ik maar met rust. Ik loop naar de vrouw die druk op haar toetsenbord zit te typen. 'Goedemorgen, ik ben Suzanne Frans en ik kom hier vandaag werken.'

De brunette kijkt op en steekt vriendelijk haar hand uit. 'Hi, ik ben Didi. Welkom. Ik ben de redactieassistente en ik zal je gelijk een beetje wegwijs maken.' Samen lopen we naar de eerste twee bureaus.

'Ik wil jullie voorstellen aan Suzanne Frans. Zij is onze nieuwe redacteur.'

Een veertiger met een wat stoffig uiterlijk, blouse, net iets te hoge spijkerbroek en een degelijke bril, doet zijn koptelefoon af. Hij staat op en schudt me de hand. 'Aangenaam, ik ben Benno. Jij was hier voor de zomer al eens komen praten, is het niet?'

'Dat klopt. Wat goed dat je dat nog weet.'

'Benno schrijft vooral over tv en films,' legt Didi uit.

De vrouw die tegenover Benno zit staat ook op om kennis te maken. 'Ik ben Lotty. Welkom.' Lotty is van mijn leeftijd, maar zeker een kop groter en met een enorm postuur. Afgezien van de rode vlekken op haar wangen, ziet ze gevaarlijk bleek. Of ben ik dat sinds Costa Rica gewoon niet meer gewend?

'Lotty doet de reallife-interviews,' zegt Didi.

'Ik zoek nog iemand die twee keer is bevallen van een tweeling, dus als je zo iemand kent... Liefst begin dertig, en de kinderen mogen niet ouder dan tien zijn,' zegt ze ietwat gestrest.

'Eh... nee. Sorry.'

'En hier zit onze eindredacteur, Pam.'

'Hi,' zegt Pam opgewekt. Ze is een vlot type met een superkort kapsel, strakke jeans en sneakers. Maar ze valt vooral op door haar enorme *nerdy* brilmontuur.

'En dit is jouw plek. Tegenover Guusje, zij is verantwoordelijk voor de lifestylerubrieken als koken, shoppen en de metamorfoses.' Guusje is een vrouw die ik midden veertig schat, maar ze oogt vele jaren jonger. Een zonnebril prijkt in haar golvende, geblondeerde haar. Haar lange benen zijn over elkaar heen geslagen en ze draagt bruine, hoge laarzen met gigantische hakken en rode zolen. Loubies! Ik vind Guusje meteen leuk.

'Hallo, aangenaam kennis te maken,' zegt ze met een hese stem. 'Meestal is het hier niet zo rustig, hoor. Ik denk dat we allemaal een beetje moeten bijkomen van een wild weekend,' zegt ze met een dikke knipoog. Ik lach. Guusje lijkt me een spontane, vrolijke vrouw met wie ik het wel goed zal kunnen vinden. En dat staat los van die jaloersmakende Louboutins aan haar voeten.

We zijn net klaar met het kennismakingsrondje als Cordelia binnenkomt. 'Goedemorgen, Suus. Welkom!' Cordelia schudt me de hand en richt zich direct tot Didi. 'Kun jij Andy voor me bellen om te vragen waar die foto's blijven van die shoot met Katja Meester? En ik wil deze week nog een bespreking met Axel. Regel jij dit zo snel mogelijk?'

'Natuurlijk.' En Didi vliegt naar haar bureau waar ze direct aan het bellen slaat.

'Loop je mee naar mijn kamer? Dan kunnen we meteen doorspreken wat je deze week kunt gaan doen.' Onder de indruk van Cordelia's daadkracht laat ik me sprakeloos door haar meetronen naar haar kantoor. Dat is strak ingericht met een groot zwart bureau en een leren stoel. Aan de andere kant van de kamer staat een grote vergadertafel met zwarte leren stoelen eromheen. Aan de muur een ingelijst eerste nummer van SHE en de nodige lelijke non-descripte kantoorkunst. De kamer zou kaal en steriel overkomen als er niet overal stapels papieren en tijdschriften rondslingerden. Cordelia heeft inmiddels plaatsgenomen aan de vergadertafel en nodigt me uit om hetzelfde te doen. 'Wil je wat drinken?'

Ik schud mijn hoofd. 'Nu niet, dank je.'

'Hoe was je reis naar Thailand?' vraagt Cordelia.

'Costa Rica,' verbeter ik haar. 'Het was hemels. De stranden, de mensen, de natuur, het eten. Geweldig.'

'Leuk,' glimlacht Cordelia weinig enthousiast. 'Je zult wel lekker uitgerust zijn.' Ik glimlach terug, verbaasd dat Cordelia mijn enorme wallen niet heeft opgemerkt. 'Goed dat je terug bent. En nogmaals van harte welkom. Eerst wil ik je het een en ander vertellen.' Cordelia pakt er een foamboard bij met daarop twee pagina's van *SHE*.

'*SHE* staat aan de vooravond van een grote verandering,' begint Cordelia haar betoog. 'De dagbladenwereld verkeert in zwaar weer. Elke titel heeft last van de nieuwe media. Wanneer mensen nieuws willen lezen, richten ze zich immers steeds vaker tot het internet dan tot de krant. De oplages staan hierdoor onder druk. De kranten zijn daarom genoodzaakt hun terrein te verleggen. Nog wel nieuws, maar ook meer achtergronden, opinie en, ik heb een ontzettende hekel aan het woord, "verstrooiing".' Met haar vingers maakt Cordelia de aanhalingstekens in de lucht. 'En met dat laatste komen wij met ons weekendmagazine om de hoek kijken. Verstrooiing bood *SHE* altijd al, maar we gaan nu de focus verleggen.'

Ik slik en knijp mijn billen samen. Nieuwe focus? Ik hoop maar dat dit verhaal voor mij een happy end heeft. Cordelia gaat verder: 'We willen ons met *SHE* meer op de glamour richten. *Het Nieuwsblad* biedt dagelijks de realiteit van alledag en *SHE* in het weekend de glamour, het goede leven, sterren, fashion, et cetera.'

Ik ontspan. Dit klinkt me als muziek in de oren! Het lijkt erop dat ik met mijn neus in de boter ben gevallen. Roomboter, *that is.* Cordelia legt het foamboard op tafel zodat ze beter dingen kan aanwijzen. 'Daar hoort uiteraard ook een nieuwe vormgeving bij. Hier zie je twee pagina's van *SHE* nieuwe stijl. Het is minder stijf en strak. De pagina's worden speelser opgemaakt, het kleurenpallet is ook aangepast en het heeft allemaal een meer glamoureuze feeling.'

Ik knik tevreden. 'Het ziet er goed uit. En in de nieuwe richting die *SHE* uitgaat kan ik me helemaal vinden.'

'Dat dacht ik al. Over twee weken gaat *SHE* nieuwe stijl van start. Nu heb ik bedacht dat jij de teksten kunt maken van wat kleine rubriekjes. En we hadden natuurlijk al afgesproken dat jij elke week een lang interview zou maken. Dat blijft staan. Dat wil zeggen… jij schrijft het stuk, maar iemand anders zal het interview doen.'

Hoor ik dit goed? Iemand anders?

'Waarom? Twijfel je aan mijn interviewkwaliteiten, Cordelia? Want daar is echt geen enkele reden voor. Ik heb enorm veel ervaring met interviewen. Van de meest uiteenlopende mensen, van sterren tot...'

'Dat wil ik best geloven,' onderbreekt Cordelia me. 'Maar zoals ik al zei gaat glamour een heel belangrijke rol in *SHE* spelen. En we hebben nu een bekende Nederlandse vrouw, echt een A-ster, weten te strikken om voor ons de interviews te gaan doen. Elke twee weken! En met haar connecties worden deuren geopend die voor *SHE* anders misschien gesloten zouden blijven. Zo vangen we twee vliegen in één klap.'

'Maar waarom schrijft ze het interview dan niet zelf?' vraag ik droogjes.

'Omdat je daar wel de *skills* voor nodig hebt. Schrijven is toch een vak.'

'Interviewen ook,' weerleg ik. Cordelia kijkt me licht geërgerd aan. Ze begint ongeduldig te worden.

'Daar heb je misschien gelijk in. Maar ik geloof dat het deze dame wel gaat lukken. En mocht een interview soms af en toe de mist ingaan, dan kun je dat altijd tekstueel wel rechttrekken. Je weet zelf ook best hoe je van achter je bureau van een moeizaam vraaggesprek soms toch nog iets heel sappigs kunt maken.'

Ik knik. 'Dat is waar.'

'Daarom is het belangrijk dat we een goede journalist op deze klus zetten. En daarom wil ik jou. Volgens mij zou jij dit heel goed kunnen.'

Ik kijk Cordelia strak aan en taxeer haar gezichtsuitdrukking. Ik weet niet of ze me zit te fokken of dat ze het oprecht meent. Ik besluit voor het laatste te gaan.

'Dus als ik het goed begrijp interviewt een bekende vrouw telkens een andere ster, dankzij haar connecties. En vervolgens werk ik dat gesprek uit en maak er een lopende tekst van.'

'Inderdaad.' Cordelia begint al weer wat minder geïrriteerd te kijken.

'Maar mijn naam komt uiteraard wel bij het stuk te staan?'

'Eh... eerlijk gezegd kan ik je daar nog geen antwoord op geven. Dat heb ik nog niet met de interviewster besproken.'

'Pfff, Cordelia. Je zet me wel voor het blok.'

'Luister, Suzanne. Als je nu alleen twijfels hebt vanwege de credits, dan kan ik je al zeggen dat dit niet nodig is. Vertrouw me.
Deze klus is pas het begin. Als je naam nu niet bij deze artikelen
wordt genoemd, dan komt die heus een keer bij andere belangrijke stukken te staan. Jouw rol bij she zal alleen maar groeien.'

Nogal logisch, denk ik cynisch. Kleiner kan niet. Of ik moet de
zak krijgen.

'Per slot van rekening heb jij ook de nodige connecties. Als de
vriendin van Milo den Hartog,' voegt Cordelia eraan toe als ik
haar niet-begrijpend aankijk. Dan valt bij mij het kwartje. Ben ik
aangenomen omdat ik de vriendin van Milo ben? Omdat Cordelia denkt dat ik op deze manier sterren kan strikken voor she?
Mijn hart begint te bonzen. Ik weet niet wat ik hiervan moet denken. Is dit een kans of word ik gigantisch gebruikt? In ieder geval
ben ik teleurgesteld. Ik dacht dat ik deze baan had gekregen vanwege mijn schrijfkwaliteiten. En natuurlijk omdat Mathijs de
Bakker een goed woordje voor me heeft gedaan. Ik had in ieder
geval niet het flauwste vermoeden dat ik enkel en alleen vanwege
mijn status als 'vriendinnetje van' binnen ben gekomen.

Het liefst bedank ik voor de eer en loop ik direct de kamer uit.
Maar aan de andere kant ben ik te nieuwsgierig wat dit me allemaal gaat brengen. Bovendien, ik moet gewoon werk hebben.
'Oké, ik doe het.' Cordelia glimlacht. 'Maar wie is eigenlijk die
beroemde Nederlandse dame in kwestie?'

'Bliss Hummelman.'

Nee. Dit moet een grap zijn. Bliss: de styliste die bijna alle sterren op dezelfde manier kleedt (denk: hoge hakken, strakke broeken en een jasje) en doet alsof dat hogere wiskunde is? De dame
die alleen maar in dure merken kan denken en praten? De Bliss
die mij in mijn *Scoop*-tijd geen blik waardig keurde? Die Bliss?
Moet ik haar interviews afluisteren, uitwerken en er iets goeds
van maken? Dat is onmogelijk. En bovenal: een ontzettende rot-
klus. Maar ik weet dat ik op dit moment niet de luxe heb om

werk af te slaan. En zoals Cordelia me al voorhoudt: wie weet waar dit toe kan leiden. Dus zeg ik zo enthousiast mogelijk: 'Bliss Hummelman? Leuk! En wie is de eerste die ze interviewt?'

'Ze heeft al twee interviews gedaan. Met Missy Stelling en Evite Verdun.'

Natuurlijk: twee BN'ers die ze zelf kleedt. Hoe verrassend. En vooral: hoe oninteressant. Ik heb een bepaalde aversie tegen deze omhooggevallen paspoppen, en dan met name Missy Stelling. Toen ze net met haar 'carrière' begon (het presenteren van een belspelletje) was haar look ordinair en volks. Nu ze een rijke man aan de haak heeft geslagen, heeft Missy zich ontpopt tot een zo- genaamd stijlvolle vrouw, met dank aan Bliss, en schermt ze met dure merken. Nog storender vind ik de manier waarop Missy haar werk plugt. Op dit moment presenteert ze een praatprogramma in de middag, dat volgens mij niet heel goed bekeken wordt, want het wordt om twaalf uur uitgezonden en zeg nou zelf: wie zit er op dat tijdstip nou voor de buis? Maar dat weerhoudt Missy er niet van om te doen alsof ze een heel succesvolle carrière heeft. Het is haar tweede natuur om alle zaken in haar leven enorm ge- wichtig te maken. Zo shopt ze niet elk seizoen nieuwe kleren bij elkaar, nee dat heet 'een garderobe opbouwen'. Het zal mij niks verbazen als Bliss haar dit heeft ingefluisterd. Ik haat dat. En hier- mee zal ik dus aan de slag moeten. 'Missy is een jonge vrouw die veel glamour uitstraalt,' zeg ik zo politiek correct mogelijk. 'Dat past heel goed bij SHE nieuwe stijl.'

'Dat vind ik ook,' glundert Cordelia. Ik ben verbaasd. Ik be- schouw Cordelia als een vakvrouw, zakelijk en ervaren. Daarom vind ik het onbegrijpelijk dat ze serieus in haar nopjes is met een Bliss Hummelman als sterreporter en de interviewkandidaten die ze aandraagt. Is hier sprake van een gevalletje omkoperij, is Cor- delia *starstruck* of is dit gewoon een blinde vlek?

'Het idee is dat het stuk vraag-antwoord wordt. Je kunt de vra- gen van Bliss er dus gewoon in laten, of desgewenst aanpassen. 2500 woorden. Om de week één interview. De *tone of voice* is luchtig. Benno, die je net hebt ontmoet, neemt de interviews van de andere weken voor zijn rekening. Hij weet natuurlijk niet zoveel over fashion, celebrity's en glamour als jullie, maar hij is wel een degelijke interviewer. Je kunt hem ook polsen over de stijl van zijn eigen interviews. Belangrijk is dat er veel sfeer in zit, denk aan de kleding die ze draagt, waar het interview plaatsvindt en wat ze eten.'

'Maar... hoe kan ik dat nou weten?'

'Je hebt gelijk. Ik geef je het mailadres van Bliss, dan kun je haar dat vragen. En ik zal Bliss vragen of ze in het vervolg dit soort dingen wil opschrijven, of op het bandje wil inspreken.'

'Prima.'

'Volgende week komt Bliss hiernaartoe om andere interviewkandidaten door te spreken. Ik denk dat het handig is als jij ook bij deze bespreking bent. Wie weet kun je zelf ook wat namen aandragen of regelen.'

Ik tover de zoveelste nepglimlach op mijn gezicht. Mooi niet. Ik ga echt geen mensen voordragen zodat Bliss met de eer kan strijken. Als ik een interviewkandidaat regel doe ik dat voor mezelf.

'Hier zijn de bandjes, wat mij betreft kun je meteen beginnen met uitwerken. Didi zal je naar je plek wijzen. Succes! En als je vragen hebt, je weet me te vinden.'

Didi laat me allervriendelijkst zien waar ik kan gaan werken. Ook toont ze me de plek van de printer, hoe ik moet inloggen en waar ik de documenten moet opslaan als ze klaar zijn. Ze geeft me een koptelefoon zodat ik de tapes kan afluisteren zonder anderen daarmee lastig te vallen. Als ik me aan mijn bureau heb geïnstalleerd bekruipt me het gevoel dat ik wat werk betreft van de regen in de drup ben gekomen. Maar die gedachte druk ik snel weer weg. Ik wil net mijn koptelefoon opzetten als Guusje, die tegenover me zit, begint te praten.

'Dus jij bent een paar maanden uit de running geweest? Midden-Amerika was het toch?'

'Costa Rica,' knik ik.

'O, daar zou ik ook zo graag eens naartoe willen. Ik ken nu al zoveel mensen die er geweest zijn en iedereen is zo enthousiast.'

'Het is ook gewoon een prachtig land. Mijn vriend heeft er een huisje, samen met een goede vriend van hem. Als je interesse hebt... hij wil het best voor een zacht prijsje verhuren. En de plek is fantastisch. Vlak bij zee.'

'Hou op,' zucht Guusje. 'Ik krijg gelijk zin om te gaan.'

'Wat let je?'

'Geen tijd, werk, geld, je kent het wel.'

Ik knik. Dan wijs ik naar de laarzen aan haar voeten en zeg: 'Als je nou die jaloersmakende *killerheels* verkoopt, heb je al de helft van je ticket.'

Guusje klapt in haar handen en lacht hard. 'Je hebt helemaal gelijk. Voor die peperdure laarzen kan ik een maand eten of inderdaad naar een tropisch oord. Maar toch kan ik ze niet voorbijlopen zonder ze te kopen. Erg hè?' En ze geeft me een vette knipoog.

'Welnee,' schud ik mijn hoofd. 'Vooral heel herkenbaar. Werk je hier eigenlijk al lang?'

'Heel lang,' verzucht Guusje. 'Ik ben vijfentwintig jaar geleden bij *Het Nieuwsblad* begonnen als stagiaire en niet meer weggegaan. Eerst op de binnenlandredactie, daarna reportages en nu SHE. Ook al jaren trouwens. Ik kom hier nooit meer weg, vrees ik. Niet dat ik dat zou willen, hoor. Ik heb het prima naar mijn zin.'

'Goed om te horen. En SHE nieuwe stijl wordt volgens mij een succes.'

'Ik denk het ook wel. Glamour, sterren, dat is toch wat lezers vandaag de dag ontzettend aanspreekt.'

Ik glimlach instemmend. 'Ik ga maar eens aan de slag.'

'Bliss Hummelman, toch?' vraagt Guusje bedenkelijk. Ik laat me niet kennen en knik.

'Nou, als je hulp nodig hebt, dan zeg je het maar.'

8

Ik hoor geruis. Dan een stem. Bliss' stem. 'Volgens mij staat hij nu aan.' Gegiechel volgt. Ik rol met mijn ogen. Zodra ik weer stemmen hoor draai ik vlug aan de volumeknop van het recordertje om het geluid wat harder te krijgen. Maar door de slechte kwaliteit blijft het moeilijk verstaanbaar. Ik zal me goed moeten concentreren om het interview van Bliss en Missy woordelijk te kunnen volgen. Mijn vingers hangen boven het toetsenbord, klaar om mee te tikken.

'Zo, Missy,' steekt Bliss van wal. 'Super dat je tijd voor me kon vrijmaken.'

'Natuurlijk, lieverd. Voor jou altijd.'

'Stond je nog in de file? Onderweg hiernaartoe bedoel ik?' Ik zucht.

'Ja, kwartiertje. Maar ja, dat is Holland hè. Bommetje vol.' En weer gegiechel.

'En wat een lekker weer hè?'

'Nou! Heerlijke nazomer. Zo fijn dat we nu ook nog lekker buiten op het terras kunnen zitten.'

'Zeg dat wel. Die zon brandt nog steeds. Ik hou ervan. Kom je eigenlijk nu meteen vanuit de studio?' Ik luister nu al tien minuten naar de tape, maar mijn handen zweven nog steeds roerloos boven het toetsenbord. Het beeldscherm is leeg. Ik vraag me af wanneer er eindelijk iets zinnigs wordt gezegd.

'Nee, vandaag zijn er geen opnames. Dus ik heb alle tijd voor je.' Wat een verrassing. Missy doet voor de verandering eens niet alsof ze razend druk met werk is. Normaal is dat haar running gag: druk met haar enorm succesvolle carrière.

'Mooi zo,' reageert Bliss. 'Vertel eens, waar ben je allemaal mee bezig?' Opletten nu. Daar komt het!

'Nou, zoals je misschien wel weet ben ik dus superdruk met de opnames van *TeaTime*. Dat wordt elke dinsdag uitgezonden. In zo'n programma gaat enorm veel tijd zitten.' Terwijl de kinderlijke stem van Missy doorratelt, tik ik driftig mee. 'Het kost veel tijd en moeite om elke week leuke, interessante gasten te vinden.'

Ik trek mijn wenkbrauwen verbaasd omhoog. *TeaTime* bestaat voor de helft uit gesponsorde onderdelen, waarbij iemand komt vertellen over de nieuwe generatie stofzuigers of een nieuw fruitdrankje. En de andere gasten zijn uitgerangeerde artiesten die hun zoveelste flop komen promoten. Dat werk. Zo'n programma samenstellen lijkt me, met alle respect, geen titanenklus. Bovendien geloof ik niet dat Missy ook maar één keer een designerhak op de redactievloer heeft gezet. Volgens Missy zelf steekt ze er echter enorm veel tijd in en vertelt ze uitvoerig wat ze de hele week allemaal doet. Taken van de redactie, niet van de presentator. Bliss slikt het pr-praatje van Missy voor zoete koek. Weet zij veel. Ik tik Missy's betoog intussen braaf mee.

Dan hoor ik geschuifel en blijkbaar staat de serveerster aan hun tafeltje. Wat volgt is een grote worsteling om een gerecht te bestellen zonder koolhydraten, calorieën en vet. Terwijl Bliss en Missy de hele menukaart drie keer doorlopen, zeuren ze bij de serveerster wat er verder nog mogelijk is. Die blijft geduldig alle vragen beantwoorden. Ik trommel intussen geïrriteerd met mijn vingers op mijn bureau. Dit duurt een eeuwigheid! Misschien kunnen ze gebakken lucht bestellen? Na zorgvuldig wikken en wegen wordt het voor Missy een salade. Zonder dressing, zonder croutons. En ook geen brood ernaast, s.v.p. Bliss bestelt verse crackers met mosterd. Verbaasd over deze ietwat aparte culinaire keuze, tik ik mee, want deze informatie kan ik mooi in het stuk gebruiken. En dat zal hard nodig zijn, want anders weet ik niet hoe ik in hemelsnaam aan 2500 woorden moet komen.

Ik gun mezelf even een pauze. Als ik me met een kop koffie weer achter mijn computer installeer, typ ik snel een sms'je naar Flint.

Je raadt nooit wie de nieuwe sterinterviewer is bij SHE. Bliss Hummelman! En drie keer raden wie van haar 'diepte-interviews' iets interessants mag maken?

Bliss!? Die omhooggevallen fakerella? En moet jij haar teksten schrijven? Begin er niet aan mopski. Bliss staat bekend om haar divagedrag. Ben voor werk in Berlijn, maar ik bel je asap oke?

Het liefst zou ik Flint meteen bellen voor wat smeuïge roddels over Bliss. Maar ik moet verder. Met een kleine zucht zet ik het bandje weer aan.

Het is bijna halfzeven als Cordelia me op mijn schouder tikt: 'Iedereen is al weg, hoor.'

'Ik ben bijna klaar. Ik hoef nog maar een klein stukje. Ik vind het prettig als het af is.'

Cordelia haalt haar schouders op en reageert met: 'Ik hou je niet tegen.'

'Fijne avond!'

Wanneer ik een kwartier later afsluit vraag ik me lichtelijk wanhopig af of ik van dit interview iets interessants kan maken. Ik ben de hele dag bezig geweest met het uittikken van het ruim twee uur durende 'interview'. En daar is absoluut niks boeiends of nieuws uit gekomen. Ik hoop maar dat het interview met Evite Verdun iets boeiender is. Ik prent mezelf in dat dat niet per se mijn probleem is. Allereerst is het Cordelia's probleem, en natuurlijk dat van Bliss. Het is vooral het bewijs dat niet iedereen die toevallig bekend is ook zomaar een interview kan afnemen. Wie weet besluit Cordelia Bliss hierna wel te dumpen en mag ik het stokje overnemen. Dan ben ik waar ik zou moeten zijn. En zeg nou zelf: ik weet wel hoe ik van zulke gesprekken iets smeuïgs kan maken. Mijn telefoon piept en ik zie ik een berichtje van Milo.

Net klaar met draaien en nu onderweg naar Amsterdam.
Hoor graag hoe je dag was. X M

Blij pak ik mijn tas en loop naar buiten. Naar de tram. Moe sta ik na twintig minuten bij Milo's voordeur. Ik wil net de deur opendoen als ik zijn stem hoor. 'Suus, wacht!' Milo komt in stevige pas aanlopen. Een enorme glimlach op zijn gezicht. Ik smelt ter plekke. 'Goedenavond, lekker ding. Nu pas terug van je eerste werkdag?' Hij vouwt zijn handen om mijn billen en geeft me een kus in mijn nek. Mmm.

'Jij bent anders vroeg terug voor een draaidag,' antwoord ik plagerig.

'Ik had mazzel, vandaag konden we eerder weg. Kun je me meteen uitgebreid vertellen over je eerste dag. Heb je honger?' Milo aait me zachtjes over mijn buik.

'Ontzettend. Zullen we iets laten bezorgen?'

Als de Thai een uurtje later onze bestelling heeft bezorgd, zitten we op grote kussens op de grond heerlijk te eten. De kartonnen bakjes staan voor ons op de salontafel. Milo heeft zich al in een joggingbroek en een strak hemd gestoken en daarin is hij wat mij betreft onweerstaanbaar. Zijn brede, gespierde bovenarmen komen dan altijd extra goed uit. Terwijl ik vertel over mijn eerste dag bij SHE, kijkt Milo me met volle aandacht aan. Zijn felblauwe ogen prikken in de mijne en laten me alleen los als hij af en toe over het tafeltje reikt om wat eten te pakken. Nog steeds geniet ik ervan als mijn eigen vriendje me zo intens aankijkt.

'Goedemorgen,' zegt Guusje opgewekt als ik de volgende ochtend neerplof op mijn stoel. 'Hoe gaat het met je?'

'Beetje moe,' antwoord ik. 'Toen ik in Costa Rica was, heb ik mijn etage onderverhuurd. Die huurder had een complete ravage achtergelaten.'

Guusje slaat haar hand voor haar mond. 'O, wat vreselijk!'

'Dus ik heb het hele weekend geklust om mijn huis nog enigszins bewoonbaar te krijgen.'

'Wacht even.' Guusjes toestel gaat en neemt hem op.

'Redactie SHE, met Guusje.' Zodra de persoon aan de andere kant van de lijn begint te praten kijkt ze geïrriteerd. 'Amalie, hoe gaat het met je?' Mijn collega kijkt me aan en steekt haar vinger in haar keel. Ik lach. 'Nou, zo lang geleden is het niet. Volgens mij hebben we elkaar vorige week nog gesproken.' Ze draait met haar ogen. 'Niet? Dan vergis ik me.' Guusje schudt stevig haar hoofd. 'O, dat lijkt me hartstikke leuk. Alleen heb ik nu een meeting. Kun je die artikelideetjes anders voor me op de mail zetten? Dan kijk ik ernaar en reageer ik later. Goed?' Amalie protesteert blijkbaar.

'Snap ik, maar het is even niet anders. Dus als...' Guusje wordt afgekapt. 'Nee, Cordelia is helaas razend druk. O, ik moet nu echt gaan. Dag Amalie.' Guusje gooit snel de hoorn op de haak. 'Dat was Amalie Bouvier, voetbalvrouw en een van de grootste stalkers van deze redactie. En wat ik van anderen hoor, valt ze ook andere redacties lastig met haar zogenoemde geweldige ideeën voor artikelen en interviews. De vrouw kan nog geen regel foutloos Nederlands schrijven,' verduidelijkt Guusje als ik haar verbaasd aankijk. 'Ze heeft ook een boek geschreven over haar leven als voetbalvrouw. Dat is echt hilarisch in zijn onnozelheid.'

'Suus, heb je even?' Ik schrik me rot als Didi naast me blijkt te staan. 'Cordelia wil je spreken.'

'Nu? Eh, natuurlijk.' Vragend kijk ik Guusje aan, die me bemoedigend toeknikt. Ik loop naar Cordelia's kamer en vlak voordat ik binnenstap vraagt Didi nog snel of ik wat wil drinken. 'Een koffie, alsjeblieft.'

Bij binnenkomst zit Cordelia al aan de vergadertafel vrolijk te kletsen en te lachen met een andere vrouw. 'Ah, daar is Suzanne al. Kunnen jullie meteen kennismaken. Bliss, dit is Suus. Zij zal jouw interviews uitwerken.'

De jonge vrouw tegenover Cordelia draait zich om en laat haar blik keurend over me heen glijden. Ik vraag me of mijn outfit, een skinny met hoge hakken en wijde top, haar goedkeuring kan wegdragen. De uitgemergelde stijlgoeroe zelf draagt afzaklaarsjes, een dun wijd broekje en een flodderig shirtje. Het geheel heeft ze afgestyled met een sjaaltje om haar akelig dunne kippennekje en een hele rij kettinkjes om haar magere polsjes. Helemaal *Ibiza-chic*. Ik ben echter nog het meest onder de indruk van haar enorm bruine teint. Rachel Hazes en ook mijn ex-collega Gwen zouden een diepe buiging maken voor deze poepbruine huid.

'Aangenaam, Suzanne Frans.' Ik loop met uitgestrekte arm naar haar toe.

Bliss blijft zitten en schudt me een slap handje. 'Hallo,' klinkt het koeltjes, terwijl ze me met een doodse blik aankijkt. Blijkbaar is mijn outfit niet geslaagd voor de test.

'Kom zitten, Suus, dan kunnen we de planning doorspreken.'

Bijzonder, ik weet toch zeker dat Cordelia tegen me zei dat Bliss morgen langs zou komen. Alsof Cordelia mijn gedachten kan lezen, legt ze uit:

'Bliss was in de buurt, dus ze heeft nu een bezoekje aan de redactie gebracht. Dan kunnen we de bespreking net zo goed vandaag houden.'

'Natuurlijk,' zeg ik nonchalant. 'Dan pak ik even mijn notitieboek en een pen.' En snel wandel ik de kamer uit naar mijn bureau. 'Bliss is hier,' sis ik naar Guusje.

Die rolt met haar ogen. Hoofdschuddend zegt ze: 'Die meid komt te pas en te onpas de redactie binnenlopen. Alsof wij hier ook niet allemaal druk aan het werk zijn.' Ik glimlach, blijkbaar is Guusje net als ik niet zo'n fan van Bliss.

'Wat ik wil doen is een lijst opstellen met namen van mensen die we allemaal voor *she* zouden willen interviewen,' steekt Cordelia meteen van wal zodra ik weer zit. 'Bliss, met al jouw goede connecties, wie zou jij kunnen benaderen?' Cordelia en ik kijken Bliss verwachtingsvol aan.

'Wie me echt heel erg leuk lijkt is Merel Anstadt, leuke griet, Lynn de Rooy, nog zo'n toppertje, Marscha de Kock, superspontaan en talentvol. Phillipine Munsters, ook zo'n talentje en een stijlicoon voor heel veel vrouwen.'

Terwijl Bliss doorratelt dwalen mijn gedachten af. Het enige wat juffrouw Hummelman doet is haar eigen clientèle pluggen. Lekker makkelijk. Of misschien is dat wel precies wat Cordelia wil. In ieder geval vind ik een of twee vrouwen uit dit rijtje genoeg. Het zijn geen types die je elke week op de cover van je blad moet hebben. Anders is het te veel van hetzelfde.

'En Sebastiaan Dercks.' Ik schrik wakker wanneer ik eindelijk eens een mannennaam hoor. 'Hij heeft ook mijn interieur gestyled en dat doet hij zo onwijs knap. Sebas vindt dat alle huizen seks uit moeten stralen, hilarisch niet?' zegt Bliss zonder te lachen. 'En wie natuurlijk ook echt, echt, echt moet worden geïnterviewd is de altijd lekkere Milo den Hartog.'

Als door een wesp gestoken schiet ik overeind en kijk Bliss aan. Meent ze dit nou? Weet ze soms niet dat ik Milo's vriendin ben? 'Maar dat zal moeilijk worden,' babbelt ze onverstoorbaar verder. 'Milo doet eigenlijk nooit interviews.'

'Nou...' zegt Cordelia glimlachend en ze kijkt me betekenisvol aan. 'Voor het blad waar zijn vriendin werkt zal Milo best een uitzondering willen maken, toch Suus?' En Cordelia kijkt hoopvol mijn kant op. Even is het doodstil. Dan lijkt het kwartje bij Bliss te vallen.

'Wat? Jij!?' Bliss spuugt de woorden vol verbazing uit. Ze kijkt me aan met een blik vol verwondering en afgunst. Ze weet duidelijk niet wat ze van de situatie moet vinden.

'Je hebt helemaal gelijk. Milo past perfect bij SHE nieuwe stijl,' zegt Cordelia. 'Hij schudt nu echt zijn soapimago van zich af, wordt steeds serieuzer genomen als acteur. Eerst die film, en nu gaat hij toch in die nieuwe serie spelen?'

'*Donkersloot*, inderdaad,' vul ik Cordelia aan. 'Sorry dat ik je onderbreek... maar ik denk eerlijk gezegd niet dat Milo een interview wil geven. Ook niet als ik een goed woordje doe.' Dat is niet helemaal waar. Het klopt dat Milo liever geen interviews geeft. Maar voor mij zou hij dat best willen doen. Ik weiger echter Bliss deze gunst te verlenen. Als Milo zo nodig een interview moet geven, dan zie ik liever dat hij dat met een goede en ervaren journalist doet. En niet met een omhooggevallen personal shopper.

'Als hij dat al niet eens voor je overheeft...' zegt Bliss, terwijl ze haar ogen gesloten houdt. Ik haat het als mensen dat doen.

'Weet je zeker dat je hem niet kunt overtuigen? Je zou er ons allemaal hier een groot plezier mee doen. Voor SHE zou het geweldig zijn,' probeert Cordelia.

Ik haal mijn schouders op. 'Ik zal het uiteraard proberen. Maar het is zijn carrière,' verdedig ik me.

'Nou, het is wel duidelijk wie de broek aanheeft in deze relatie,' sneert Bliss. Was Bliss een paar minuten geleden nog volledig uit het veld geslagen toen ze ontdekte dat ik Milo's vriendin ben, nu is ze weer helemaal terug in haar rol van harde tante.

'Goed, ik denk dat we op dit moment genoeg namen hebben om door te gaan. Benader jij deze mensen? En je hebt al een afspraak met een grote naam, nietwaar?'

'Inderdaad,' glundert Bliss. 'Met Solange Ronduijt-Blanco! Volgende week hebben we de fotoshoot, de styling heb ik al helemaal rond. Het wordt prachtig. Helemaal Solange, helemaal Bliss. En *she*, uiteraard,' voegt ze er tot slot wat plichtmatig aan toe. 'En volgende maand doen we het interview.' Bliss kijkt me aan: 'Het is even passen en meten met twee van die waanzinnig volle agenda's, maar het is toch gelukt. Waar een wil is, is een weg.'

'Wat ontzettend knáp van je,' zeg ik sarcastisch. Als Bliss kan bitchen, kan ik het ook. Intussen baal ik als een stekker. Solange is de volgende 'ster' die Bliss aan een zogenaamd vragenvuur onderwerpt. Een eersteklas golddigger zonder enig talent. Maar dankzij haar huwelijk met een voetballer blijft ze verzekerd van aandacht. Jippie. Maar voordat ik daar mijn tanden in mag zetten, moet ik me eerst nog door het interview met Missy heen worstelen.

'Is er eigenlijk al een besluit genomen over de credits?' vraag ik. 'Is al duidelijk hoe mijn naam bij deze stukken wordt gezet?'

Cordelia schraapt haar keel. 'Dat was inderdaad ook nog een puntje,' antwoordt ze voorzichtig. 'We hebben besloten om jouw naam er niet bij te zetten. Dat geeft onnodig verwarring en we willen graag dat het echt de pagina's van Bliss worden.'

Waarom verbaast me dit niet? 'Ik geloof niet dat ik het daarmee eens ben. Mijn naam kan er toch op zijn minst worden bijgezet? Bijvoorbeeld als "met medewerking van"?'

'Lieve schat,' begint Bliss en weer houdt ze die ogen dicht. 'Met alle respect, maar het meeste werk doe ik. Ik doe immers de interviews. En de styling voor de fotoshoots. Die zonder mij niet eens zouden plaatsvinden, aangezien ik de contacten heb en ze regel. Alleen dat laatste al is een enorme klus. En dat zou jij toch moeten weten, jij kunt nog niet eens een interview met je eigen vriendje regelen.'

Ik wil meteen iets terugzeggen, maar voordat ik de kans krijg, kapt Bliss me snel af: 'En zeg nou eerlijk... wie kent Suzanne Frans? Die naam zegt toch helemaal niemand wat?'

'Goed, genoeg gepraat nu,' probeert Cordelia vlug de situatie redden. 'Ik moet echt weer door met mijn werk. En Suus volgens mij ook. Bliss, laat jij me weten wanneer je een nieuw interview hebt geregeld?'

'Natuurlijk,' glimlacht Bliss onschuldig. En Cordelia begeleidt haar snel naar buiten toe. Naar mij mimet ze: 'Blijf hier.'

Terwijl Cordelia buiten afscheid neemt van onze topstyliste, wacht ik boos in haar kamer. Ik ga hiermee stoppen. Geld of geen geld, hier wil ik niet mee doorgaan. Ik kan niet werken met zo'n pretentieuze fakefashionista die mij als voetveeg behandelt. En dat zal ik Cordelia nu meteen vertellen.

'Sorry,' zegt Cordelia als ze weer in de kamer staat. Zachtjes doet ze de deur dicht. 'Wat Bliss net zei kan echt niet.'

'Inderdaad. Het spijt me, Cordelia, maar ik denk dat het beter is als iemand anders deze klus aanneemt.'

'Toe, Suus, dat kun je niet menen. Ik vind ook dat Bliss niet zo netjes was tegen jou.'

'Niet zo netjes? Zeg maar gerust onbeschoft. Zo kunnen we toch niet samenwerken? Echt Cordelia, ik geloof niet dat dit gaat werken.'

'Natuurlijk wel. Dat is gewoon een act. Daar moet je doorheen prikken. Onder dat laagje arrogantie zit een heel lieve meid, geloof me.'

Ik kijk mijn chef verbaasd aan. Meent ze dit nou?

'En hier bij SHE heb je werkelijk groeikansen. Als je dit goed doet, kun je straks je eigen interviews doen.' En weer houdt Cordelia me die worst voor. Ik twijfel of ik nog eens moet toehappen. Het allerlaatste wat ik wil is opnieuw een rotbaan waarvan ik gillend gek word. Na alle ellende bij *Scoop* moet ik mijn les toch wel hebben geleerd.

'Sorry,' zeg ik ten slotte. 'Maar dat is niet genoeg. Ik kan daar niet op wachten. Er moet nu meteen iets veranderen.' Verrast kijkt Cordelia me aan. Blijkbaar had ze niet gedacht dat ik zo op mijn strepen zou gaan staan. Ikzelf geloof ik ook niet. Maar genoeg is genoeg. Ik wil niet met me laten sollen.

'Je hoeft me niet meteen zelf interviews te laten doen, maar ik wil meer dan alleen fungeren als ghostwriter voor Bliss Hummelman. Misschien eindredactie?'

Cordelia kijkt me onderzoekend aan. Ze denkt even na en zegt dan: 'Ik moet regelmatig een freelancer inhuren die kan bijspringen voor Pam... Vooruit. Je mag ook eindredactie doen. Op dit moment is de werkdruk daar toch te hoog. Mits je werk voor Bliss er niet onder lijdt.'

'En ik wil duidelijk hebben hoeveel teksten ik nog moet schrijven voor Bliss, voordat ik mijn eigen interviews kan doen.'

'O.' Cordelia kijkt me aan. 'Goed, dat is misschien niet meer dan redelijk. Ik stel voor dat je er twaalf in totaal doet. Dan zijn we ongeveer een halfjaar verder en dan word jij onze nieuwe interviewer. Naast Benno en Bliss.'

Ik knik. Ik schraap mijn keel en besluit er nog een schepje bovenop te doen. 'Ik wil dat deze afspraken duidelijk op papier worden gezet.'

Blijkbaar had Cordelia dit niet verwacht want ze lijkt even van haar stuk gebracht. Al snel herpakt ze zich en zegt: 'Als je daarop staat...'

'Eigenlijk wel.'

Cordelia haalt haar schouders op. 'Goed. Dan laat ik Didi een overeenkomst opstellen.'

Ik glimlach en zeg: 'Dank je. Dan ga ik nu verder met het interview met Missy.' En ik loop stralend de kamer uit. Wie zegt dat ik niet van mijn fouten leer?

9

'Suus, dit moet je lezen.'

Ik kijk op de klok en zie dat het negen uur is. Het is zaterdag-ochtend negen uur, eindelijk kan ik bijslapen en uitgerekend nu belt mijn roze handtas me wakker.

'Ook goedemorgen, Flint. Je moet wel een verdomd goede reden hebben om me nu wakker te bellen.'

'Heb ik ook. Op de site van Red Carpet staat een stukje over jou en Milo. Dat het uit is tussen jullie...'

'Oud nieuws,' onderbreek ik hem.

'Luister, dat het uit is tussen jullie en dat je daarom je spullen uit zijn huis hebt gehaald. Ze hebben zelfs een foto van jou en Joy waarop jullie met jouw dozen sjouwen. Man, Joy gaat zo balen als ze die foto ziet.' Aan Flints stem hoor ik dat hij zich stiekem zit te verkneukelen. Wat is hij soms een vreselijke relnicht.

'Ik ga kijken.' Ik stap uit bed, loop naar mijn laptop en start hem op. Zo snel mogelijk ga ik naar de site van Red Carpet. Ja hoor, daar sta ik. Met Joy. Mijn ogen schieten over het scherm.

MILO WOONT WEER ALLEEN

De geruchten dat de romance tussen Milo den Hartog en zijn Suzanne Frans zou zijn bekoeld, blijken waar te zijn. Red Carpet snapte Suus toen zij stilletjes haar spullen uit Milo's grachtenpand verhuisde. De ex van Den Hartog droeg op een vroege zondagochtend dozen met haar bezittingen naar buiten. Een vriendin hielp haar hierbij. Het verdriet en de teleurstelling waren duidelijk op Suzannes gezicht te zien. Rond hun terugkomst in Nederland zou hun relatie op de klippen zijn gelopen. Een bittere pil voor Suzanne, die hier veel moeite mee zou hebben.

'Wat is dat stuk slecht.'

'Erg hè? Het is duidelijk nog komkommertijd. Ik baal wel dat ik niet met jou die dozen heb opgehaald. Nu staat Joy op Red Carpet. En zij vindt dat niet eens leuk.'

'Zij zit hier inderdaad niet op te wachten. Ik bel haar zo wel even. Voordat anderen dat doen.'

'Goed idee.'

'Heb jij plannen voor vandaag?'

'Nee, jij? Wacht eens... moet jij niet nog een premièrejurk kopen? Dat is er natuurlijk door dat hele klusgedoe helemaal bij ingeschoten.'

'En dat zal door dat klusgedoe ook niet doorgaan.'

'Wat bedoel je?'

'Ik ben blut. Ik heb helemaal geen geld meer om een mooie nieuwe galajurk te kopen.'

'Maar... maar dat kan niet,' stamelt Flint. Hij reageert als een klein kind wiens favoriete speelgoedautootje is afgepakt.

'Toch wel. Ik kan het me eenvoudigweg niet veroorloven. Ik ga gewoon door mijn kast en pak er de meest glamoureuze jurk uit die ik heb. Het was het perfecte excuus om een nieuwe dure jurk te kopen, maar het kan niet.'

'Als goede vriend en als stylist kan ik dit niet goedvinden. Jij gaat voor het eerst samen met je vriend naar een grote première en dan moet je stralen. Dat doe je niet in een oud jurkje dat je nog in de kast had hangen.'

'Ho ho, ik heb echt nog wel leuke jurken in m'n kast hangen, hoor.'

'Weet ik toch. Maar kom op... Wacht! Ik heb het. Kom naar mijn huis, ik heb hier heel veel kleding liggen voor shoots en voor tv-opnames. Je leent gewoon wat van mij. Dat ik dit niet eerder heb bedacht!'

'Dat is een perfect idee. Ik kom zo snel mogelijk.'

'Prima, mopski, ik ben gewoon thuis. Ik heb verder toch geen leven.'

Blij bel ik twee uur later aan bij Flint.

'Hi dear,' zegt hij als ik boven ben en we zoenen elkaar. 'Kom binnen.' Flint woont al jaren op een etage in een statig negentiende-eeuws pand. Het is jaloersmakend mooi. Visgraatparket, hoge plafonds en marmeren schouwen. Hij heeft het zorgvuldig ingericht met barokke meubels, zoals een krullerige bank bekleed met donkerpaars fluweel. Hij eet en slaapt in dezelfde ruimte, de andere, grootste kamer heeft hij ingericht als walk-in-closet en dient tegelijkertijd als opslag voor kleding die hij leent voor zijn klanten en shoots. Ook staat er een bureautje waaraan hij zijn administratie en boekingen doet. Alle kleding is verbazingwekkend keurig geordend. Aan elk rek hangt een papiertje waarop Flint de naam heeft gekrabbeld van een klant of magazine voor wie of waarvoor hij de styling verzorgt.

'Binnenkort heb ik een shoot voor het nieuwe album van Jasmine de la Parra. Ik heb al wat jurken bij elkaar gezocht... Volgens mij hebben jullie dezelfde maat en lengte.'

'Deze zijn geweldig.' Ik laat mijn vingers glijden langs jurken van satijn, chiffon en kant. Er hangen strapless jurken, met ruches van organza of bezaaid met pailletten. Ook zie ik drie meer ingetogen exemplaren hangen.

'Wat zijn het er veel.'

'Jasmine moet nog passen. We twijfelen ook over de juiste look.'

'Wat adviseer jij mij?'

'Ik zou voor een blote rug gaan.' Flint pakt een zwartkanten jurk met lange mouwen en een blote rug.

'Die is echt prachtig. Mag ik hem passen?'

'Daarvoor ben je hier, toch?'

Als ik een paar minuten later voor de spiegel sta kan ik mijn ogen niet geloven. Ik zou zo over de rode loper van een of andere Hollywood-première kunnen.

'Wauw. Ik ben ineens zo chic. Zo glamoureus. Ik lijk ook veel slanker.'

'Dat is wat een jurk van drieduizend euro met je doet,' zegt Flint.

'Jezus christus.'

'Hij staat je geweldig. Je figuur komt er inderdaad super in uit.

Toch mis ik net dat beetje *oompf*. Wacht even. Probeer deze eens.'
Flint houdt een satijnen rode jurk voor met een decolleté en ook
weer een blote rug. Ik piep weer achter het kamerscherm en wissel van jurk. Zodra ik in de jurk schiet voel ik het. Hij zit heerlijk
en ik voel me helemaal op mijn gemak. En eenmaal voor de spiegel zie ik het ook. Deze jurk is het.

'Sexy, maar niet ordinair. Glam, maar niet overdreven,' zegt
Flint. 'Ik geloof dat we een winnaar hebben.' Ik knik. Ik zeg het
niet snel, maar in deze rode jurk zie ik er werkelijk heel goed uit.
Ik kan bijna niet ophouden met kijken.

'Gouden regel bij blote ruggen is wel dat je haar opgestoken
moet zijn. Anders is het hele effect weg.'

'O, oké. Ik zal zien wat ik kan doen.'

Flint schudt driftig zijn hoofd. 'Dat kan niet. Je gaat niet zelf
lopen klooien. Dan wordt het een vlag op een modderschuit. Ik
vraag wel aan een kapper of die je onder handen neemt. Gratis.
Als jij dan op de première aan journalisten vertelt wie je haar
heeft gedaan, is die kapper ook weer blij.'

'Leuk plan, Flint. Dat wil zeggen... als je naar de Oscars gaat.
In Nederland werkt het zo niet. Bovendien ben ik maar de "plus
één" en geef ik op dat feest geen interviews.'

'Ik snap het. Ik zal wel rondbellen en een paar kappers vragen
of zij goede beginnende assistenten hebben die jou haar willen
doen.'

'Je bent een schat.' Ik geef Flint een dikke zoen.

'Weet ik toch.' Hij kijkt me streng aan. 'Drie dingen: die jurk
kost bijna drieduizend euro, de kaartjes mogen er niet af en ik wil
de jurk weer in compleet perfecte toestand terug. Anders vermoord
ik je.'

'Begrepen.'

Als ik in de tram naar huis zit gaat ineens mijn telefoon: Joy. Shit,
ik ben helemaal vergeten haar te bellen!

'Sorry, sorry, sorry,' zeg ik meteen als ik opneem.

'Hoezo?'

'Eh... omdat jij natuurlijk vanavond iets wil afspreken en ik niet kan,' flap ik eruit. 'Ik heb Milo beloofd om vanavond zijn teksten te oefenen.' Wat nog waar is ook.

'O, maar daar bel ik helemaal niet voor.'

'Waarvoor dan?'

'Curtis heeft me jouw huissleutels gegeven en ik vroeg me af of ik ze zal komen brengen.'

'Dat is heel lief van je. Maar er is geen haast bij. Doe maar wanneer het jou uitkomt.'

'Dan kom ik nu, ik ben toch bij je in de buurt. Is dat goed?'

'Prima. Ik ben er ook bijna. Tot zo.' En als de verbinding is verbroken voel ik me heel lullig. Ik moet Joy vertellen dat ze met haar gezicht op een roddelsite staat. Maar ik durf niet.

'Hallo!' Joy stapt vrolijk binnen. 'Hier is de sleutel. Dan is nu dit vervelende hoofdstuk afgesloten.'

'Niet voordat ik wraak heb genomen.' We lachen. 'Ik moet je nog iets vertellen...'

'Wat dan? Wat kijk je ineens serieus?'

'Omdat het niet echt leuk is.' Ik loop naar mijn laptop en ga naar de site van redcarpet.nl. Mijn artikel staat nog steeds bovenaan. Joepie. 'Dit.' En ik leg de laptop op haar schoot. Joy kijkt, leest en kijkt weer naar de foto. Ze haalt haar schouders op.

'Beetje balen van die slechte foto, maar ik ben nou eenmaal niet fotogeniek. Ik kan er niet mee zitten.'

'Echt niet?'

'Nee. Jij toch ook niet, hoop ik?'

'Ben je niet bang hoe collega's zullen reageren? Vrienden van Ole? Mensen op de sportschool?'

'Joh, ik ken helemaal geen mensen die dat soort onzin lezen. Lief dat je je zorgen maakte, maar ik lig hier niet van wakker.'

'Gelukkig,' zeg ik opgelucht. Maar ik ben bang dat Joy de hoeveelheid lezers van dit soort roddelrubrieken ernstig onderschat.

Wanneer Joy weg is, belt Milo. 'Hi lieverd. Luister, ik kreeg net een telefoontje van Derek en hij heeft een kaartje over voor een concert vanavond van een Australisch bandje dat het helemaal gaat maken. Tenminste, dat zegt Derek natuurlijk.'

'Maar je moet toch je teksten oefenen?'

'Ach, dat kan ik ook altijd nog op de set doen. Komt goed. Kom je vanavond wel naar mijn huis?'

'Ik heb geen zin om als een huismoeke op de bank te wachten tot haar man thuiskomt van het stappen. Ik blijf lekker thuis.'

Milo lacht. 'Zie ik je dan woensdag weer?'

'Is goed.'

Mijn goede zin is ineens weg. Sinds we terug zijn lijken de dingen tussen Milo en mij veranderd. We lijken minder hecht. En met werk, paparazzi en mijn huis lijkt het telkens alsof ik de enige ben die zich er druk om maakt. Ik besluit Romijn te bellen voor support. Aandachtig luistert ze als ik haar mijn gevoelens uitleg. 'Maar dat is helemaal niet zo'n gek gevoel,' zegt ze als ik mijn verhaal heb gedaan. 'Jullie relatie is nu ook anders. Jullie hebben maandenlang in een paradijs gewoond. En nu ben je terug en leef je je oude leventje weer.'

Ik haal mijn schouders op. Maar omdat Romijn dat niet kan zien, kreun ik even. 'Ik ben bang dat het vanaf nu alleen maar gewoner en saaier wordt. Milo en ik waren in Costa Rica zo close. En nu... ik voel een afstand. Letterlijk en figuurlijk. We moeten plannen om elkaar te zien. Straks groeien we helemaal uit elkaar.'

'Welnee. Miljoenen stellen leven zo. Jullie zijn gewoon twee werkende mensen met een agenda. Welkom in de echte wereld, zou ik zeggen. Heus, Suus, maak je geen zorgen. Jullie groeien echt niet zo snel uit elkaar. En wat betreft de saaiheid... Je leven is nu anders, maar niet saaier. Geloof me.'

'Hm.'

'Suus... jouw leven is nog nooit saai geweest. Jij bent gewoon niet saai. Punt.'

Nu moet ik lachen. 'Goed dan. En hoe is de stand van zaken tussen jou en Fedde?'

'Aha, eerst jouw drama's en nu wil jij lekker gaan peuren in mijn ellende?' lacht Romijn.

'Haha, is het zo erg?'

'Nou, ik denk wel dat jij je beter voelt na mijn verhaal. Ik heb toevallig vandaag een gesprek met hem gehad over onze relatie. Of hoe je het ook noemen wilt.'

'Wat heb je gezegd dan?'

'Nou, gewoon, wat iedereen tegen me zegt en wat ik zelf eigenlijk ook vind. Dat Fedde en ik veel te explosief samen zijn. Dat we of minder ruzie moeten maken, of elkaar niet meer moeten zien.'

'En toen?'

'Toen vlogen we elkaar in de haren.'

'O. Hahaha!' Romijn en ik lachen hard.

Ik stap net onder de douche vandaan als Milo me met een grote glimlach vraagt: 'Moet jij me eigenlijk niet nog iets vertellen?' Als ik hem vragend aankijk, begint hij te lachen.

'Wat is er zo grappig?'

'Mijn lieve mooie Suus, je zult het wel vreselijk vinden, maar ik hoorde gisteren op de set van een visagiste dat ze had gelezen dat jij zwanger bent.'

'Wat!? Waar stond dat? En jij vindt dat grappig?'

'Nou ja, tenzij je me natuurlijk echt iets te vertellen hebt. Nee toch?' Milo's gezicht staat ineens ernstig.

'Nee, natuurlijk niet,' wimpel ik zijn angst vlug weg. 'En anders had je het allang geweten, hoor. Zulk nieuws verneem je niet van een visagiste of uit een blaadje.' Geïrriteerd pak ik mijn spullen bij elkaar. 'In welk blad stond het dan? *Scoop* zeker.'

'Natuurlijk *Scoop*. Maak je niet druk, dat doe ik ook niet.'

'Ik snap niet dat jij dit niet vervelend vindt.'

'Waarom zou ik?'

'Omdat het complete onzin is.' En op het moment dat ik dit zeg denk ik terug aan het gesprek dat Flint en ik hadden met de receptioniste van UniDad. 'O god!' Ik sla mijn hand voor mijn mond. Nee! Het zal toch niet dat... Ik moet die *Scoop* meteen lezen. Aan Milo laat ik niet merken dat ik een klein vermoeden heb waar dit verhaal misschien vandaan komt. Theatraal sla ik mijn hand tegen mijn voorhoofd en verzucht: 'Laat ik me tóch weer op de kast jagen. Sorry.'

Milo kijkt me vreemd aan. Vermoedt hij iets?

'Ik heb een idee. Neem ontslag, word groenteman en niemand

maakt zich nog druk over Milo den Hartog en zijn eventuele lief-desbaby's.'

'Goed idee, schat,' grinnikt Milo en hij kust me.

'Ik moet ervandoor. En als jij groenteman wordt, beloof ik plechtig me nooit meer gek te laten maken door die bladen.'

Voor ik naar de tramhalte loop, ga ik een klein blokje om. Op die manier kom ik langs de buurtsuper en kan ik snel nog een *Scoop* kopen. Ik weet wat ik nog geen vijf minuten geleden plechtig aan mijn beau heb beloofd, maar ik moet gewoon weten wat *Scoop* over me heeft geschreven. Al is het maar om te zien of mijn ver-moeden klopt.

EXCLUSIEF!

VERZOENINGSBABY?
MILO WORDT VADER!

Even leek het erop dat de romance tussen Milo den Hartog en zijn Suzan-ne over was. Maar niets blijkt minder waar. De twee zijn weer samen. Grootste verrassing is dat er zelfs een baby op komst schijnt te zijn. Een geplande gezinsuitbreiding, of is dit Suzannes slinkse manier om Neder-lands meest begeerde man definitief aan zich te binden?

De Nederlandse vrouwen haalden opgelucht adem toen *Scoop* enkele weken geleden met het nieuws kwam dat **Milo den Hartog weer vrijge-zel** was. De relatie met zijn **Suzanne Frans** zou na een lang verblijf in Costa Rica **op de klippen** zijn gelopen. De aantrekkelijke acteur zou weer op de markt zijn. Lang heeft dit niet geduurd. Want nu blijkt dat de ster, die bekend werd uit de soap *Geen Weg Terug*, toch weer terug is bij Suzanne. Voor Milo is er dus wel een weg terug. En wat voor een! Het stel zou niet alleen weer samen zijn, er zou ook een **kleine op komst** zijn.

Een anonieme, maar **betrouwbare bron** weet te melden dat goede **vrien-den al door Suzanne zelf op de hoogte zijn gebracht** van het baby-nieuws. 'Ze vertelde dat ze in Costa Rica zwanger was geworden. Hoewel ze nog niet voorbij de kritieke drie maanden is, kon ze niet wachten om het aan haar vrienden te vertellen. Ze was duidelijk heel **erg blij met haar zwangerschap**,' zo laat onze tipgeefster *Scoop* exclusief weten.

Valse tongen beweren echter dat dit Suzannes manier is om Milo terug te krijgen. Ze zou **zonder medeweten van de hunk** met de pil zijn gestopt om **stiekem zwanger** te worden. 'Milo zal Suzanne **niet laten vallen** omdat ze de moeder van zijn kind is. Misschien houdt hij niet meer van haar, maar hij zal altijd **zijn verantwoordelijkheid** nemen,' zo vertelt een vriend. Of dit **'moetje'** standhoudt is dus de grote vraag.

Het artikel is nog erger dan ik had gevreesd. Niet alleen schrijven mijn oud-collega's dat ik zwanger ben, ze durven ook nog te beweren dat ik expres zwanger ben geraakt zodat Milo me niet zal dumpen! Hoe verzinnen ze het? Zo vals, zo gemeen. Zo niet waar! Het liefst klaag ik ze meteen aan voor laster en eis ik een dikke schadevergoeding. Maar ik heb lang genoeg bij *Scoop* gewerkt om te weten dat ik ze niet kan aanklagen. Overal staan de woorden 'zou' en 'schijnt', zodat het nergens als een keihard feit wordt neergezet: ze suggereren het alleen maar. Terwijl de lezers over dat soort subtiliteiten heen lezen en het als waarheid beschouwen. De beproefde werkwijze van alle roddelbladen. En zwaar frustrerend voor de mensen over wie dit soort onzin geschreven wordt. Ik dus.

Die bruingebakken receptioniste van UniDad spreek ik hier nog over aan, dat is duidelijk. Dat ze dan uitgerekend *Scoop* moest bellen. Hoewel, misschien heeft ze de andere bladen ook gebeld. Maar *Scoop* is het enige blad dat zo'n verhaal plaatst zonder het eerst even te checken. Daarvoor willen ze me te graag terugpakken.

En Flint! Als Flint hier überhaupt niet over was begonnen, was er niets aan de hand geweest. Waarom moest hij zo'n ontzettend dom verhaal uit zijn mouw schudden? Ik bel hem meteen om hem de huid vol te schelden.

'Hé mopski, hoe gaat het?'

'Niet zo goed. En dat komt met name door jou.'

'Moi? Wat heb ik nu weer gedaan?'

'Inderdaad, wat heb jij nu weer gedaan. Tegen een praatgrage receptioniste lopen lullen dat ik zwanger ben.' Een oudere vrouw die naast me op de tram staat te wachten kijkt me vragend aan. Ik loop van haar weg en sis verder: 'Zodat dit nu op de voorpagina van *Scoop* staat, *thank you very much.*'

'Wat? Heeft ze dat doorgesluisd naar *Scoop*?' Flint begint hard te lachen.

'Dat is echt niet grappig, hoor. En ze schrijven ook nog dat ik stiekem met de pil ben gestopt om Milo erin te luizen.' Wéér een blik van die dame. Nu heel geïnteresseerd. Ik kijk geïrriteerd terug. De vrouw kijkt de andere kant op, maar ik weet dat ze me zal blijven afluisteren.

'Wat? Hoe dan?'

'Omdat hij mij niet durft te dumpen als ik zwanger ben.'

'*Ouch*, dat is vals.'

'Dat is *Scoop*,' reageer ik droog. 'Echt Flint, je moet leren wanneer je je mond moet houden. Ik heb geen zin in nog meer van die klotestukken. Eén keer is genoeg.'

'Het spijt me. Maar ik had niet gedacht dat deze dame meteen de roddelbladen zou tippen.' Flint begint weer te lachen. 'Zij trapte er dus helemaal in?'

'Nou, hilarisch,' zeg ik chagrijnig.

'Joh, slechte publiciteit bestaat niet.'

'Daahaag, Flint.'

'Wacht, niet ophangen! Bewaar je wel een exemplaar voor mij? Hier in Berlijn verkopen ze natuurlijk geen *Scoop*, maar ik wil graag…'

Ik verbreek de verbinding.

10

Op de redactie van *she* doe ik zo vrolijk mogelijk. Mijn collega's hoeven niets te weten van mijn idiote probleem. Terwijl mijn computer bezig is met opstarten loop ik alvast naar de koffieautomaat. Daar staat Guusje. Vers terug van een persreisje.

'Goedemorgen! Hoe gaat het met je?'

'Prima,' zeg ik opgewekt. 'En met jou? Hoe was IJsland?'

'Ook goed. Maar ik had tussen alle lunches en presentaties door misschien net drie uur vrij. Ik ben nog steeds gesloopt. Hoe gaat het met de interviews van Bliss Hummelman?'

Ai, gewetensvraag. Zal ik eerlijk zeggen dat de interviews met Missy en Evite nog slaapverwekkender zijn dan het WK Dammen?

'Missy is af, ik heb het eerste interview ingeleverd en ben nu bezig met Evite Verdun.' Een heerlijk ontwijkend antwoord. Goh, ik kan zo de politiek in.

'Goed, hoor. Ik dacht... het is natuurlijk best kort dag en Bliss is door Cordelia met veel tamtam binnengehaald. Dus ik ben gewoon benieuwd.'

'Natuurlijk.' Ik kijk even om me heen of we alleen staan en fluister dan: 'Ik heb haar voor het blok gezet. Of ik stop ermee, of ik krijg zwart op wit de afspraak dat ik nog twaalf interviews van Bliss bewerk. Daarna mag ik mijn eigen interviews afnemen en schrijven. En tot die tijd zal ik ook hand- en spandiensten verrichten voor de eindredactie.'

Guusje kijkt me lachend aan: 'Goed gedaan, wijfie. Ik wist wel dat je pit had.' Ze schudt mijn hand. 'Gefeliciteerd. Het lijkt erop dat er op deze manier niets fout kan gaan.'

'Inderdaad,' glunder ik. Maar als we samen met de koffie in onze hand naar onze bureaus teruglopen, krijg ik het toch benauwd. Bliss is het paradepaardje van *she* nieuwe stijl. Falen is geen optie. Maar het is enorm lastig om van die slechte interviews nog iets boeiends te maken. Wat als me dit niet lukt? Daar heb ik, toen ik in Cordelia's kamer de keiharde onderhandelaar speelde, niet aan gedacht.

'Suus, loop je even mee?' zegt Cordelia terwijl ze langs marcheert. Guusje en ik kijken elkaar vragend aan.

'Ga zitten,' zegt Cordelia als ik in haar kantoor sta, en ze trekt een bedenkelijk gezicht. 'Ik heb je bewerking gelezen van het eerste interview van Bliss en eigenlijk vind ik het niet zo goed.'

Ik slik. Wat kan ik zeggen? Eerlijk gezegd vind ik het zelf ook niet goed. Maar iets beters kan ik er niet van maken.

'Dat spijt me. Wat vind je precies niet goed?'

'Het stuk pakt me niet. Bliss heeft het voortdurend over zichzelf, wat op een gegeven moment behoorlijk irritant is. Eigenlijk is het gewoon saai.'

Ik knik. Krijg ik nu de zwartepiet toegespeeld? 'Om eerlijk te zijn wás het interview ook saai. Slechte vragen, het gesprek kabbelde maar voort. Ik heb mijn best gedaan er iets interessants van te maken. Ik heb alles eruit gehaald wat erin zit. Als je me niet gelooft, dan moet je de opnames van het interview maar eens beluisteren.'

'Ik geloof je. Ik wou alleen dat je aan de bel had getrokken.'

'Ik vond dat lastig. Ik wist niet wat je verwachtingen waren van Bliss.'

Cordelia lacht. 'Die waren misschien te hoog. En nu ben je bezig met het uitwerken van het interview met Evite Verdun?'

Ik knik.

'En dat is van hetzelfde niveau?'

'Ik ben bang van wel.'

Cordelia zucht geïrriteerd. Dan knikt ze en zegt: 'Jij bent vanaf nu bij de interviews. Dan kun je de boel een beetje sturen, je mag ingrijpen als je denkt dat het nodig is.'

'Prima. Ik hoop alleen dat Bliss dit pikt.'

'Ze zal wel moeten. Ik zal zeggen dat je erbij bent zodat jij een betere weergave van het interview kunt maken. En dat je van mij ook toestemming hebt om af en toe iets te vragen. Ik breng het onschuldig.'

'Klinkt goed.'

'Ik heb met Didi in de agenda gekeken en Bliss heeft vanmiddag al een interview. Met Carmel Cupido.'

'Leuke vrouw!' zeg ik oprecht. Want Carmel is een goede presentatrice die volgens mij echt wel wat te melden heeft. Bijkomende plus is dat ze niet gekleed wordt door Bliss. 'Dus ik moet zo weg?'

'Inderdaad. Check bij Didi maar wat de locatie is. Volgens mij ergens in Amsterdam-Zuid.'

'Uiteraard,' grijns ik.

'Nog steeds alles goed?' vraagt Guusje als ik weer achter mijn bureau zit. Maar nog voor ik kan antwoorden staat Didi al naast me.

'Bliss heeft de afspraak met Carmel om twee uur in het College Hotel. Cordelia belt Bliss om door te geven dat jij er ook bij bent.'

'Prima,' knik ik. Ik kijk op de klok: halfelf. Wat betekent dat ik bijna drie uur heb om aan het stuk van Evite te werken.

'Wat is er aan de hand?' sist Guusje zodra Didi weer weg is.

'Cordelia wil dat ik erbij ben als Bliss iemand interviewt. Om het in goede banen te leiden,' leg ik uit als ik Guusjes opgetrokken wenkbrauw zie.

'Die Bliss bakt er niks van. Cordelia had nooit met haar in zee moeten gaan.'

'Ze denkt dat Bliss veel lezers aanspreekt,' zeg ik zachtjes. 'Maar ik moet de eerste vrouw die haar sympathiek vindt nog tegenkomen.'

Als ik iets voor tweeën bij het College Hotel kom, is Carmel er net. Ook de fotograaf is er al. Bliss is echter in geen velden of wegen te bekennen.

'Aangenaam kennis te maken,' zeg ik als we ons hebben voorgesteld. 'Leuk dat je mee wilt doen.' En dan val ik stil. Cordelia en ik hebben helemaal niet bedacht hoe ik mijn aanwezigheid uitleg aan Carmel. 'Ik werk dus bij SHE en ik blijf erbij zitten om in de gaten te houden of alles goed loopt. Met de fotografie, en... om te kijken of Bliss geen vragen vergeet,' zeg ik zo luchtig mogelijk. Maar Carmel lijkt haarfijn te snappen hoe de vork in de steel zit.

'Interviewen is natuurlijk ook een vak,' glimlacht ze. Ik lach een beetje schamper mee. Een halfuur en twee koppen thee later zitten Carmel, de fotograaf en ik gezellig te kletsen als Bliss eindelijk binnenkomt. Ze draagt afzaklaarsjes, een gouden legging, plus een wijd shirtje dat over één schouder zakt. Haar dorre haren zitten in een rommelig knotje. Bliss oogt moe.

'Zo, hier ben ik,' zegt Bliss totaal overbodig. Ze produceert een enorme nepglimlach wanneer ze Carmel begroet met drie kussen op de wang. Mij keurt ze geen blik waardig.

'Ik wilde je bijna gaan bellen,' zeg ik.

'Ik zie dat je al kennis hebt gemaakt met mijn assistente?' Haar assistente? Welja.

Bliss vindt het blijkbaar niet nodig om excuses te maken voor het feit dat ze een halfuur te laat is en pakt ongestoord een spiegeltje uit haar tas. Als ze haar make-up heeft gecheckt, klapt ze het spiegeltje dicht en zegt tegen de fotograaf: 'Zullen we dan maar?'

Bliss gaat naast Carmel op de bank zitten en kijkt naar de camera.

'Misschien is het ook leuk als je Carmel even aankijkt,' zegt de fotograaf na een tijdje. 'Dan lijkt het er meer op of jullie een gesprekje voeren.'

'Misschien moet je een schrijfblok op je schoot houden. Met een pen.'

'Die heb ik niet bij me.'

'Eh, oké.' En ik begin in mijn eigen tas te rommelen. Vlug vis ik mijn eigen notitieblok en een pen eruit. 'Hier.'

Bliss bladert naar een lege pagina, legt het op haar schoot en kijkt weer in de camera. God, wat is dat mens hinderlijk.

'Misschien is het beter als je naar een beschreven bladzijde bladert,' zeg ik.

'Waarom?' Bliss kijkt me ijskoud aan.

'Omdat je tijdens een interview aantekeningen maakt. Dan lijkt de foto realistischer.' De fotograaf grinnikt zachtjes. Bliss werpt me een vernietigende blik toe. Ze legt het notitieboekje neer en staat op.

'Volgens mij hebben we het wel.'

'Nou,' zegt de fotograaf, 'misschien is het ook leuk als...'

'Ja, hoor eens, je hebt nu lang genoeg gefotografeerd. Er moet ook nog worden geïnterviewd.' Carmel, de fotograaf en ik kijken Bliss verbaasd aan. Die kijkt arrogant terug en zegt: 'Zo is het toch?' Waarop de fotograaf zijn spullen begint in te pakken.

Als hij vertrekt, schudt hij me de hand en zegt: 'Succes ermee.' Ik knipoog en antwoord: 'Komt goed.'

Hij is nog niet vertrokken of Bliss gaat zitten en zegt: 'Laten we dan eindelijk beginnen. Carmel, wat trekt je zo in je vak? In mijn geval vind ik het heerlijk om nieuwe looks uit te proberen en om...'

'Sorry dat ik je onderbreek, maar... waar is je recorder?'

'Heb ik niet meegenomen. Jij bent er toch?'

Meent ze dit serieus?

'Jij kunt toch meeschrijven?'

Ze meent het echt. O. Mijn. God.

'Je moet het uiteindelijk toch opschrijven. Dan kun je dat net zo goed nu doen.'

'Ik tik een gesprek altijd uit op de computer, dat is heel wat anders dan meteen meeschrijven tijdens het interview.' Wat denkt Bliss, dat ik steno ken?

'Het is te laat om daar nu iets aan te veranderen.' En ze wendt zich weer tot Carmel, die haar verbaasd aankijkt. 'Wat ik dus zei, wat ik zo leuk vind aan mijn werk is het creatieve proces. Shows bekijken en dan uit de nieuwe collecties juist datgene eruit pikken wat bij je klant past.'

Met ingehouden woede pak ik mijn pen en papier. Met Carmel erbij wil ik geen scène maken. Maar ik zal mevrouw Hummelman nog haarfijn uitleggen dat ze me dit geen tweede keer moet flikken.

'Juist ja,' zegt Carmel aarzelend. 'Wat was de vraag precies?'

'Bliss wil graag weten wat jou zo aantrekt in het presentatievak,' verduidelijk ik.

'Ah, ik begrijp het. Nou, het is eigenlijk op mijn pad gekomen. Ik werd gevraagd en toen ik mijn eerste programma had gepresenteerd kreeg ik daar zo'n kick van. Ik...'

'Dat heb ik nou ook!' valt Bliss haar in de rede. 'Ik krijg ook zo'n kick als het me weer is gelukt om de mooiste looks te creëren voor een shoot. Telkens vraag ik me af hoe het me weer is gelukt. Het is vaak zo'n gekkenhuis.'

'Je zei dat het presenteren je eigenlijk is overkomen. Wat wilde je vroeger worden?' vraag ik, terwijl ik Bliss' geïrriteerde blik negeer.

'Ik wilde juf worden. Het onderwijs in.'

'Echt?' Bliss kijkt haar met grote ogen aan. 'Júf? Nou, dan mag je blij zijn dat je iets heel anders bent gaan doen.' Bliss lacht hard.

Carmel en ik kijken haar zwijgend aan. Ik zie de irritatie op Carmels gezicht groeien. Het 'interview' sleept zich een uur voort, waarin Bliss vooral interesse toont in zichzelf.

'Mag ik zeggen dat ik dit echt een heel prettig en interessant gesprek vond?' zegt Bliss als we afscheid nemen. Carmel zegt niets, glimlacht alleen. Een zeer ongemeende glimlach.

Wanneer Bliss naar haar auto loopt, wandel ik snel achter haar aan. 'Bliss, ik wil dat je even wacht,' zeg ik, terwijl ze in de auto stapt, met haar mobieltje aan haar oor. Als ik bij haar auto sta, slaat ze het portier dicht. Vlug tik ik tegen het raampje. 'Bliss, ik wil met je praten.' Maar ze keurt me geen blik waardig en rijdt snel weg. Perplex staar ik de auto na. Ik heb volgens mij nog nooit zoiets onbeschofts meegemaakt.

Gehaast loop ik door de supermarkt om eten voor de avond te halen. Vandaag heb ik het interview met Evite afgerond en ingeleverd bij haar manager. Omdat Evite weinig schokkende dingen in het stuk zegt, verwacht ik geen grote correcties. Morgen begin ik met frisse tegenzin aan het stuk met Carmel. Sinds het interview heb ik Bliss al verschillende keren gebeld, maar ze neemt niet op. Ze moet gewoon haar excuses aanbieden. Krijg ik die niet, dan ga ik met Cordelia praten.

Aangekomen bij de kant-en-klaarmaaltijden twijfel ik tussen een enigszins gezonde stoommaaltijd en een pizza. Ik besluit het laatste te nemen. In mijn mandje gooi ik nog een zakje M&M's en loop dan door naar de kassa. Als ik voorbij de tijdschriftenrekken loop, valt mijn oog op *Scoop*. Als versteend blijf ik staan terwijl ik naar een foto van mezelf en Milo kijk. Milo met zijn hand op mijn buik. LIEFDESBABY VAN HET JAAR! staat er in koeienletters boven.

Wat verschrikkelijk! Blijf kalm, prent ik mezelf in. Laat je niet gek maken. Als ik dit negeer, heb ik er ook geen last van. Kordaat doe ik een exemplaar van *Glitter* in mijn boodschappenmandje en loop naar de kassa. Wanneer is die foto gemaakt? spookt het door mijn hoofd. En dan die hand op mijn buik. Getver, het zou mensen bijna echt op ideeën kunnen brengen.

De volgende dag word ik op het werk ineens gebeld. PAPA ET MAMAN staat er op mijn schermpje. Ik schrik. Mijn ouders bellen me nooit. Tenzij er iets ernstigs is. Een beetje huiverig neem ik op.

'Met Suus,' zeg ik afwachtend.

'Hallo Suus, met mama. Hoe gaat het met je?'

'Goed, ik ben lekker aan het werk. En met jullie?' Intussen sta ik op en loop naar de gang. Als ik dan moet horen dat er iets ernstigs aan de hand is met mijn ouders, heb ik liever geen publiek.

'Met ons gaat het goed. Ik vroeg me alleen af...' Mijn moeder slaakt een vermoeide zucht. 'Ik vroeg me alleen af of je ons niet iets moet vertellen?'

Ik frons mijn wenkbrauwen. Waar heeft ze het over? 'Iets vertellen? Wat bedoel je precies?' Weer die zucht. Mijn moeder heeft het er maar moeilijk mee.

'Het zit zo. Tante Odette belde ons om te vertellen dat ze had gehoord dat jij in verwachting bent. Het schijnt in alle bladen te staan.'

'Wat!? Mam, dat geloof je toch niet?'

'Ik heb ze zelf natuurlijk niet gezien, maar volgens tante Odette waren het best overtuigende foto's. Ze zei dat er al een klein buikje te zien was.' Welja, dat kan er ook nog wel bij.

'Mam, ik ben niet zwanger,' sis ik door de telefoon. Ondertussen kijk ik of ik echt alleen ben. Dit hele gesprek is al gênant genoeg. 'Die bladen verzinnen maar wat. Paparazzi wachten af om de juiste foto te maken en de redactie maakt er een verhaaltje bij. Niet te geloven dat wij dit gesprek hebben, zeg,' foeter ik.

'Het spijt me,' zegt mijn moeder. 'Maar je weet hoe tante Odette soms kan zijn. Ik dacht, je kent Milo nog niet zo lang en misschien was je bang dat we negatief zouden reageren en...'

'Mam, alsjeblieft. Als ik zwanger ben, ben jij de eerste die het hoort. Die bladen vinden het op dit moment gewoon interessant om flauwe dingen over mij en Milo te schrijven. Maar het is allemaal niet waar, dat kan ik je nu al zeggen. Dus als tante Odette nog eens belt... geloof haar niet.'

Als ik uiteindelijk ophang kan ik nog steeds niet geloven wat er net is gebeurd. Mijn moeder die in Frankrijk woont, belt me om te vragen of ik zwanger ben. Omdat ze dat in een roddelblad las. Nee, omdat mijn tante dat las en dit vervolgens aan mijn moeder heeft doorgebeld. Hoe hysterisch wil je het hebben? Is het me eindelijk gelukt om die bullshit van *Scoop* te negeren, raakt mijn moeder achthonderd kilometer verderop er helemaal van overstuur.

11

Exact om vijf uur pak ik mijn tas in, zet de computer uit en zeg mijn collega's gedag. Als een gek sprint ik naar de tramhalte. Ik mag de eerstvolgende tram absoluut niet missen. Wil ik om zeven uur in vol ornaat klaarstaan voor die première, dan moet er nog een hoop gebeuren. In een killertempo. Een halfuur later sta ik bij Milo op de stoep. Mooi op tijd, de visagiste die Flint heeft geregeld komt pas over een kwartier. Dat geeft mij de tijd om te douchen. Als *Scoop*-verslaggeefster heb ik talloze premières bezocht, waarbij ik dan snel in de toiletruimte van de redactie een leuk jurkje aanschoot. Wat parfum en make-up en ik was *good to go*. Dit is echter de eerste keer dat ik zelf over de rode loper moet. De foto's die op zo'n feest worden gemaakt worden soms nog jaren gebruikt. En ik weet dat de meeste roddelbladen het heel grappig vinden om juist die foto's eruit te pikken waar mensen er op hun slechtst uitzien. Reden genoeg om extra mijn best te doen op mijn uiterlijk vanavond.

De shampoo zit nog in mijn haren als ik ineens de deurbel hoor. Dat moet Lily, de visagiste, zijn! Razendsnel spoel ik mijn haren uit en druk op de knop om de deur te openen. Ik weet nog net de badjas dicht te knopen als Lily de trappen op komt lopen. Een superhippe meid in een versleten leren jasje, over haar linkerschouder een enorme tas waar alle make-up in zit.

'O nee!' zegt ze zodra ze tegenover me staat. We hebben ons nog niet eens voorgesteld. 'Je hebt je haren gewassen!'

'Is dat niet goed?' vraag ik geschrokken.

'Nee! Dat is juist hartstikke verkeerd.' Lily zet haar tas op de grond en doet haar jasje uit. Enorme gekleurde tatoeages sieren haar dunne armen. Terwijl ze het jackje over een stoel hangt legt ze uit: 'Flint zei dat jij je haren opgestoken wilde. Dat lukt dus echt niet met schoongewassen haar. Haren laten zich het beste stylen als ze de dag daarvoor zijn gewassen.' En ze kijkt me aan met een blik die zegt: dat je dat niet wist.

'Shit,' zeg ik teleurgesteld.

'Ik kan het wel proberen, maar de kans is erg groot dat het gaat zakken.'

'Dat risico durf ik wel te nemen.'

'Prima.' En Lily begint meteen met het uitpakken van haar tas. In no time staat de eettafel vol met bussen haarlak, mousse, speldjes, een föhn en heel veel make-up. 'Ik doe eerst de make up, dan je haar. En zal ik ook nog je nagels doen?' Mijn nagels! Helemaal vergeten.

'Graag,' zeg ik dankbaar. Zodra ik zit gaat Lily voortvarend te werk. Eerst haalt ze de oude nagellak van mijn nagels, die ze vervolgens prachtig donkerrood lakt. Zelfs mijn teennagels doet ze. Daarna stort ze zich op de make-up. Wat een geweldig idee van Flint om een visagiste te regelen, denk ik tevreden. Na ruim een halfuur is Lily klaar. Ik ben onder de indruk van het resultaat. Ik heb een ontzettende sexy oogopslag, dankzij een superstrakke eyeliner en volle nepwimpers, die Lily er zorgvuldig tussen heeft gelijmd. De donkere oogschaduw maakt het plaatje af. Kon ik dit zelf ook maar.

Als Lily druk bezig is met het föhnen van mijn haar, staat Milo plotseling voor onze neus. 'Goedenavond!' En hij wil me kussen.

'Pas op mijn make-up!' weer ik hem af.

Milo deinst terug en kijkt me aan. Stil en bewonderend. 'Je ziet er prachtig uit, Suus,' zegt hij in mijn oor, waarna hij er een zacht kusje op geeft.

Ik glimlach naar hem. 'Dank je.'

'Ik ga me klaarmaken. Heb je al wat gegeten?'

'Eten? Daar heb ik helemaal geen tijd voor.' Milo haalt zijn schouders op. 'Dan niet.' Een paar minuten later hoor ik hem douchen.

'Irritant hè, hoe mannen zich in tien minuten klaar kunnen maken voor een feest?' Lily reageert nauwelijks. Zij is in opperste concentratie bezig met mijn haar. Ik voel dat ze langzaam geïrriteerd raakt. 'Gaat het?' vraag ik zo vriendelijk mogelijk. Ik begin me steeds schuldiger te voelen dat ik zo dom ben geweest om mijn haren te wassen.

'Niet echt,' verzucht ze. 'Je haar is gewoon te glad. Maar liters haarlak doen hopelijk wonderen.'

Milo, die inmiddels helemaal aangekleed is, leunt tegen het aanrecht. Terwijl hij een broodje eet, kijkt hij toe hoe Lily met mijn haar worstelt. 'Anders laat je het los?' probeert hij.

'Nee! Geen tijd voor. Dan moet mijn haar eerst steil worden gemaakt.'

'En daarvoor zit er inmiddels al te veel haarlak in,' vult Lily aan.

Ik begin langzaam in paniek te raken. Dan horen we buiten de claxon van een auto. Milo loopt naar het raam en zegt: 'Daar is de limo al.'

'Wat? Maar ik ben nog helemaal niet klaar. Shit!'

'Rustig, Suus. Ik loop gewoon naar beneden en zeg dat je er zo aan komt. Geen paniek.' Ik kijk op de klok. Het is tien voor zeven. Sinds wanneer komen mensen te vroeg? Zo zen mogelijk probeer ik me te kalmeren. Lily sprayt nog een halve bus haarlak leeg op mijn hoofd om te voorkomen dat de boel gaat verzakken. Hierna sprint ik naar de slaapkamer om mijn jurk aan te doen. Lily loopt al sprayend achter me aan.

'Wauw,' zegt ze als ze de jurk ziet.

'Hij is mooi hè?' zeg ik trots. 'Hij is geleend, dus ik moet er wel zuinig op zijn.'

'Ik help je.' Lily houdt de jurk vast zodat ik er makkelijk in kan glijden. Vervolgens vouwt ze het kaartje dat aan de binnenkant van mijn rug zit zorgvuldig weg en maakt de rits dicht. 'Je kunt zo naar de Oscaruitreiking.'

'Dankjewel. Ik poets nog even snel mijn tanden en poeder jij dan nog even bij?'

Lily knikt. 'Voorzichtig, hoor. Je wilt geen akelige tandpastavlekken op je jurk.'

Ik lach, terwijl ik de borstel in mijn mond laat zitten. 'Nee, dat ontbrak er nog maar aan.' En hop, een drup witte pasta kleddert zo op mijn jurk. 'Nee!' gil ik en ik doe meteen een handdoek onder de kraan om de zaak te deppen.

'O jee,' zegt Lily en ze rent naar me toe. 'Laat mij maar,' en ze neemt de handdoek van me over. Ik grijp in een vlaag van blinde paniek naar mijn hoofd, maar als ik mijn plakkerige suikerspinhaar voel, blijf ik als versteend staan. 'Niet aan je haar komen!' roept Lily verschrikt. 'Nu zit het los.' Haastig begint ze mijn knot te restaureren.

'Ben je klaar? Ze willen vertrekken.' Milo staat ook weer binnen.

'Nee, ik ben verre van klaar. Ik heb een vlek op mijn jurk en mijn haar staat op instorten. En waar zijn mijn schoenen? Mijn schoenen!' Man, wat verloopt dit allemaal vreselijk hysterisch.

'Hier zijn je schoenen,' zegt Milo geduldig en hij reikt ze me aan. En terwijl ik mijn voeten in mijn schoenen schuif, zet Lily met een laatste speld mijn knot in de houdgreep.

'Zo,' zegt ze ferm. 'Die gaat voorlopig niet meer los.'

Milo pakt allebei mijn handen en geeft me een kus. 'Relax. Want je ziet er geweldig uit.'

'Dank je.'

In de limo zitten Pieter de Gans en acteericoon Jean Metz, twee *Donkersloot*-collega's van Milo, al te wachten. Naast hen twee vrouwen, van wie ik gok dat het hun partners zijn. 'Hi, ik ben Suzanne Frans,' en krom vooover gebukt stel ik me aan het viertal voor. Als ik me achterover laat zakken op de enorme achterbank haal ik opgelucht adem. Ik heb het gehaald. Vanaf nu kan ik ontspannen. Rustig over die loper schrijden, geen pers te woord staan, champagne drinken zodat ze kunnen zien dat ik echt, heus, werkelijk waar niet zwanger ben en verder gewoon genieten. Mijn *clutch*! Ik schiet overeind. 'Stop de auto! Mijn tas ligt nog binnen!' Mijn medepassagiers stoppen met praten en staren alle vijf mijn kant op.

'Wat?' vraagt Milo me met een moeilijk gezicht. Met verwilderde ogen kijk ik Milo aan. 'Mijn tasje ligt nog bij jou op de keukentafel!'

'Dat meen je niet.' Milo schudt zijn hoofd en roept naar de chauffeur: 'Stop de auto!' Met piepende remmen stopt de wagen en Milo schiet er meteen uit. 'Ik ga dat ding wel halen. Dat is sneller dan wanneer we met de auto terug moeten.' En hij sprint terug naar zijn huis.

Het is stil in de auto. 'Het spijt me,' zeg ik ongemakkelijk naar mijn medereizigers, die me verbijsterd aankijken. Zwijgend wachten we op Milo. Wanneer steeds meer claxonerende auto's zich langs onze foutgeparkeerde limo proberen te manoeuvreren, begint ook de chauffeur geïrriteerd te raken. 'Duurt dat nog lang?'

'Hij is er zo,' antwoord ik en met heel mijn hart hoop ik dat dit ook echt zo is. En laat alsjeblieft mijn clutch werkelijk op de eettafel liggen zoals ik tegen Milo heb gezegd. Jean kijkt intussen op zijn horloge. Ik kijk stiekem mee. Tien voor halfacht. Waar blijft hij nou?

Als Milo even later het portier opentrekt kijk ik hem opgelucht aan. Terwijl hij hijgend naast me neerploft en me de clutch overhandigt, zegt hij: 'Je tas lag dus op het bed, suffie.'

'Sorry,' piep ik met een klein stemmetje.

Als we na een twintig minuten eindelijk bij Tuschinski zijn, ben ik één brok stress. Hoewel iedereen sinds mijn tassenflater weer gezellig doorkletst, kan ik het niet helpen me behoorlijk lullig te voelen. Dus wanneer ik uit de auto stap bied ik nog maar eens mijn verontschuldigingen aan. 'Het spijt me echt heel erg,' zeg ik zo nederig mogelijk.

'Ach, dat geeft toch niet,' glimlacht Mira, de vrouw van Jean. 'Toen ik voor het eerst meeging naar een première sloeg ik ook een enorme flater doordat de hak van mijn pump afbrak.'

Ik lach schaapachtig terug. Door deze vast goedbedoelde opmerking voel ik me juist nog lulliger.

Milo pakt mijn hand en kijkt me geruststellend aan: 'Je ziet er fantastisch uit.' En daar gaan we. Ik in mijn mooie prinsessenjurk, perfect opgemaakt en naast mij de lekkerste vent van Nederland. Als we hand in hand over de rode loper stappen voel ik de opwinding van de mensen achter de dranghekken. Veel aanwezigen, vooral meiden, stoten elkaar aan en wijzen naar Milo. Die knijpt zachtjes in mijn hand en geeft me een kus op mijn wang. Ik gloei van trots. Dan stapt Milo naar voren om met een meisje op de foto te gaan en handtekeningen uit te delen. Meteen val ik uit mijn rol van glamourpoes. Zo alleen op de rode loper weet ik me geen houding te geven en kijk onhandig toe. Ineens zie ik Bram van Heijningen achter het hek, zijn fototoestel in de aanslag. Naast hem staat Gwen, mijn oud-collega van *Scoop* voor wie ordinair zijn een eerste levensbehoefte is. Ook vanavond heeft Gwen weer haar best gedaan met een knalroze synthetisch stretchjurkje. Plotseling heeft Gwen me ontdekt en staart me recht in mijn ogen aan. Vlug kijk ik weg. Tot mijn irritatie voel ik mijn wangen gloeien. Gelukkig staat Milo al weer naast me en kunnen we doorlopen. Wanneer we ter hoogte van de fotografen staan, roepen die: 'Milo, Suzanne, kijk eens deze kant op!' Ik laat niets van mijn nervositeit merken en probeer zo ontspannen mogelijk naar de fotografen te kijken.

'Kom mee,' zegt Milo al snel en we stappen verder. Ik haal opgelucht adem. Volgens mij zit de zwaarste beproeving van deze avond erop. Eenmaal binnen wordt Milo door verschillende mensen hartelijk begroet. Telkens als Milo me voorstelt als 'zijn vriendin' voel ik me warm worden vanbinnen.

'Zal ik een drankje halen?' stel ik voor als Milo druk in gesprek is met een bekende regisseur.

'Is goed, schatje,' knipoogt hij. Ik wurm me door de mensenmenigte naar de bar.

'Drie champagne,' zeg ik tegen het meisje achter de bar.

'En wie hebben we daar? Onze schattige lieve Suus!' Verschrikt kijk ik naast me. Daar staat Gwen, met Bram, triomfantelijk naar me te kijken. 'Denk je soms dat je nu een BN'er bent?' spot Gwen. 'Dat je tijdelijk het neukertje van Milo bent, wil nog niet zeggen dat je een ster bent, hoor.'

Gegeneerd kijk ik om me heen of iemand ons hoort. Bram lacht. Dan zegt hij: 'Drink jij alcohol? Dat is niet zo slim als je zwanger bent.'

'Ik ben niet zwanger.' En om dat te demonstreren drink ik in één teug mijn glas leeg. Bram en Gwen lachen.

'Hm, ik heb mijn stukje al, geloof ik. ZWANGERE SUUS BRENGT ONGEBOREN KIND IN GEVAAR.' Mijn twee oud-collega's liggen helemaal dubbel.

'Joh, je schrijft maar.' Ik pak de twee andere glazen op en loop weg.

'Je krijgt de hartelijke groeten van John de Zwart,' roept Bram me achterna.

'Daar ben je, we moeten naar de zaal,' zegt Milo en hij slaat zijn arm om mijn middel. De regisseur is blijkbaar al naar binnen gegaan.

'En deze drankjes dan?'

Milo pakt een glas uit mijn hand en tikt die zachtjes tegen het mijne. 'Op ons.' En net als ik mijn eerste slok heb genomen, hoor ik de zoemer die aangeeft dat iedereen naar de zaal moet. Snel neem ik nog een slok. En nog een. 'Doe je wel rustig aan?' vraagt Milo.

'Ik kan heus wel tegen een drankje. Of twee. Of drie.' En ik steek mijn hand door zijn arm en stap kordaat richting de filmzaal. Maar terwijl ik loop voel ik de alcohol naar mijn hoofd stijgen. Misschien was het toch niet zo verstandig om zo snel twee glazen champagne achterover te slaan. Ik heb per slot van rekening niet gegeten. En dat ik gespannen ben, helpt ook niet echt. Gelukkig heb ik bijna twee uur om de alcohol te laten zakken.

Ik schrik op als ik Milo naast me voel opstaan en applaus hoor. Ik kijk om me heen en zie dat iedereen in de zaal staat en klapt. De film is blijkbaar afgelopen. Vlug kom ik uit mijn stoel omhoog en klap mee. Ik kan nooit lang hebben geslapen, want ik heb de hele film aandachtig gevolgd. Dat wil zeggen, ik heb mijn best gedaan. Want bijster boeiend vond ik het niet. Regelmatig dwaalden mijn gedachten af naar de tassenblooper, mijn rodelopermoment, vervelende Gwen, de babygossip, Bliss Hummelman, de afspraak met Cordelia. En ondertussen schuurde mijn knot tegen de rugleuning, zodat die nu op instorten staat. Dat ontbrak er nog maar aan. Maar daar kan ik me niet druk om maken. Het belangrijkste vind ik op dit moment dat niemand heeft gezien dat ik heel eventjes in slaap ben gesukkeld.

'Hij was goed, hè?' zegt Milo.

Schokschouderend antwoord ik: 'Heel eerlijk gezegd vond ik het verhaal niet bijzonder pakkend. En ik vond de hoofdpersoon niet echt geloofwaardig overkomen.'

'Meen je dat nou?' Milo kijkt me verrast aan.

Ik knik. 'Ja, echt. Het deed me niet zoveel toen zij in de steek werd gelaten.'

'En dat ze daarna in een zware depressie zakte liet je ook koud?'

Ik haal mijn schouders op. 'Sorry, ik geloof dat ik die Wanda gewoon niet zo'n goede actrice vind. Ik bedenk nu dat ik nog nooit een film met haar heb gezien waarin ik haar goed vond.'

Milo glimlacht. 'Als je dat maar nooit tegen Wanda of Karl zegt. Anders kan ik een rol in zijn films helemaal vergeten.'

'Geen zorgen. Het blijft ons kleine geheimpje.' En we grinniken allebei.

Als we naar de foyer lopen voel ik mijn haar langzaam naar beneden zakken. 'Ik ga even naar het toilet, ik zie je wel in de foyer.'

'Prima.' En Milo loopt door, terwijl ik richting de toiletten wandel.

Als ik in de spiegel kijk zie ik dat mijn strakke knot nu een *messy bun* is. Of beter gezegd: gewoon een mess. Het ziet er niet uit. Ik pluk zo voorzichtig mogelijk wat speldjes los en steek het zaakje wat strakker bij elkaar. Keurend bekijk ik mijn spiegelbeeld en besluit dat het ermee door kan. Terug naar de foyer, Milo zoeken.

Wanneer ik richting de foyer loop zie ik een eindje verderop Gwen een BN'er interviewen. Ik ben zo blij dat ik dat niet meer hoef te doen. Nooit meer op feestjes vervelende vragen stellen aan mensen die hier niet op zitten te wachten. Het enige wat ik nog hoef te doen op premières is er leuk uitzien en geen flater slaan.

Plotseling voel ik een hand op mijn onderrug. Ik draai me snel om en kijk in de lachende bruine ogen van Derek. 'Ik wist niet dat jij ook kwam!'

'De soundtrack van de film is door onze platenmaatschappij uitgebracht. Vandaar.'

'Aha,' reageer ik. 'Heb je Milo gezien?'

'Nog niet. Mag ik even zeggen dat je er echt prachtig uitziet. Je bent verreweg de mooiste dame die hier vanavond rondloopt.'

'Ja ja, slijmbal,' lach ik.

'Hi,' zegt opeens een vrouw naast me. Geen idee wie dat is. 'Sorry dat ik jullie onderbreek, maar jij bent toch Suzanne? De vriendin van Milo den Hartog?'

O jee, is dit een roddeljournaliste die ik niet ken? Ik ben meteen op mijn hoede. 'En wie ben jij?' vraag ik, terwijl ik een blik wissel met Derek.

Ze glimlacht en steekt haar hand uit. 'Ik ben Zara Hanssen. Ik werk voor *Glitter* en ik wil gewoon even zeggen dat ik je er superstylish uit vind zien vanavond.'

'O, eh… dankjewel?' Ik ben verbaasd over dit spontane complimentje. Waar wil Zara naartoe?

'Ik ga weer verder. Zie ik je later nog?' zegt Derek dan.

'Natuurlijk!' En voordat hij wegloopt buigt hij nog naar me toe en fluistert zachtjes in mijn oor: 'Het kaartje hing uit je jurk. Ik heb het netjes teruggestopt, maar wel opletten hè.' Flabbergasted kijk ik Derek na, die zelfverzekerd rondstapt in de menigte. Even verderop begroet hij enthousiast een oudere man in smoking.

'Luister,' gaat het meisje tegenover me verder, 'het klinkt misschien gek, maar ik heb verschillende foto's van je gezien in de bladen en ook als ik je nu zo zie, dan vind ik dat je er altijd zo cool uitzag. Serieus,' zegt Zara als ik mijn wenkbrauwen optrek. Als ik denk aan die vreselijk onflatteuze paparazzifoto's kan het niet anders dan dat ze me voor de gek houdt.

'Je hebt echt je eigen kledingstijl, hip, cool, zonder dat het je al te veel moeite lijkt te kosten.' Dan zegt ze op een samenzweerderig toontje: 'Je hebt het echt in je om een *it-girl* te worden, weet je dat?' Hoewel ik dit ontzettend vleiend vind, begin ik te lachen. Intussen voel ik mijn haar naar beneden zakken. Zara gaat verder met haar betoog. 'Op de *Glitter*-redactie vinden wij jou en Milo echt *the cool couple* van Nederland. Ik zou jullie zo graag eens willen interviewen.' Mijn gezicht betrekt. Was het Zara daar allemaal om te doen? Een interview met Milo?

'Met een leuke fotoshoot erbij, geinig idee toch?' Zara kijkt me vragend aan. Ik haal mijn schouders op. 'Milo is niet zo dol op interviews... en ik een it-girl... ik weet het niet...'

'Ik werk nu tien jaar bij *Glitter* en ik heb inmiddels een neus voor vrouwen die het in zich hebben om een stijlvoorbeeld te worden voor onze lezeressen. En jij bent dat ook, geloof me. Iedereen wil dolgraag lezen waar jij je kleding koopt, wat je favoriete merken zijn, stijltips, dat soort zaken. Dat weet ik honderd procent zeker.' Als ze ziet dat ik twijfel, geeft ze me haar kaartje. 'Je kunt me altijd bellen of mailen. Lijkt me hartstikke cool om snel iets met jullie twee te doen. Ik wil gewoon de persoon zijn die jou op de kaart heeft gezet als stijlicoon.' Ze lacht en ik lach onhandig mee. Ik weet gewoon niet wat ik hiervan moet denken.

Milo slaat zijn arm om mijn middel terwijl we luisteren naar de grappige verhalen van Julius over zijn avonturen op het filmfestival in Londen. Julius is regisseur en heeft de film *Vlucht*, waar Milo de hoofdrol in speelde, geregisseerd. Sindsdien zijn ze ook goede vrienden.

Milo streelt zachtjes mijn rug en ik voel me ineens ontzettend goed. Ik kijk naar hem en als ik zie hoe hij moet lachen om Julius' verhalen, schiet ik bijna vol. Wat ben ik gek op deze jongen. Ik schrik als Karl, de regisseur van *Zomerlucht*, zich ineens bij ons groepje voegt. Karl is als regisseur van de premièrefilm natuurlijk de ster van vanavond. 'Gefeliciteerd met je film,' zeg ik vriendelijk.

'Ik vond hem echt ontzettend indrukwekkend,' zegt Natalia, de vriendin van Julius, erachteraan.

'Ik ook,' lieg ik mee.

'Ik zat voortdurend op het puntje van mijn stoel,' zegt Natalia enthousiast. Ik kijk haar verbaasd aan. Karl daarentegen knikt instemmend. 'Als Lisa door haar man wordt verlaten, die scène gaat werkelijk door merg en been.' Natalia houdt haar hand op haar borst en zucht diep. Dit is geen beleefdheid, deze film heeft haar echt geraakt, constateer ik verrast.

'Je wist de emoties goed te pakken,' vult Julius zijn vriendin aan.

'Dank je, mensen,' zegt Karl na alle loftuitingen. 'En wat vonden jullie van het einde? Konden jullie je daarin vinden?'

'O, zeker wel,' reageert Natalia fel. 'Het was hartverscheurend, maar ik begreep het. Sterker nog, misschien zou ik hetzelfde hebben gedaan in zo'n situatie.' Iedereen begint te lachen. Ongemakkelijk lach ik mee, ik heb geen idee wat Natalia bedoelt.

'Zal ik wat te drinken gaan halen voor iedereen?' probeer ik snel. Want het begint me een beetje te heet onder de voeten te worden. Te laat.

'En jij? Wat vond jij van het einde?' vraagt Karl me geïnteresseerd.

Kut. 'Ikke?' En ik kijk Karl met twee grote bambi-ogen aan. 'Eh... eh...' Mijn hersens draaien overuren. Koortsachtig zoek ik naar het juiste antwoord, ik wil niet recht voor de regisseur door de mand vallen. 'Eh,' is nog steeds het enige wat ik uit weet te brengen. Wat een eeuwigheid lijkt te duren kijken Karl, Julius, Natalia en ook Milo mij vol verwachting aan. Ik ben zo van mijn stuk gebracht dat ik compleet lamgeslagen ben. 'Eh... Ik vond het een beetje te ver gaan,' zeg ik ten slotte. Ik kan mezelf wel voor mijn kop slaan. Waarom zeg ik dit?! En dat is precies wat Karl me nu ook vraagt.

'Echt? Waarom?' vraagt hij vol interesse. O, *crap*. Dit gesprek gaat compleet de verkeerde kant op. 'Vond je Lisa te wanhopig?'

'Ja,' zeg ik beslist. 'Of nee, toch niet,' stotter ik er dan achteraan. Wat ben ik in hemelsnaam aan het doen? Denk. Na. Wat kan die Lisa hebben gedaan aan het slot? Zelfmoord? Ze was natuurlijk de helft van de film down omdat die vent haar had gedumpt. Groot gelijk, want wat een schijtwijf was ze. Sowieso, wat een schijtfilm. Maar dat is ongeveer het laatste wat ik kan zeggen.

'Zelfmoord is natuurlijk wel een dramatische keuze,' zeg ik ten slotte. Aan Karls gezicht zie ik dat ik totaal verkeerd heb gegokt.

'Zelfmoord?' zegt hij spottend. 'Maar... Lisa pleegt helemaal geen zelfmoord, ze trouwt aan het einde met Marc, die zwijgzame buurman van d'r.' Hij kijkt me onderzoekend aan.

'Van wie ze helemaal niet hield,' vult Natalia ter verduidelijking aan.

Ik slik. Is er ergens een gat in de grond waar ik doorheen kan zakken?

'Hahaha, natuurlijk niet!' Alsof ik zojuist iets waanzinnig hilarisch heb gezegd gooi ik schaterend mijn hoofd in mijn nek. Maar volgens mij klinkt mijn lach vooral als die van een hysterische hyena. 'Dat wist ik natuurlijk ook wel. Ik zit jullie maar te dollen,' lach ik weinig overtuigend.

Karl en Natalia kijken me verbijsterd aan. Ze snappen werkelijk niets van mij en mijn zogenaamd slechte grap. Ik trouwens ook niet.

12

'O, wat erg!' Romijn slaat haar hand voor haar mond en lacht besmuikt. Flint daarentegen houdt zich niet in en hangt gierend van het lachen over ons tafeltje.

'Lach me maar uit,' knik ik verslagen. 'Het was slechts het meest gênante moment van mijn leven, dat is alles.'

'Wie valt er dan ook in slaap tijdens een première?' vraagt Flint snikkend van het lachen.

Joy schudt haar hoofd: 'Maar dat je niet gewoon een ontwijkend antwoord aan die regisseur gaf, begrijp ik niet. Je had jezelf er toch wel uit kunnen kletsen?'

'Nou, niet dus. Hou maar op, ik heb al spijt dat ik het heb verteld.'

'Welnee.' Romijn slaat een arm om me heen. 'Over een tijdje lach je hierom, geloof me.'

'En anders wij wel,' grinnikt Flint. 'Joh, het was toch ook een muffe film zei je? Who cares?'

'Het was inderdaad een draak van een film. Maar je had het gezicht van die regisseur moeten zien. En de rest. Ik heb mezelf onsterfelijk belachelijk gemaakt.'

'Plus een kaartje dat uit je peperdure jurk hing. Je was lekker bezig, mopski.'

'Vergeet de ingezakte knot niet,' voegt Romijn er vol leedvermaak aan toe.

'Gelukkig ben je op je werk wel goed bezig. Hoe zat het nou precies met die overeenkomst met Cordelia?' vraagt Joy.

'Ik heb met haar de afspraak gemaakt, op papier, dames en heren, dat ik twaalf interviews van Bliss Hummelman uitwerk en dat ik daarna mijn eigen interviews mag doen. En daarnaast doe ik ook eindredactie, altijd goed voor de ervaring en een fijne afwisseling.'

'Goede deal,' zegt Romijn.

'Vind ik ook,' glimlach ik. 'Hoewel, onderschat het niet. Iets leesbaars maken van een interview van Bliss is een zware klus.'

'Ik benijd je niet. Die Bliss is een afschuwelijke arrogante trol,' Flint schudt zijn hoofd.

'Ze behandelt me ook als oud vuil. Ze negeert me totaal of noemt me denigrerend "haar assistente". En tijdens het laatste interview had ze expres haar opnameapparaat niet meegenomen, zodat ik als een gek moest meeschrijven.'

'Nog even door de zure appel heen bijten en dan mag je haar bij het grofvuil zetten. Gaan ze dan eigenlijk nog door met die interviewreeks? En wie gaat dan dat klusje klaren?' vraagt Joy.

'Geen idee. Maar dat is mijn probleem dan gelukkig niet meer.'

'Iedereen in de modewereld kakt op die dunne en veel te bruine drol,' snuift Flint. 'Ik snap niet waarom *she* met haar in zee is gegaan. Ze denkt alleen in dure labels! Voert zelf niets uit, maar laat alles over aan haar slaafjes.'

'Tja…' zeg ik stil. Dan denk ik ineens aan het gesprek met de vrouw van *Glitter*. 'Ik had op die première trouwens een apart gesprek.'

'Vertel?' Flint is een en al oor.

'Er kwam een redacteur naar me toe van het blad *Glitter*. En ze zei dat ik er altijd zo goed uitzie en dat ik echt stijl heb…'

'Met dank aan je roze handtas Flint. Dat heb je haar toch wel gezegd, mag ik hopen?' onderbreekt Flint me.

Joy stoot hem geïrriteerd aan. 'Laat Suus even uitpraten, wil je?'

'Nee, ik heb jouw naam niet genoemd. Sorry, Flint,' knipoog ik. 'Ik was ook te verbaasd eigenlijk. Want ze zei op een gegeven moment dat ik echt een stijlicoon kon worden, een voorbeeld voor haar lezeressen. Ze noemde me een it-girl.'

Flint valt bijna flauw als hij dit hoort. 'Wat? It-girl? O. My. God. Suus, dat is *fabulous*!' Flint begint in zijn handen te klappen. 'Ik wist wel dat je het in je had, *darling*.'

Romijn is wat sceptischer: 'Stijlicoon? Goed, je bent inderdaad de best geklede vrouw die ik ken, maar met alle respect… Hoe kan zij dat nou weten? Ze kent je toch niet?'

'Dat vond ik dus ook zo vaag. Ze zei dat ze me er op foto's uit de bladen zo leuk uit vond zien. Maar op die foto's zie ik altijd op mijn allerbelabberdst uit!'

'Je trekt inderdaad de meest lelijke gezichten. Maar je kleding is altijd *just right*,' werpt Flint tegen.

Ik schud mijn hoofd. 'Ik ben bang dat het haar vooral te doen is om een interview met Milo. Ze noemde ons "the cool couple" en wilde een interview met ons twee. En mij dan lanceren als "it-girl".'

'Who cares!?' roept Flint uit. 'Niemand buiten *Glitter* weet dan toch hoe het precies zit. En ik zal niks zeggen, hoor. Meid, weet je wel hoe fantastisch dit is? En *Glitter* zou het echt niet doen als ze je helemaal niks zouden vinden.'

'Daar heeft Flint wel een punt,' zegt Romijn.

Ik zucht. 'Door alles wat ik heb meegemaakt bij *Scoop*... ik weet niet wie ik nog kan vertrouwen. En nu de situatie bij SHE, soms weet ik gewoon niet waarom mensen geïnteresseerd in mij zijn. Is het omdat ik de vriendin van Milo ben, of echt om wie ik-zelf ben?'

'Suus, wat naar.' Romijn slaat haar arm om me heen.

'Bij SHE heb ik ook het gevoel dat ik daar vooral ben binnen-gehaald omdat ik een relatie met Milo heb. Cordelia denkt vol-gens mij dat ik een adressenboekje vol BN'ers heb of zo.'

'Via Milo kun je natuurlijk ook in contact komen met een hoop bekende mensen, dus zo gek vind ik het niet bedacht,' zegt Joy.

'Dat kan dan wel zo zijn,' zeg ik geïrriteerd, 'maar ik wil in de eerste plaats worden aangenomen omdat ik goed kan schrijven. Niet omdat ik de deur kan openen naar allerlei BN'ers. Bovendien heb ik helemaal geen zin om Milo telkens aan zijn jas te moeten trekken voor het telefoonnummer van Sam of Perry Sluiter. Of wie dan ook. Is het nou flauw dat ik dit vervelend vind?'

Alle vier zwijgen we. Dan zegt Flint: 'Als ik eerlijk ben, vind ik dat je je een beetje aanstelt. Wie je kent is wie je bent, zo werkt het nou eenmaal. Bliss is toch ook binnengekomen dankzij haar con-necties en vanwege haar "status".' Bij het laatste woord maakt hij met zijn vingers aanhalingstekens in de lucht. 'Als zij geen interviews kan regelen met de sterretjes die zij kleedt, had ze die klus van *she* nooit gekregen.' Als hij ziet dat ik begin te schutteren zegt hij: 'Het is misschien niet leuk om te horen, Suus. Maar ga je alsjeblieft niet roomser voordoen dan de paus en speel het spel lekker mee. Laat je bombarderen tot it-girl, ga lekker BN'ers interviewen voor *she*. Dat zijn kansen.'

Ik haal mijn schouders op. 'Het voelt gewoon niet goed.'

Joy en Romijn zijn stil geworden van Flints betoog. Maar dan zegt Romijn: 'Misschien heeft Flint gelijk. En misschien voel je je er niet goed bij. Maar onthoud dit: jij kunt wel dingen. En zo krijg je wel de kans om dat te laten zien.'

'En als je dan volgend jaar die Elle Style Award wint, vergeet je dan niet mij te bedanken, mopski?'

Ik leg net de laatste hand aan het interview met Carmel als Didi met een zacht plofje *Het Nieuwsblad* op mijn bureau laat vallen.

'Je staat erin!' zegt ze enthousiast.

'O?' reageer ik argwanend.

'Bij het verslag van de première van *Zomerlucht*. Je hebt echt een leuk vriendje,' knipoogt ze. Ik blader snel naar de juiste pagina en daar zie ik de foto. Samen met Milo op de rode loper.

'Ja hoor,' roep ik uit.

'Wat is er?' vraagt Guusje en ze loopt meteen naar mijn bureau om te kijken.

'Dit hier. Eén ster! Van de vijf. Zelfs de belegen Quirine Veijl krijgt meer sterren voor haar outfit dan ik. En je wilt niet weten hoe lelijk dat synthetische gedrocht zat.'

Guusje leest voor: '"Surferboy Milo den Hartog ziet er voor de verandering onberispelijk uit in zijn kostuum, maar zijn vriendin Suzanne Frans oogt als een rommeltje. De jurk zit niet goed en is van een verkeerde kleur. Eén tip voor Milo's liefje: galajurken koop je niet bij een goedkope winkelketen."'

'Die jurk was van Prada en kostte drieduizend euro!'

'Ach, die hele "wat-dragen-de-sterren-rubriek" is een farce,' probeert Guusje me gerust te stellen. Intussen gaat haar telefoon.

'Redactie *she*, met Guusje.'

Ik maak een fotootje van het commentaar en stuur dat naar Flint:

Voorlopig nog geen Elle Style Award. Check de party-pagina van Het Nieuwsblad ☹

'Ja Amalie,' verzucht Guusje, 'ik heb het persbericht gezien. Helaas kom ik niet naar je boekpresentatie.' Ik hoor Amalies schelle stem door de telefoon schallen. Guusje simuleert intussen de bekende kotsneigingen die ze altijd doet wanneer ze Amalie Bouvier aan de lijn heeft. En dat is wekelijks.

'Ik heb er inderdaad geen tijd voor. Bovendien denk ik ook niet dat het bij SHE past.' Weer die schelle stem. Nu feller. 'Misschien is het inderdaad een gemiste kans. Maar dat risico durf ik wel aan.' Guusje schudt intussen zwaar geïrriteerd haar hoofd. 'Ik moet nu echt ophangen, want ik heb zo een telefonisch interview. Dag Amalie, groetjes aan Ken!' En ze verbreekt snel de verbinding.

'Wat heb ik spijt dat ik ooit mijn nummer aan die drammer heb gegeven. Volgende keer geef ik haar Benno's nummer. Die is al zo lang single dat hij het vast heerlijk vindt om een vrouwenstem aan de lijn te hebben.'

'Dames, ik kan jullie horen, hoor,' roept Benno vanaf de andere kant van de ruimte.

'Dat weet ik,' glimlacht Guusje en ik lach mee. Intussen open ik onwillekeurig mijn mailbox om te kijken wat voor nieuwe mailtjes er binnen zijn gekomen. Eentje heeft meteen mijn aandacht.

Van: L.Holby@goldmanagement.com
Aan: Bliss.Hummelman@Mix&Match.nl
CC: S.Frans@SHE_HetNieuwsblad.nl
Onderwerp: Re: Interview Solange

Beste Bliss,

Zoals eerder besproken via mail en telefoon, wil ik hierbij bevestigen dat het interview met Solange aanstaande dinsdag (de 16e) zal plaatsvinden. Bijgevoegd het contract dat ik graag ondertekend en teruggemaild wil hebben voordat het interview plaatsvindt.

Groeten,
Lisette Holby

Contract? Argwanend kijk ik naar mijn beeldscherm en klik ik op het attachment. Mijn ongeloof groeit als ik begin te lezen.

Geachte mevrouw Hummelman,

Als manager van mevrouw Solange Ronduijt-Blanco kan ik u melden dat Solange bereid is mee te werken aan het interview onder de volgende voorwaarden.

1. De vragen moeten minstens 24 uur voor aanvang van het interview naar Solange worden gestuurd. Vragen die Solange niet passend, relevant of gewenst vindt, worden door haar geschrapt.
2. Vragen die niet op de lijst staan, worden niet beantwoord.
3. De tekst van de publicatie (inclusief alle streamers, kop en bijschriften) zal minimaal 48 uur voor de deadline aan Solange ter goedkeuring worden voorgelegd.
4. Solange kan citaten in de tekst wijzigen of verwijderen. Ook kan zij overige tekstonderdelen wijzigen of verwijderen.
5. Zonder nadrukkelijke goedkeuring van Solange wordt de publicatie niet openbaar gemaakt. Na deze goedkeuring zullen geen wijzigingen in de publicatie worden aangebracht.
6. De goedgekeurde publicatie en foto's mogen enkel en alleen worden gebruikt in SHE.

Ondertekend ter akkoord:

'Dit kan toch niet?!' roep ik uit.

'Wat kan niet?' vraagt Guusje, die ondertussen fanatiek door blijft tikken.

'Dit hier, een zogenaamde overeenkomst van Solanges manager, die Bliss moet tekenen voordat het interview plaatsvindt. Het komt erop neer dat Solange de hele inhoud mag bepalen. Anders mag het niet worden gepubliceerd.'

Guusje kijkt op van haar scherm. 'Echt? Die Solange heeft het veel te hoog in haar bol. En die foute manager van d'r ook.' Guusje schudt haar hoofd en komt achter me staan, zodat ze over mijn schouder mee kan lezen.

'Tsss.' En als ze klaar is met lezen zegt ze: 'Belachelijk. Zoiets heb ik nog nooit meegemaakt. Dit moeten we echt niet tekenen, hoor. Meteen naar Cordelia hiermee.'

'Natuurlijk,' zeg ik snel. Ik print het documentje uit en loop ermee naar Cordelia.

'Hallo Suus, kom binnen,' zegt Cordelia als ik op de deur klop die al een stukje openstaat. Cordelia legt de papieren weg die ze aan het lezen was en kijkt me aan. 'Wat kan ik voor je doen?'

'Ik kreeg net een cc'tje binnen van Lisette Holby. Het was een mail gericht aan Bliss. Lisette heeft een overeenkomst opgesteld die getekend moet worden. Maar het is vooral een wurgcontract.'

'Laat me eens kijken,' zegt Cordelia, als ik het documentje omhooghoud. Ik leg het papier op haar bureau.

'Als we niet akkoord gaan, gaat het interview met Solange niet door.'

Cordelia kijkt me vragend aan en begint dan te lezen. Terwijl haar ogen over het papier schieten, gaan haar wenkbrauwen omhoog van verbazing. 'Is die Solange nou helemaal van de pot gerukt? Ik bel meteen Bliss voordat ze dit ding ondertekent. En daarna Lisette. Is dat mens soms gek geworden?'

'Heb je Lisettes nummer?' Cordelia schudt haar hoofd, terwijl ze het nummer van Bliss intoetst. 'Ik zal haar visitekaartje even pakken,' fluister ik. En terwijl ik naar mijn bureau vlieg, vraag ik me af of Lisette gevoelig is voor Cordelia's argumenten. Mevrouw Holby staat nou niet bepaald bekend als een vrouw die snel onder de indruk is van anderen. Als ik terugkom in haar kamer, is mijn chef in een stevige discussie beland met Bliss.

'Zoiets kun je eenvoudigweg niet afspreken zonder het eerst met mij te overleggen. Dit is de doodsteek voor een interessant, creatief artikel. Het interesseert me niet wat je met Solange hebt besproken. Dit is hoogst ongebruikelijk en bovenal niet loyaal richting SHE. Je wordt door ons betaald, niet door Solange. Je tekent niets, ik bel nu met Lisette.' Cordelia hangt op. Ze gooit haar hoofd in haar handen.

'Dat is natuurlijk niet helemaal waar,' zeg ik.

'Wat?' Mijn chef kijkt op.

'Dat Bliss door ons wordt betaald. Solange is immers een klant van haar, ze doet altijd haar styling.'

'God, ik heb een monster gecreëerd,' verzucht Cordelia. Ze pakt het visitekaartje aan en tikt het nummer van Lisette in. Ze drukt de speakerknop in, zodat ik kan meeluisteren.

'Lisette Holby,' klinkt het kil aan de andere kant.

'Goedemiddag Lisette, je spreekt met Cordelia van SHE. Mijn redacteur Suus Frans heeft me zojuist een contract laten zien met betrekking tot het interview met Solange.'

'En?'

'En de afspraken die je hierin wilt maken zijn nogal vergaand en ongebruikelijk.'

'Dat valt toch wel mee?'

'Nou... Het zijn intervieweisen die zelfs de Rijksvoorlichtingsdienst amper hanteert. Ik vind het veel te ver gaan. Nog erger vind ik dat Solange eigenlijk de hele inhoud van het stuk wil bepalen. Ze wil volledige zeggenschap over het eindresultaat. Dat is ongekend.'

'Solange heeft enkele zeer vervelende ervaringen met de pers gehad. Dat proberen we op deze manier te voorkomen.'

'Dat kan ook op een veel minder rigoureuze manier. Bovendien is dit wel een heel grote motie van wantrouwen. SHE heeft nog nooit problemen gehad met mensen die zijn geïnterviewd. We horen altijd positieve reacties op de artikelen als ze zijn gedrukt.'

'Misschien wel, maar dit is hoe wij werken. Bovendien verzekerde Bliss ons dat dit contract geen enkel probleem was.'

'Bliss bepaalt zulke dingen helemaal niet. *SHE* gaat die overeen-komst niet tekenen.'

'Het spijt me, maar dan kan het interview niet doorgaan.'

'Pardon? Solange heeft vorige week een urenlange fotoshoot gedaan. Speciaal voor dit interview en helemaal door *SHE* betaald. We hebben een studio afgehuurd en een topfotograaf en visagist geregeld. Weet je wel wat dat allemaal kost?'

'Daar ben ik mij zeker van bewust. Daarom vind ik het des te spijtiger dat jullie die overeenkomst niet tekenen.'

'Dit kunnen jullie niet zomaar doen,' briest Cordelia veront-waardigd. 'Hierover is het laatste woord nog niet gezegd.'

Als Cordelia de hoorn heeft neergelegd kijkt ze me aan. 'Niet te geloven. Twee diva's bij elkaar. Ik ga het document meteen voor-leggen aan de juridische afdeling, eens kijken wat zij zeggen.'

'En?' vraagt Lotty als ik terugslof naar mijn bureau. Mijn colle-ga's kijken me allemaal aan. Iedereen is al op de hoogte van de blunder van Bliss. Ik haal mijn schouders op. 'Cordelia heeft met Lisette Holby gesproken, maar die houdt haar poot stijf. Tekenen, of het interview gaat niet door.'

'Nou, dan maar niet,' zegt Guusje. 'Dag Solange.'

'Helaas is het niet zo simpel. De *SHE*-fotoshoot met Solange in Madrid is al geweest. En dat was al met al best een dure onder-neming.' Ik buig me iets naar haar toe en fluister: 'Bruce Cohn was de fotograaf.'

'Niet waar!' Guusje slaat haar hand voor de mond. 'Wat een bla-mage.'

'Cordelia is meteen naar de juridische afdeling gelopen om te kij-ken wat we ertegen kunnen doen.'

'Dan kan ik je nu al zeggen dat dat geen zin heeft. *SHE* zal moe-ten doen wat Solange wil. Het is slikken of stikken.'

'Meen je dat nou?' vraag ik geschokt.

Guusje knikt. 'Solange is een verwend prinsesje dat vindt dat ie-dereen naar haar pijpen moet dansen. Doe je dat niet, dan lig je eruit. Het zal haar en haar manager worst wezen of er een kost-bare fotoshoot is geweest. We kunnen haar niet dwingen, of wel?'

'Eh...'

'Precies. We kunnen haar niet dwingen.' Shit. Guusje heeft gelijk. Of we nu tekenen of niet, Solange heeft de touwtjes in handen. Inmiddels zit ze weer aan haar bureau en tikt verder.

'Misschien kunnen we proberen om Solange te laten betalen voor de fotoshoot? Het is haar schuld als die straks voor niets is gemaakt.'

Guusje reageert door haar schouders op te halen, maar tikt stug door. Dan komt Cordelia de redactie opgelopen. Haar gezicht staat op onweer. De juristen zullen wel hebben gezegd dat ze weinig kan beginnen tegen Solange. Precies zoals Guusje zei.

'En?' vraag ik onnozel, alsof Cordelia's blik niet boekdelen spreekt.

'We hebben geen poot om op te staan. Zeker niet nu de foto's al zijn gemaakt.'

'Kunnen we niet de eer aan onszelf houden en alles afblazen?' probeer ik voorzichtig.

'En die peperdure foto's in de prullenbak smijten? De directie ziet me al aankomen! Er zit niets anders op dan tekenen en er het allerbeste van maken. Het zal niet makkelijk zijn, maar ik weet dat jij er toch een mooi interview van kan maken, Suus.'

Fijn. De druk om te presteren wordt nog meer opgevoerd. Een boeiend interview met Solange is al praktisch onmogelijk. Maar nu mevrouw vooraf de sappige vragen eruit haalt en na afloop de tekst naar haar hand mag zetten, wordt dit helemaal een onmogelijke opgave. 'Ik doe mijn best,' glimlach ik. Maar ik heb er een hard hoofd in.

13

Vrijdagmiddag. Oftewel: weekend! Even geen Bliss, Solange of Evite.

Nog beter is dat deze week de opnames van *Donkersloot* zijn afgerond. Mijn vriend heeft weer alle tijd voor mij. Yes! Vanavond is de wrapparty voor de hele cast en crew, en ook partners van enkele medewerkers zijn welkom. Ik voel me vereerd dat de regisseur en producent mij erbij willen hebben. Zeker na die enorme afgang op de première van *Zomerlucht*. Ik zal er deze keer op letten nergens in slaap te vallen en de alcohol zo goed mogelijk proberen te vermijden. Ik haast me naar huis om me op te frissen en om te kleden en rijd dan snel naar Villa Borghoudt, waar het feest zal plaatsvinden. Een landgoed waar veel opnames zijn gemaakt, aangezien het fungeerde als de woning van de familie Donkersloot.

Wanneer ik na een rit van een halfuur door de bossen de oprijlaan van Villa Borghoudt oprijd, begrijp ik meteen Milo's enthousiasme. Het is er geweldig. Eerst ligt de oprijlaan verscholen in het groen, om even verderop een weids uitzicht te bieden aan een prachtig oud, statig landhuis. Als ik de enorme trappen naar de entree oploop ben ik opnieuw zo ontzettend trots op mijn vriend. Vorig jaar stond hij nog in het kartonnen decor van *Geen Weg Terug* en nu heeft hij een belangrijke rol in een degelijke serie die geschoten is op prachtige locaties.

Als ik binnenstap merk ik dat de stemming er al goed in zit. Ik zie in de hal verschillende groepjes mensen uitbundig met elkaar kletsen en lachen. Intussen speur ik of ik Milo ergens zie. Eindelijk zie ik een bekend gezicht: Pieter de Gans. Opgewekt loop ik naar hem toe. 'Hallo Pieter. Hoe gaat het met je?'

Pieter legt zijn hoofd in zijn nek en blaast de sigarenrook in de lucht. 'Dag Suus. Het gaat goed met me, dank je. En met jou?'

'Ook,' glimlach ik.

'Ben je er net?' vraagt hij.

'Ja, en weet je misschien waar Milo is? Ik heb hem nog niet gezien.'

'Heb je al in de keuken gekeken? Grote kans dat hij daar is.'

'In de keuken?' reageer ik vragend. Ik haal mijn schouders op en loop terug naar de gang, op zoek naar de keuken. Als ik die eindelijk heb gevonden tref ik daar inderdaad Milo aan, die druk en geanimeerd staat te praten met een paar anderen.

'Hé, Suus!' roept hij enthousiast als hij me ziet. 'Dit is nou mijn Suusje,' zegt hij trots als ik me bij het groepje heb gevoegd. Milo geeft me een dikke kus en stelt me voor aan de anderen.

'Milo heeft zoveel over je verteld, ik heb bijna het gevoel dat ik je ken,' zegt Linde, de actrice die zijn zus speelt.

'Echt?' reageer ik verrast. Milo legt zijn arm om me heen en kust me op mijn hoofd. 'Maak je geen zorgen. Alleen maar goede dingen, schatje.'

'Ik kreeg het al warm,' grap ik.

'Ik zal even drank pakken, wil iedereen nog wat?' En Milo loopt naar de andere kant van de enorme keuken om voor iedereen een nieuw glas te halen.

Linde buigt zich naar me toe en grinnikt: 'Toen ik hoorde dat Milo was gecast voor de rol van Kas Donkersloot sprong ik een gat in de lucht. Ik bedoel maar, je tegenspeler is wel even de lekkerste kerel die in ons land rondloopt, ja toch? Maar ik kwam er al snel achter dat ik geen schijn van kans maakte. Niemand eigenlijk. Die jongen is echt stapelgek op jou, echt hoor.'

'Ik ook op hem,' knik ik.

'Het is gewoon aandoenlijk om te zien hoe verliefd hij op je is. Serieus, als het tussen jullie ooit mis mocht gaan zou ik helemaal in shock zijn. Ik lieg niet.'

Als Milo weer bij ons staat en de nieuwe ronde drankjes heeft uitgedeeld, sla ik een arm om zijn nek en geef ik hem een stevige kus op zijn wang. Ik ben helemaal ontroerd door wat me net is verteld.

Met z'n allen staan we een lange tijd ontzettend gezellig te drinken en te kletsen. Milo heeft me de afgelopen twee maanden regelmatig verteld dat de sfeer op de set zo goed was. Nu ik zelf de saamhorigheid van alle aanwezigen voel, begrijp ik precies wat hij bedoelt. Het werken aan een serie is een periode van intens samenwerken. Dat schept een band. Zeker als je, in het geval van *Donkersloot*, ook nog regelmatig op locatie moet draaien en daar samen moet overnachten.

Iedereen is heerlijk uitgelaten en verschillende zijn ook aardig aangeschoten als Gideon Schleffer de keuken komt binnenlopen. Hij is net zo oud als ik en redelijk bekend van een aantal series en films. In *Donkersloot* spelen Gideon en Milo broers. Wat ik van Milo heb begrepen is dat hun relatie in de serie problematisch is. Zoals het hoort in een dramaserie.

'Broertje,' zegt Gideon en hij slaat een arm om Milo heen. In zijn hand bungelt een broodje met vlees. Er drupt wat saus op Milo's shirt.

Milo neemt een wilde hap van het broodje. 'Ik heb ook honger.'

'We delen wel. Volgens mij is het bijna showtime,' zegt Gideon. En hij geeft een vette knipoog aan de anderen.

'Nu al?' zegt Milo met volle mond en hij wenkt een oudere vrouw met knalrood geverfd haar. Die duikt een aangrenzende kamer in en staat drie tellen later met twee enorme hondenpakken in haar handen voor onze neus.

'Wat heeft dit te betekenen?' vraag ik.

'Dat zul je zo wel zien,' zegt Milo, en hij neemt een grote pluchen hondenkop aan. Met z'n drieën lopen ze weg. Aan Milo's loopje zie ik dat hij een beetje aangeschoten is. Ik grinnik.

'Is dat je vriendin?' vraagt Gideon in het voorbijgaan. Als Milo knikt roept hij me nog gauw over zijn schouder toe: 'Leuk! Dan we spreken elkaar straks wel.'

'Wat gaan zij doen?' vraag ik lachend. De anderen beginnen ook te lachen. Eentje legt uit: 'Milo en Gideon hebben een verrassing voor hun acteervader, gewoon een grapje. Maar volgens mij wordt het hilarisch.'

'Ik ben benieuwd.'

'Wij ook. Laten we naar de zaal gaan, daar gaan Karl en Jean zo meteen speechen. Dan zul je gelijk de verrassing van Milo en Gideon zien.'

Nieuwsgierig loop ik achter het groepje aan.

'Dag Suus, wat leuk je weer te zien.' De vrouw van Jean Metz staat ineens tegenover me en geeft me hartelijk drie zoenen op de wang. 'Wat een goede wrapparty, nietwaar? Dat belooft een lange nacht te worden.'

'Ze zijn wel heel blij dat het erop zit. Bijna verdacht,' grap ik sarcastisch.

Jeans vrouw lacht hard. Ze geeft me een zacht kneepje in mijn arm en zegt: 'Ik spreek je later nog.'

'Excuseer me, lieve mensen,' hoor ik dan iemand door de microfoon zeggen. Ik kijk naar regisseur Karl die op een stoel is gaan staan, zodat hij boven de rest uittorent. Met een trotse glimlach kijkt hij iedereen aan. Beschaamd denk ik terug aan mijn enorme afgang op de première van *Zomerlucht*. Zal ik deze man ooit nog normaal in de ogen kunnen kijken?

'Ik wil even inbreken om een paar woorden te spreken. Het is de laatste keer dat jullie naar me hoeven te luisteren, daarna mag iedereen weer lekker doorgaan met feesten.' Gelach in de zaal. 'De afgelopen drie maanden waren een gekkenhuis. Met de hele crew hebben we ontzettend hard gewerkt om een topserie neer te zetten. En ik denk dat we hierin glansrijk zijn geslaagd. Ik ben ervan overtuigd dat *Donkersloot* ook dit seizoen artistiek en commercieel gezien een enorm succes gaat worden.' Voorzichtig beginnen enkelen te klappen. Het meisje naast mij roept: '*Yeah* baby!' Ik kijk haar aan en gniffel.

'Wat maakt een serie goed?' Karl pauzeert even en kijkt de zaal in.

'Tieten!' roept iemand van achter in de zaal. Iedereen lacht. De meesten zijn volgens mij al behoorlijk aangeschoten.

'Klopt,' lacht Karl, die blijkbaar ook in een goede stemming is, 'het belang van een goed stel borsten moet zeker niet worden onderschat. Maar wat een serie vooral goed maakt is een briljant script. Een topcast. Een scherpzinnige cameraman met oog voor detail. Uitmuntende geluidsmannen. *Setdressers* en kostuumdesigners die een serie ziel geven. En natuurlijke een briljante regisseur die een dergelijk zooitje ongeregeld kan sturen.' Weer gelach. 'Even serieus... Een serie is pas echt onderscheidend en knap wanneer er gevoel in ligt. Een hart. Een ziel. Noem me sentimenteel, maar ik heb altijd geloofd dat je dit met name bereikt wanneer de sfeer op de set goed is. Acteurs hoeven geen ruzie te hebben om voor de camera te kunnen knetteren. En wat was de sfeer tijdens het draaien van *Donkersloot* goed, man. Zelden heb ik zo'n geoliede machine gezien, zulke prachtige acteurs die chemie met elkaar hadden, op elkaar waren ingespeeld alsof ze al jaren met elkaar werkten. Zowel de jonge garde als de oude rotten. Het was een voorrecht om deze serie met jullie te maken. En daar wil ik jullie allen voor bedanken! *Salute!*' Karl heft zijn glas en de rest in de zaal volgt. Veel beginnen te joelen of applaudisseren en zelfs ik krijg een brok in mijn keel. Waar is Milo eigenlijk? Is die nog steeds bezig met zijn 'grote verrassing'? Ik kijk het zaaltje rond, maar zie hem nergens.

Dan stapt Jean Metz op de stoel. Milo's acteerzus stoot me aan: 'Nu moet je opletten.' De anderen beginnen al te grinniken. Voorzichtig schuifelen we wat naar voren, zodat we beter kunnen zien wat Milo en Gideon straks gaan uitvoeren.

'Ik wil ook graag nog iets zeggen, als de pater familias van de crew. Het was inderdaad, zoals Karl zojuist zei, een uitermate goed en saamhorig team en ik...' Jeans speech wordt onderbroken wanneer er plotseling twee enorme honden voor hem springen: Milo en Gideon. De hondenpakken zijn hilarisch. De een kijkt scheel en heeft een ontzettend domme blik. De ander kijkt superblij met zijn tong uit zijn bek.

'Die lichtbruine hond, dat is Milo,' legt Linde me uit. De donkerbruine hond met de domme blik, Gideon dus, pakt de microfoon uit Jeans hand en begint te praten.

'Beste Jean. Maandenlang noemde je ons liefdevol "jonge honden", maar al snel kwamen mijn tv-broertje Milo en ik erachter, dat dit voor jou slechts een excuus was om ons als honden te behandelen,' grapt Gideon. De zaal begint te schateren. 'Milo en ik geven je vanavond een koekje van eigen deeg.' Milo de hond buigt naar voren en zegt ietwat onverstaanbaar in de microfoon: '*If you can't beat him, join him.*'

Volgens mij heeft hij zijn mond nog vol van dat broodje. Ik schud lachend mijn hoofd. Terwijl iedereen joelt en lacht, begint uit de speaker een nummer te knallen. '*Who let the dogs out,*' zingt Linde mee en ze klapt in haar handen. Ik zing ook mee en moet ondertussen enorm lachen om Gideon en Milo, die een klungelig dansje uitvoeren in hun kolossale hondenpakken.

'Geweldig, nietwaar?' zegt Linde.

Inmiddels danst Jean ook houterig mee met de muziek. Iedereen danst, klapt en lacht. Het optreden van Milo en Gideon is een groot succes.

Linde stoot me aan en zegt: 'Kijk naar die moves van Milo, nu gaat hij pas echt los!' Ik kijk en zie Milo allerlei maffe bewegingen maken. Hij schudt, buigt, slaat met handen tegen zijn keel. En in combinatie met die hondenkop met tong is het een ontzettend komisch gezicht. Ik lach nog harder. Linde en ik leunen inmiddels tegen elkaar aan, we gaan helemaal stuk. En om ons heen liggen nog meer mensen dubbel. Gideon is achter Milo gaan staan en wil samen nog wat danspasjes doen, maar Milo trekt blijkbaar liever zijn eigen plan en loopt heen en weer, steeds heftiger met zijn bovenlijf schuddend. Linde en ik hebben inmiddels tranen in onze ogen van het lachen.

Ineens zegt een vrouw: 'Er is iets mis met Milo.' Schaterend kijk ik haar aan, maar als ik haar bloedserieuze blik zie, val ik stil. Ik kijk nog eens naar Milo, maar voordat ik doorheb wat er aan de hand is, schiet Linde al naar voren en grijpt Milo beet. Ze trekt de pluchen hondenkop van zijn hoofd en wat ik dan zie doet mijn hart overslaan. Milo's lippen zijn helemaal blauw. Nog erger is de blik in zijn ogen. Groot en opengesperd kijken ze Linde aan en hij grijpt met zijn handen naar zijn keel.

'Milo stikt!' schreeuwt ze boven het rumoer uit. De mensen die vooraan staan hebben nu ook door dat er iets goed mis is.

'Doe de heimlichgreep,' zegt Jean verschrikt. Linde gaat achter Milo staan, maar krijgt haar armen niet om het dikke pak heen.

'Het lukt niet. Iemand die groter is moet het doen,' zegt ze paniekerig.

Ik kan het niet langer aanzien en stuif ook naar voren. Zo hard
als ik kan sla ik Milo op zijn rug. 'Help ons! Wie is lang en wie
kent die greep,' roep ik wild om me heen. Milo doet intussen helemaal niets meer.

Een boomlange man stapt tussenbeide en pakt hem beet. Zijn
brede armen klemt hij om Milo heen en zijn vuisten legt hij net
onder zijn ribbenkast. Ferm drukt hij die naar zich toe. Milo schiet
voorover. Niets. De man probeert het nog eens. Weer niets. Dat
stomme dikke hondenpak ook.

'Jongens, zet die muziek uit, NU,' schreeuwt Linde naar niemand in het bijzonder. Milo is inmiddels buiten bewustzijn en ligt
roerloos op de grond. De grote man legt hem op zijn zij terwijl de
muziek eindelijk uitgaat. Nog meer rumoer in de zaal.

'Bel 112,' zegt Karl, die zich nu ook bij ons groepje heeft gevoegd. 'Ik ben al bezig,' zegt Jean.

Gideon staat verslagen naast hem, de hondenkop onder zijn
arm. 'Ademt hij nog?' vraagt hij bezorgd.

Linde bukt voorover en probeert te luisteren. Dan rolt ze hem op
zijn rug en begint ze hem te reanimeren. De brede man knielt naast
haar neer en telt met haar mee. Verbijsterd kijk ik toe. Gebeurt dit
echt? Linde en de stevige man gaan om en om door met reanimeren, maar er gebeurt helemaal niets. En ik, ik sta erbij en kijk ernaar.

'Mogen we erdoor! Maak eens ruimte, kom op!' Het ambulan-
cepersoneel baant vlug een weg door de aanwezigen en komt meteen in actie.

'Volgens mij ademt hij niet meer,' zegt Linde. Die woorden komen keihard binnen. Mijn adem stokt en ik kijk Linde aan. Die
ziet lijkbleek. Dit is fout, heel fout.

Vliegensvlug wordt Milo op de brancard gelegd.

'Mag ik mee? Ik ben zijn vriendin,' zeg ik met een klein stemmetje als Milo wordt weggereden.

'We nemen geen passagiers mee in de ambulance.'

'Je kunt met mij meegaan, ik rij achter de ambulance aan,' zegt
Linde.

'Ik ga ook mee,' zegt Jean resoluut.

'En ik ook,' zegt Gideon.

Met z'n vieren volgen we Milo op de brancard naar buiten, een verpleger stelt Linde en Gideon ondertussen vragen over Milo. Ik hoor Gideon iets zeggen over het broodje vlees. Buiten wordt Milo meteen in de ambulance geschoven. De deuren slaan dicht en met gillende sirenes scheurt de wagen de oprijlaan af, naar het ziekenhuis.

'Kom mee naar mijn auto,' zegt Linde. Gideon, Jean en ik volgen haar op een drafje. Gehaast stappen we in haar auto en Linde scheurt weg. Ik kan alleen maar hopen dat we op tijd in het ziekenhuis zijn.

Als we bij de Spoedeisende Hulp aankomen worden we meteen opgevangen door een verpleegkundige.

'Meneer heeft in de ambulance een coniotomie gekregen, maar dit heeft niet geholpen,' vertelt hij. Ik knik glazig. Ik heb geen flauw idee wat dit betekent. Conio-wat? Blijkbaar ziet de Spoedeisende Hulp-medewerker dit, want hij legt uit: 'Bij een coniotomie maken we een sneetje net bij de adamsappel. Op die manier proberen we te beademen. Maar helaas hielp dit niet. We zagen nog steeds geen ademhaling, dus de luchtweg was nog steeds afgesloten.' Jean zucht een beetje wanhopig en begint zijn hoofd te schudden. 'Toen de patiënt hier binnenkwam hebben we opnieuw een sneetje gemaakt. Maar het stukje vlees dat de luchtweg afsluit zit bij meneer daar net onder. Op dit moment wordt hij al twintig minuten gereanimeerd, helaas tot nu toe zonder resultaat.'

Inmiddels zijn we bij de kamer aangekomen waar Milo ligt. Zijn hondenpak is opengeknipt en een arm bungelt slap over de tafel. Met zijn vieren kijken we vanaf de zijlijn toe hoe de artsen met Milo bezig zijn.

'Dit voelt helemaal niet goed,' jammert Linde zachtjes. Jean zegt helemaal niets. Maar zijn gezicht staat ernstig.

'Fuck man,' fluistert Gideon, nog steeds in zijn koddige hondenpak. 'Als ze hem al die tijd aan het reanimeren zijn en hij is nog steeds niet bij... dat is toch niet goed? Toch...? Linde?' Als ik mijn hoofd naar Linde draai zie ik dat ze Gideon waarschuwend aankijkt. Blijkbaar weet ze het antwoord best, maar wil ze het slechte nieuws niet hardop zeggen.

Ik schud mijn hoofd en loop de kamer uit. Ik kan dit niet langer aanzien. Linde volgt me. Op de gang slaat ze een arm om me heen. Intussen luisteren we machteloos hoe de artsen vier meter verderop vechten voor Milo's leven.

14

Minuten verstrijken. Ik knijp mijn ogen dicht en prevel. Kom op, Milo. Kom op! Dan horen Linde en ik een arts tegen zijn collega's zeggen: 'We hebben alles geprobeerd, we krijgen de patiënt niet goed beademd.' Ik knijp Linde hard in haar hand. Mijn hart bonkt, mijn hoofd suist.

'Optie zou nog kunnen zijn de obstructie met scopie eruit te halen. Maar de schade die de hersenen hebben ondervonden zijn irreversibel. Mee eens?'

'Ja,' hoor ik verschillende stemmen antwoorden.

'Dan stoppen we nu de behandeling.' Ik laat de hand die ik al die tijd heb vastgehouden los en kijk Linde vol ongeloof aan. Zij staart met open mond terug. Vervolgens stuif ik naar de kamer. Een arts staat inmiddels voor Jean en Gideon.

'Het spijt ons verschrikkelijk, maar de patiënt is helaas overleden.'

'Nee!' snikt Linde en ze grijpt me huilend vast. Als versteend sta ik in de stevige greep van Linde. Dan sla ook ik mijn armen om haar heen. Ik knijp mijn ogen stevig dicht.

'Het spijt me verschrikkelijk,' zegt de arts nog eens. 'Gecondoleerd.' Ik realiseer me dat nog nooit iemand dat tegen me heeft gezegd. Misschien toen mijn opa's en oma's overleden, maar toen was ik nog zo klein.

Linde houdt me nog steeds stevig vast. Ik laat het allemaal gebeuren. Ik kan het gewoonweg niet bevatten. Terwijl ze snikt, kijk ik over haar schouder vol ongeloof naar Milo. Gideon en Jean staan inmiddels bij hem. Milo's gezicht is grauw. Zijn ogen dicht, de mond een beetje open. Ik wurm me van Linde los en loop naar Milo toe. Lieve, lieve Milo. Ik staar naar zijn roerloze gezicht.

Zijn wilde blonde haren. Heel voorzichtig raak ik zijn gezicht aan. Dat voelt nog een beetje warm aan. Ik buig naar zijn hoofd en kus hem op zijn haren. Dan fluister ik zachtjes: 'Wat heb je gedaan?' Een traan biggelt via mijn neus in Milo's haar. 'Ik hou van je,' fluister ik. 'Ik kan je niet missen, Milo. Ik hou zo ontzettend veel van je. Ik kan niet zonder jou.' Ik probeer hem vast te pakken, maar dat is lastig. Milo's lichaam geeft helemaal niet mee. Ik buig over hem heen, sla mijn armen zo goed en zo kwaad als het gaat om hem heen en hou hem vast. Heel stevig. Normaal slaat Milo altijd zijn armen om me heen. En nu gebeurt er helemaal niets. Nooit meer. Ik begin te huilen. Ik huil zoals ik nog nooit heb gedaan. Achter me hoor ik dat Linde ook begint te snikken.

Geen idee hoelang ik zo bij Milo sta. Maar na een tijdje hoor ik een verpleger tegen de anderen zeggen: 'Misschien moeten er mensen worden gebeld. Zijn ouders?'

'Natuurlijk,' knikt Jean. 'Ik heb alleen hun nummer niet. Ik kan wel Milo's manager bellen. Misschien is het een beter idee als hij hen op de hoogte stelt?'

Ik kom overeind en schud mijn hoofd. 'Nee. Volgens mij hebben zijn ouders Jurre nog nooit gezien. Bel Derek Lester. Dat is Milo's beste vriend en hij kent hen heel goed. Ik geef je zijn nummer.' Ik loop naar mijn tas en pak mijn mobieltje. Als Dereks nummer op mijn scherm verschijnt bedenk ik me. 'Ik bel Derek zelf.' Ik loop de gang op en zoek een rustig hoekje op. Ik veeg de tranen van mijn gezicht, haal diep adem en bel.

'Hé Suus,' hoor ik Derek enthousiast zeggen. Op de achtergrond hoor ik geroezemoes en het gekletter van borden en bestek. Derek is in een restaurant. 'Hoe gaat het met je?'

'Slecht,' zeg ik verstikt. Het voelt heel vreemd om met iemand te praten die totaal geen weet heeft van wat voor vreselijks er net is gebeurd.

'O,' reageert Derek verbaasd. 'Wat is er dan?'

'Zit je in een restaurant?' vraag ik. 'Kun je even naar buiten gaan? Alsjeblieft?'

'Natuurlijk,' zegt Derek met een serieuze stem. 'Momentje.' En ik hoor hem zich tegen anderen excuseren en naar buiten lopen.

'Ik sta buiten, Suus. Wat is er aan de hand?' En als ik de ernst in zijn stem hoor, breek ik. 'Suus, waarom huil je? Wat is er aan de hand?' vraagt Derek ongerust.

'Milo.'

'Wat is er met Milo?' vraagt Derek. 'Hebben jullie ruzie? Is het uit? Heeft hij een ongeluk gehad?'

'Ja. Hij heeft een ongeluk gehad,' snik ik. 'En nu... hij is dood, Derek.' Nu het hoge woord eruit is, begin ik te huilen met lange uithalen.

Derek is meteen helemaal van slag. 'Hoe dan?' wil hij weten. 'Wat is er gebeurd?'

Het duurt even voordat ik rustig genoeg ben om weer te praten. 'Hij is gestikt. Op de wrapparty van *Donkersloot*. Iets is in zijn keel geschoten en hij is gestikt. Ze hebben hem naar het ziekenhuis gebracht, maar het was al te laat. Hij is dood, Derek. Dood.'

'Jezus,' is even het enige wat hij weet uit te brengen. 'Waar is Milo nu? En waar ben jij?'

'Milo, en ik ook... we zijn in het Valerius Ziekenhuis.'

'Ik kom er meteen aan.'

'Dat is goed. Derek, er is nog iets. Wil je iets voor me doen?'

'Natuurlijk, zeg het maar.'

'Wil jij Milo's ouders op de hoogte stellen?'

Derek zucht. 'Shit. Weten Willem en Mieke nog van niks? Natuurlijk vertel ik het ze. Ik ga er meteen naartoe.'

'Dankjewel,' zeg ik uit de grond van mijn hart. Als ik de verbinding verbreek, zie ik dat Jean, Gideon en Linde alle drie op de gang staan.

'Milo wordt naar een andere kamer gebracht,' zegt Linde.

'Ik heb Jurre gebeld,' zegt Jean, 'hij komt meteen. Zal ik de mensen van *Donkersloot* ook op de hoogte stellen? Zij zullen wel ongerust zijn.'

'Dat is goed,' fluister ik. Jean loopt weg om rustig te kunnen bellen. Gideon heeft nog geen woord gezegd. Hij staat daar maar, in zijn hondenpak. Af en toe schudt hij zijn hoofd of loopt hij wat heen en weer.

'Zullen we even naar Milo gaan?' vraagt Jean als hij terugkomt. Ik schud mijn hoofd. 'Ik wil hier zijn als zijn ouders binnenkomen.'

'Dan blijf ik bij je wachten,' zegt Linde.

'Gideon?' vraagt Jean als die niet reageert.

'Goed. Natuurlijk. Ik ga mee.'

Zwijgend wachten Linde en ik. Allerlei gedachten schieten door mijn hoofd. Hoe ik vanmorgen haastig afscheid van Milo nam omdat hij zich, zelfs op de laatste draaidag, voor de zoveelste keer had verslapen. Hoe we op het ene moment nog grapjes maken op het feest en hij het volgende moment hulpeloos op een tafel ligt. Ik zie zijn gezicht voor me, dat een uitdrukking had die ik nog nooit had gezien. Die paniek, die opengesperde ogen. Ik bijt op mijn lippen. Dan komt Jurre binnengestormd.

'Vreselijk, wat een nieuws. Gecondoleerd.' En hij schudt me de hand. 'Waar ligt Milo?'

'In die kamer,' wijs ik. 'Jean Metz en Gideon Schleffer zijn nu binnen.'

'Kan ik... Mag ik?'

Ik haal gelaten mijn schouders op. 'Natuurlijk.'

Dan piept mijn mobieltje. Derek heeft me ge-sms't.

Hoe gaat het met je? Willem en Mieke heb ik net het slechte nieuws verteld. We zijn onderweg. Noor komt er ook aan.

Hoe moeten zijn ouders zich voelen? En zijn zus Noor? Ik heb ze maar twee keer ontmoet, maar ze zijn dol op Milo en waren close met hem. Dit moet verschrikkelijk voor ze zijn.

'Milo's ouders en zijn zus zijn onderweg. Samen met zijn beste vriend,' zeg ik tegen Linde. Die knikt.

Jurre staat nog met de arts te praten als Derek met Noor en Milo's ouders komt binnengesneld. Op hun gezichten staat de meest gekwelde blik die ik ooit heb gezien.

'Het spijt me zo,' zeg ik, terwijl Mieke me in de armen vliegt. Ze drukt me hard tegen zich aan.

'Hoe heeft dit kunnen gebeuren?' vraagt ze jammerend. Ze kijkt even vragend naar Gideon en zijn gekke hondenpak. Ik schud mijn hoofd.

Jurre en de arts komen bij ons staan. De arts begint uit te leggen. 'We kregen hier de melding dat er een man van eenendertig jaar buiten bewustzijn was. Waarschijnlijk door verslikking in een stuk vlees. In de ambulance is een sneetje in zijn keel gemaakt, maar dit hielp niet. Meneer ging nog steeds niet ademen.' De arts kucht even. 'Het stukje vlees dat zijn luchtpijp afsloot zat lager dan het sneetje. Toen de patiënt hier binnenkwam is de reanimatie doorgegaan en hebben we een neurologische test uitgevoerd. Vervolgens hebben we nogmaals een sneetje gemaakt in een nieuwe poging de ademweg vrij te krijgen. Maar het stukje vlees zat nog dieper en we waren ook niet in staat om het verder in zijn luchtpijp te krijgen.' De arts kijkt ons even allemaal een voor een aan. 'Het lichaam heeft daardoor te lang geen zuurstof gehad. Uit de test bleek ook dat de hersenen al ernstig waren beschadigd. Helaas is dat niet terug te draaien. Ook kwam zijn hart niet meer spontaan op gang en heeft het ernstig schade geleden. Veertig minuten na de melding hebben we besloten de behandeling te stoppen.'

Mieke zucht. Haar schouders zakken. Als ik haar zo verslagen zie, voel ik een koude steek in mijn hart. 'Ik wil hem zien. Nu,' zegt ze uiteindelijk beslist, terwijl ze de tranen uit haar ogen veegt.

Milo's vader, die eigenlijk nog niets heeft gezegd, slaat zijn armen om haar en Noor heen en zegt: 'We willen Milo zien.'

'Uiteraard,' zegt Jurre.

Ik volg en Derek ook. Hij komt naast me lopen en vraagt zachtjes: 'Gaat het, Suus?' Ik kijk hem aan en zie zijn getergde blik. De tranen wellen weer op en ik wend mijn hoofd af. Derek slaat zijn arm om me heen.

Jurre opent de deur en laat ons binnen. Zelf blijft hij buiten staan. Stilletjes stappen Milo's ouders de kamer binnen. Noor volgt.

'Hij ziet er kalm uit. Alsof hij slaapt,' fluistert ze.

Ik knik, hoewel ik weet dat dit niet waar is. Dit is helemaal niet hoe Milo eruitziet als hij slaapt. Inmiddels hangen zijn mondhoeken naar beneden en straalt hij iets strengs uit. Dit is duidelijk geen slapende Milo. Dit is een dode Milo. Zodra Milo's ouders bij zijn bed staan, barsten ze in tranen uit. Ook Noor begint hard te huilen, maar blijft op een afstandje staan. Derek en ik ook. Dit is duidelijk een moment voor Milo's ouders. Zijn moeder heeft zich op hem gestort en houdt hem huilend vast. Zijn vader streelt zijn voorhoofd. 'Mijn jongen.' Noor loopt naar de andere kant van het bed en probeert zo goed en zo kwaad als dat gaat haar ouders en haar broer vast te pakken. Zo staan ze een hele tijd met z'n drietjes om Milo heen. Het is hartverscheurend om te zien. Als Derek ziet dat ik huil, pakt hij mijn schouder, trekt me naar zich toe en drukt me tegen zich aan. Hij zegt niets, maar slaat een arm stevig om me heen. Ik druk mijn gezicht tegen zijn jasje en laat mijn tranen de vrije loop.

'Kom, Milo moet naar huis,' zegt Willem uiteindelijk. Mieke knikt. Willem trekt de deur open en zegt tegen Jurre, die al die tijd keurig buiten heeft gewacht: 'Er moet een hoop geregeld worden. We willen Milo thuis hebben. Kun jij Doornbosch Uitvaarten bellen? Die heeft meerdere uitvaarten in mijn familie geregeld. Als je mee onze kant op gaat, dan bespreken we een en ander daar.'

'Natuurlijk. Zoals u wilt,' zegt Jurre. Hij is zichtbaar onder de indruk van Willems kordate optreden. 'Eén ding wil ik u wel vragen, meneer Den Hartog. Een persbericht. Ik denk echt dat we zo snel mogelijk een persbericht de deur uit moeten doen. Er waren een heleboel mensen op dat feest en die weten inmiddels allemaal dat uw zoon is overleden. Het duurt niet lang meer of de pers begint mij te bellen met vragen. Om u eerlijk te zeggen... verbaast het me dat dit nog niet is gebeurd.'

'Een persbericht,' verzucht zijn moeder. 'Moet dat echt?'

'Ik kan het jullie wel adviseren. Dat scheelt een hoop vervelende vragen. Voor nu tenminste,' zegt Derek.

'Goed dan,' zegt Mieke.

'Mail de opzet ervan maar naar mij toe, oké? Hier heb je mijn kaartje,' en Derek overhandigt Jurre zijn visitekaartje.

'Dank je. Als ik straks in de auto zit, bel ik meteen mijn assistent. Die zal een concept tikken en het naar jou en mij mailen.' Jurre schudt zijn hoofd. 'Ongelooflijk dat we dit aan het bespreken zijn. Zo'n geweldige, getalenteerde knul.' Ik zie dat Jurre het even te kwaad krijgt. 'Ik ga die uitvaartorganisatie bellen.' En hij loopt weg.

Willem en Mieke komen bij Derek en mij staan. 'Wat willen jullie doen? Hier wachten tot de mensen van Doornbosch komen om Milo op te halen, of zullen we meteen naar ons huis rijden?' vraagt Mieke.

'Wij passen ons aan jullie aan. Willen jullie liever wachten?' antwoord ik. Derek knikt instemmend.

Jurre komt weer aanlopen en zegt: 'De mensen van Doornbosch zijn hier binnen een halfuur. Met een wagen.'

'Dan wil ik wachten,' zegt Mieke.

'Dan blijven we allemaal hier,' knikt Derek. Jurre pakt zijn telefoon weer en zegt: 'Ik ga nog even wat telefoontjes plegen, excuseer me.'

Dit is het moment voor de anderen om afscheid te nemen. Gideon, Linde en Jean geven ons allemaal een hand of een omhelzing en wensen ons veel sterkte. Ik ben geloof ik nog nooit in mijn leven zoveel door vage bekenden geknuffeld. Maar ik vind het prima, heel fijn zelfs. Want ik heb het nodig.

15

De afgelopen vijf dagen heb ik een hoop geleerd. Zo weet ik nu dat er doodskisten bestaan die biologisch afbreekbaar zijn. En leasekisten, ideaal voor de krappe beurs of de milieubewuste nabestaande. Je kunt overigens ook worden begraven in een rieten mand, kartonnen doos of geprepareerde lappen. De ouders van Milo zijn echter niet zo experimenteel en hebben voor Milo een degelijke, maar mooie zwarte houten kist uitgekozen. Ik vind het prima, eerlijk gezegd heb ik ook geen idee wat Milo's wensen op dit gebied waren. Over de dood hebben we het eigenlijk nooit gehad. Waarom zouden we ook?

Sinds vijf dagen ligt hij in die zwarte kist, op zijn oude slaapkamer in zijn ouderlijk huis. Ik heb veel tijd doorgebracht bij zijn ouders, omdat ik zoveel mogelijk bij Milo wil zijn. Nu het nog kan. Over een paar uur gaat de kist dicht en dan zie ik hem nooit meer. Dan zal ik hem nooit meer kunnen aanraken, strelen of kussen. Hoewel ik dat laatste sinds gisteren niet meer durf. Milo is inmiddels ijskoud, stijf en zijn gezicht begint te tekenen. Hij lijkt steeds meer op een wassen beeld. Het wordt tijd om afscheid van hem te nemen.

Ik kijk in de spiegel en schrik. Wat ik zie is een schim van mezelf. Ik ben bleek, ik heb wallen en mijn mond is een dunne streep. De afgelopen dagen ben ik ook duidelijk afgevallen. Lekker belangrijk. Op dit moment kan mijn gewicht me gestolen worden. Ik wil met alle liefde van de wereld een tientonner zijn, als dat zou betekenen dat ik Milo daarmee terugkrijg. Ik draag een *little black dress*, altijd goed, dus ook voor een crematie. Blijkbaar. Normaal kan ik best vrolijk worden van een goede outfit, maar nu word ik er niet warm of koud van. De afgelopen dagen heb ik gewoond in een spijkerbroek en oude trui. Ik vind het allang best. Ik wil gewoon maar één ding: Milo terug. En dat kan niet.

'Gaat het?' Romijn staat achter me.

Via de spiegel kijk ik haar aan en schud mijn hoofd. Ik draai me om. 'Ik geloof niet dat ik dit kan. Ik wil mijn vriend helemaal niet laten cremeren. Ik wil hem terug. Ik wil hem echt terug, verdomme!' Dat laatste schreeuw ik een beetje. Romijn schrikt en pakt me snel vast. Ik begin te huilen. Voor de zoveelste keer. Ik heb nog nooit zoveel gehuild als de afgelopen dagen. Je zou denken dat de tranen op een gegeven moment op zijn, maar ze blijken onuitputtelijk. Romijn is de afgelopen dagen een rots in de branding geweest. Zodra ze hoorde dat Milo was overleden is ze naar me toe gekomen en niet meer weggegaan. Ze heeft uren naar me geluisterd, me in bed gestopt, me vastgehouden, eindeloos potten thee voor me gezet, me naar Milo gereden en voor me gekookt, wat overigens verspilde moeite was want ik kreeg geen hap door mijn keel.

Ook Joy is een ontzettend grote steun voor me. Elke dag belt ze me of komt ze even langs. Zij heeft me goed geholpen met de speech die ik straks ga houden tijdens de dienst. En Flint? Die probeert me vooral op te vrolijken. Maar dat wil ik helemaal niet. Ik hoef niet te lachen. Want ik ben verdrietig en dat zal ik voorlopig ook nog wel even blijven.

'Huil maar,' zegt Romijn en ze streelt mijn rug. We kijken elkaar aan en ze veegt de tranen van mijn wangen.

Ik glimlach, voor zover het gaat. 'Weet je, het is zo dubbel. Aan de ene kant ben ik ook wel toe aan die crematie. De afgelopen dagen waren zo slopend. Laat dit maar weer voorbij zijn. Maar dan...' En ik voel de tranen weer komen. Ik slik en haal diep adem. '... dan betekent het dat Milo voor altijd weg is. Ik mis hem zo, Romijn. Het doet pijn. Zo'n pijn. Hier!' En ik wijs naar mijn hart. Ik wist niet dat het kon, maar het is echt zo. Je hart kan letterlijk breken. Op het moment dat ik Milo in zijn kist zag liggen, voelde ik zo'n koude steek in mijn hart, dat ik wist dat het op dat moment brak. Ik zal nooit meer met mijn handen door zijn wilde blonde krullen kunnen woelen. Nooit meer die bulderende lach van hem horen. Hij was zo'n leuke vent. Als hij sliep had hij altijd een klein glimlachje rond zijn mond. En meestal kroop hij in bed zo dicht mogelijk tegen me aan en legde hij zijn gezicht in mijn nek. Dan voelde ik zijn warme, ontspannen ademhaling tegen mijn huid en daar werd ik dan helemaal rustig van. Hij was de beste kok. Van alleen een paprika, een courgette en wat aardappels kon hij het lekkerste ovengerecht ooit maken. Na het koken was zijn keuken altijd wel een grote chaos. Hij was bang voor ganzen. Daar kon ik hem enorm mee plagen. En Milo op zijn beurt kon mij als de beste plagen. Stiekem wisten we allebei dat ik dat heel leuk vond. Hij was de enige heteroman die ik ken die de film *Grease* leuk vond. Hij kon niet tegen zijn verlies. En hij kon met zoveel bewondering naar me kijken dat ik me op zo'n moment de mooiste vrouw van de wereld voelde.

Ik zucht diep. Ik moet me proberen op te laden voor de crematie. Milo's vader zal speechen. En Derek, Karl en ik. Ik heb getwijfeld of ik het wel moet doen, maar ik vind van mezelf dat ik dit moet doen. Milo was mijn vriend, mijn soulmate. Wat voor vriendin ben ik als ik geen toespraak durf te houden op de uitvaart van mijn grote liefde?

Romijn kijkt op haar horloge en zegt: 'Het is tijd om te gaan.'

Ik knik.

Als we bij het huis van Mieke en Willem aankomen staan er al aardig wat auto's voor de deur. Binnen is het druk. Ik zie verschillende vrienden van Milo, en natuurlijk Derek. Ook Julius is er, de regisseur van Milo's eerste film *Vlucht*. En natuurlijk de nodige familieleden. Tante Evi, de vrouw van Milo's overleden lievelingsoom, staat met een oudere vrouw te praten. Dat moet Milo's oma zijn, haar heb ik nog niet eerder ontmoet.

Voorzichtig loop ik naar haar toe en geef haar een hand. 'U moet Milo's oma zijn. Ik ben Suus, Milo's vriendin. Gecondoleerd.' Milo's oma kijkt me geschokt aan. 'Hij heeft me zoveel over u verteld, volgens hem bent u de ideale oma,' glimlach ik voorzichtig.

'Eh... ik ben oma helemaal niet. Ik ben Coby, een tante van Milo en de zus van Mieke. De jongste zus, welteverstaan.'

'O,' zeg ik schaapachtig.

'Zíj is Milo's oma,' en Coby wijst naar een stokoude dame in een rolstoel.

Perfect. Zelfs bij de uitvaart van mijn vriend ben ik nog in staat om een blunder te maken. Nu weet ik zeker dat God niet bestaat.

'Mag even uw aandacht?' zegt de begrafenisondernemer. 'We gaan zo meteen de kist dichtmaken. De mensen die hierbij mogen zijn, willen die alstublieft meelopen? Dank u wel.'

Het is zover. De kist gaat dicht en dan zal ik Milo nooit meer zien. Of aanraken. Noor steekt haar arm door de mijne en samen lopen we naar de slaapkamer waar Milo ligt opgebaard. Willem, Mieke, Derek en nog twee vrienden gaan ook mee naar boven. Daar ligt Milo. In zijn kist. Hij draagt een mooi pak, het kostuum dat hij aanhad bij de première van *Vlucht*. Hoewel ik niet zulke goede herinneringen heb aan die premièreavond, Milo en ik waren immers even uit elkaar, vind ook ik dit de beste outfit. *Vlucht* was de eerste film waarin hij speelde, en uiteindelijk ook de laatste. Maar iedereen was razend enthousiast over Milo's acteerprestatie. Ik weet zeker dat hij een grote carrière voor zich had. Als hij tenminste niet was gestikt in een stom stuk vlees.

'Wie helpt mee het deksel op te tillen?' vraagt meneer Doornbosch als we allemaal boven zijn. Milo's twee surfvrienden steken hun hand op.

'Prima. Als iemand nog een allerlaatste groet wil brengen, dan kan dat natuurlijk.'

Milo's moeder schudt haar hoofd. 'Wij hebben vanmorgen al alles gezegd, toch?' En ze kijkt haar man vragend aan.

'Zeker, schat,' zegt die. Noor loopt naar voren en aait Milo over zijn wang. Na haar stap ik voor een laatste keer naar hem toe. Ik haal een briefje uit mijn tas en schuif het voorzichtig onder zijn handen. Nauwelijks verstaanbaar fluister ik: 'Ik zal je nooit vergeten, Milo. En ik blijf altijd van je houden.'

Mieke komt naast me staan en pakt voorzichtig Milo's stijve pols. Ze knoopt het leren bandje los en kijkt me aan. 'Voor jou,' zegt ze zachtjes.

Ik doe mijn ogen dicht en haal diep adem terwijl ik voel hoe

Mieke het bandje om mijn pols knoopt. Milo kocht deze twee armbandjes tijdens ons weekendje in Barcelona. Dolblij was ik ermee en we droegen ze altijd. Nu heb ik ze allebei om mijn pols. Zachtjes wrijf ik over het leer. Ik doe mijn ogen open en zie hoe ze naast elkaar aan mijn pols bungelen. 'Dank je,' fluister ik verstikt.

Hierna tillen Milo's vrienden het deksel op en leggen het voorzichtig op de kist. Ik blijf naar Milo's gezicht kijken totdat dat door het deksel aan mijn zicht wordt onttrokken. Dag mijn lieve Milo. Ik laat mijn hoofd zakken.

Ik krijg een dop in mijn hand geduwd, met aan de onderkant een lange schroef. 'Je mag die vastschroeven, als je wilt,' verklaart Noor, die net zo'n dop in haar hand heeft. Ik slik, maar vervolgens schroef ik toch, met de anderen, het deksel vast op de doodskist van mijn geliefde.

Wanneer ik in de auto zit op weg naar het crematorium moet ik aan mijn ouders denken. Toen ik ze belde met het slechte nieuws waren ze allebei, hoewel ze Milo nog nooit hadden ontmoet, behoorlijk ontdaan. Meteen stelden ze voor om naar Nederland te komen. De dienst bijwonen is wel het minste wat ze kunnen doen, zo vindt mijn moeder. Ik ben vooral verbaasd over deze spontane toenadering van mijn ouders. Mijn hele leven hebben ze nog nooit op eigen initiatief een bezoek aan me gebracht. Ze woonden hooguit mijn diploma-uitreiking bij, maar op verjaardagsfeestjes is het altijd rustig. Ook mijn zus Sophie, die Milo misschien twee keer heeft gezien, komt mee. Voor het eerst sinds jaren zullen we als gezin weer samen zijn. Beetje jammer dat hiervoor eerst mijn vriend moet overlijden. Als we met de rouwstoet bij het uitvaarcentrum aankomen, schrik ik even van de omgeving. Die is veel te mooi. Het ligt midden in de bossen, de bomen zijn bijna helemaal kaal, de grond ligt vol bruingele bladeren.

'Natuurlijk, ze staan al klaar,' zegt Julius grimmig. En als ik door het autoraampje kijk, zie ik wat hij bedoelt. Paparazzi. Ze staan zo'n twintig meter van de ingang, een beschaafde afstand voor hun doen, klaar om foto's van ons te maken.

'Schaamteloos,' snuif ik.

'Het was te verwachten,' zegt Derek mat. Ik herken Bram van Heijningen, en ook Frits, de fotograaf van *Boulevard*. Eigenlijk herken ik alle fotografen van de roddelbladen. De anderen zullen wel van de dagbladen zijn. Want Milo's dood is groot nieuws, ook *Het Nieuwsblad* besteedt er uitgebreid aandacht aan. Ik zie zelfs een cameraploeg, die zal wel van *Entertainment Vandaag* zijn. Ik heb van Joy begrepen dat *Entertainment Vandaag* eerder deze week bijna een hele uitzending aan Milo besteedde. Volgens haar hadden ze het op een heel mooie, respectvolle manier aangepakt, helemaal niet sensationeel. Oud-collega's van *GWT* en van *Donkersloot* kwamen aan het woord, Julius en Karl gaven voor de camera korte interviews over Milo. Iedereen was volgens Joy vol lof.

Derek, Julius en nog vier andere goede vrienden van Milo dragen de kist. En wanneer ik erachteraan loop, het crematorium in, vermijd ik elk contact met de pers. Binnen in de zaal is het volgepakt met mensen. Er zijn niet eens genoeg zitplaatsen: helemaal achteraan staan de mensen. Gelukkig zie ik al snel mijn drie beste vrienden zitten. Flint, Joy en Romijn kijken me allen bemoedigend aan. Ook Ole is erbij. Mijn ouders zie ik nergens. Het zal toch niet zo zijn dat ze niet komen opdagen? Ik neem plaats tussen Noor en Derek in. Nerveus speel ik met het papiertje waarop mijn speech staat.

'En dan wil ik nu graag het woord geven aan Suus Frans.' Doornbosch kijkt me aan. Ik knik. Nu is het mijn beurt om te speechen.

'Succes,' fluistert Noor als ik opsta.

'Dankjewel,' zeg ik. Dat was een tip van Joy. Iets zeggen wanneer je opstaat doorbreekt de spanning. Hoewel ik daar weinig van merk als ik naar het podium wandel. Wanneer ik langs Milo's kist kom, wil ik er het liefst wild hysterisch bovenop springen, gillend van verdriet. In plaats daarvan strijk ik voorzichtig met mijn vingertoppen over het hout heen. Ik leg het vel papier voor me, kuch, kijk nog eens naar de kist en begin.

'Al heel snel na onze eerste ontmoeting was ik smoorverliefd op Milo. Niet zo moeilijk, want Milo was verreweg de mooiste man die ik ooit heb ontmoet. Maar de belangrijkste reden dat ik zo ontzettend veel van hem hield was... Milo bleek vanbinnen de mooiste mens te zijn die ik ooit heb gekend. Hij was speciaal, zonder dat hij dat zelf doorhad. En dat sierde hem. Milo genoot van het leven en van de dingen die op zijn pad kwamen. Want zo leefde hij ook zijn leven: hij maakte nauwelijks plannen, wat ik eerlijk gezegd af en toe behoorlijk vervelend vond.' Sommige mensen in de zaal gniffelen. 'Milo was een zondagskind. Zorgeloos, nonchalant, en hij leefde wel vol overgave en met enthousiasme. Acteren, surfen in Costa Rica, zeilen en reizen. Ik bewonderde hem daarom. Hij oordeelde niet en zag weinig problemen. Iets wat vooral in het begin van onze relatie heel fijn was.' Sommige mensen in de zaal gniffelen besmuikt. Ik lach nu ook even, voorzichtig. 'We zijn niet lang samen geweest. Veel te kort. Maar in die negen maanden heeft hij me zo vaak opgebeurd, moed ingesproken en vooral in mij geloofd. Hij was zo lief voor me... Ik had graag oud willen worden met Milo.' Tranen wellen op in mijn ogen. 'Dat zal niet gebeuren. In plaats daarvan moet ik het doen met de herinneringen die ik aan hem heb. Gelukkig zijn dat er veel. En gelukkig zijn ze bijna allemaal mooi. Samen zeilen op zijn boot, een hele zomer genieten in Costa Rica. Met Derek erbij natuurlijk. Ik heb geluk gehad dat ik zo'n geweldige liefde heb mogen beleven met zo'n ontzettend leuke man... Maar dat juist zo'n levensgenieter als Milo zo vroeg afscheid heeft moeten nemen van het leven, is moeilijk. Milo heeft alles uit zijn korte leven gehaald, dat is een ding dat zeker is... Maar ik had zo graag gezien dat hij nog langer had geleefd... Dan had hij er nog veel meer van kunnen maken.' Ik kijk de zaal in. Dan vouw ik het papiertje op en loop terug naar mijn stoel.

Derek klopt me zachtjes op mijn been. 'Heel goed gedaan,' fluistert hij. Door de speakers klinkt 'If I Could' van Jack Johnson. De zachte en relaxte gitaarklanken vullen de ruimte. Als ik de vriendelijke stem van de zanger hoor, zakt mijn hart naar mijn buik.

I'll miss my old friend
And though you gotta go
We'll keep a piece of your soul

Ik krijg kippenvel. Naar deze muziek hebben we zo vaak geluisterd toen we in Costa Rica waren. Een goede tijd. Verleden tijd. Derek denkt hetzelfde, dat voel ik. Hij is verstijfd en ik zie zijn adamsappel op en neer gaan. Vanuit mijn ooghoek kijk ik stiekem naar hem. Derek heeft het moeilijk, maar hij laat geen traan.

Na de dienst stappen Joy en Romijn op me af. 'Je deed het geweldig,' zegt Joy, terwijl ze me langzaam over mijn bovenarm wrijft. Ik knik.

Romijn veegt zachtjes een haarlok uit mijn gezicht. De tranen springen in mijn ogen. 'Meissie toch.'

'Halleluja, deze bijeenkomst lijkt meer op een celebrityfeestje dan op een uitvaart. Een rode loper buiten de deur van dit complex had niet misstaan.' Het is duidelijk: mijn roze handtas is gearriveerd.

'Flint,' sist Romijn kwaad. Ik moet echter gniffelen, eigenlijk vind ik het wel lekker dat ik even kan lachen om flauwe grappen. Een klein momentje van ontlading. Maar meteen daarna voel ik me ontzettend schuldig. Wat zit ik nou dom te lachen terwijl Milo net is gecremeerd? Schichtig kijk ik de kant op van Milo's familie. Als ze mijn gegrinnik van zonet maar niet hebben gezien. Ik zie dat Milo's moeder druk in gesprek is met Julius.

'Suus.' Ineens staan mijn vader en moeder voor mijn neus. Mijn moeder omhelst me meteen. 'Arm kind.' Ze drukt me stevig tegen haar gebreide vest, terwijl ze mijn haren streelt. 'Arm, arm kind.' Uiteindelijk laat ze me los en kijkt ze snotterend toe hoe mijn vader en mijn zus me knuffelen.

'Ik weet niet goed wat ik moet zeggen,' zegt Sophie. 'Ik vind het gewoon zo erg.'

'Ik ben heel, heel trots op je,' zegt mijn vader. 'Ik vind het een hele prestatie hoe je daar op het podium stond en over Milo sprak. Werkelijk, chapeau.' En hij klopt een beetje ongemakkelijk op mijn schouder. Mijn moeder knikt heftig. 'Hoe je de kracht hebt gevonden om dat te doen, ik vind het bewonderenswaardig. Ik ben ontzettend trots op je.'

'Je hebt mooi gesproken over hem.'

'Dank je,' zeg ik enigszins beduusd. Ik ben verrast om mijn ouders toch hier te zien en verbaasd over hun complimenten. Het is lang geleden dat ze zo positief over me waren.

'Zullen we straks met je mee naar huis gaan?' vraagt mijn moeder. 'Dan koken we voor je en eten we samen. Vind je dat goed?'

'Natuurlijk. Hoewel ik bang ben dat ik geen hap door mijn keel krijg. Maar ik vind het fijn als jullie meegaan. Laten we eerst even naar de ouders van Milo lopen. Dan kunnen jullie ze ontmoeten en condoleren.'

'We hebben ze zojuist al gecondoleerd en gesproken. Zulke sterke mensen. Wat zullen ze het zwaar hebben,' zegt mijn moeder. 'Maar we lopen uiteraard graag mee om gedag te zeggen.'

De meeste genodigden zijn inmiddels vertrokken, de zaal is nagenoeg leeg. Sophie, mijn vader, mijn moeder en ik lopen naar Milo's ouders die met Noor, Derek en tante Evi staan na te praten.

'Ik ga naar huis,' zeg ik. Iedereen draait zich naar mij en Mieke zegt: 'Dat is goed, Suus. Je zult wel doodop zijn. Net als wij allemaal, geloof ik. En als je langs wilt komen, ben je altijd van harte welkom. Dat weet je toch?' zegt Mieke. Ik knik. 'Milo was dol op je. Ik ben ervan overtuigd dat jullie samen heel oud en gelukkig waren geworden. Als hij niet...' Mieke begint te snikken. 'Daar ga ik weer.'

'Dat geeft toch helemaal niet,' zeg ik. 'We hebben de afgelopen dagen allemaal veel gehuild. En ik ben voorlopig nog niet klaar, vrees ik. En eigenlijk vind ik dat niet erg. Ik zou het erger vinden als ik vanaf morgen gewoon door zou gaan met leven. Want dan lijkt het net alsof Milo nooit heeft bestaan.'

'Je bent een lief mens,' zegt Mieke en ze raakt mijn wang voorzichtig aan. Dan neemt iedereen afscheid van elkaar en ga ik naar huis. Zonder Milo, maar niet alleen.

16

'Geen enkel probleem. Heus, voel je niet bezwaard om nu even nee te zeggen tegen werken. Als het niet gaat, dan gaat het gewoon niet. Klaar. Denk in de eerste plaats aan jezelf. Het is nogal wat, wat je nu meemaakt,' zegt Cordelia.

'Weet ik, weet ik,' antwoord ik.

'Dus doe het vooral rustig aan.'

'De afgelopen drie weken heb ik niet anders gedaan,' zeg ik. 'En van thuiszitten word ik ook niet vrolijk. Misschien kom ik volgende week een dag naar de redactie. Even kijken hoe dat gaat?'

'Natuurlijk. Proberen mag altijd. Dinsdag bijvoorbeeld? En als je je niet happy voelt, of als je problemen hebt met concentreren, of als je simpelweg naar huis wilt, dan doe je dat gewoon. Afgesproken?'

'Afgesproken.'

'Je zit nog midden in een rouwproces, Suus, geef het de tijd.'

'Hm,' reageer ik.

'Pas goed op jezelf. Hou je taai en dan zie ik je volgende week dinsdag. En als er iets is, of als je het toch geen goed idee vindt: je kunt me altijd bellen.'

'Dat weet ik. Dankjewel.'

Cordelia is echt een schat van een bazin. Sinds het overlijden van Milo belt ze me elke week even op om te vragen hoe het met me gaat. Ze leeft met me mee en pusht me niet om weer aan de slag te gaan. Dat vind ik heel prettig, want ik leef al drie weken als een zombie en mijn hoofd staat helemaal niet naar werk. Toch knaagt het. De dagen van Milo's dood tot aan zijn crematie waren druk en intens. Ik was bezig met het afscheid, omringd door anderen. Maar na de crematie ben ik in een gat gevallen. Iedereen gaat weer verder met zijn leven, terwijl ik thuiszit. Ik breng uren door op de bank, met mijn verstand op nul kijk ik series die ik heb gedownload. Of ik luister eindeloos naar de cd's van Jack Johnson, Milo's favoriete muziek. Andere bezigheid is voor de zoveelste keer door het fotoalbum bladeren dat ik heb gemaakt met de mooiste foto's van onze maanden in Costa Rica. Ik houd voortdurend een T-shirt tegen mijn neus dat Milo hier had laten liggen. Waarschijnlijk ziet het er niet uit en lijk ik op een kleuter met een tutlapje. Maar zijn geur hangt erin en ik word er rustig van als ik Milo ruik. Ik mis Milo en kan alleen met hem bezig zijn. Dan gaat mijn mobieltje: het is Romijn.

'Hi.'

'Hoi Suus. Ik wilde je even sterkte wensen voor vanmiddag.' Ik glimlach. Straks ga ik naar Willem en Mieke om te bespreken wat er met Milo's spullen moet gebeuren. Echt iets voor Romijn om dit te onthouden en me hiervoor te bellen.

'Dankjewel. Wat lief van je om hieraan te denken.'

'Natuurlijk denk ik daaraan! Ik denk sowieso hartstikke veel aan je.'

'Echt?'

'Dûh. Je bent mijn beste vriendin, je grote liefde is nog geen maand geleden overleden en ik zie dat het aan je vreet. Dan is het toch niet zo gek dat ik aan je denk en me zorgen over je maak?'

'Oké, goed. Maar misschien valt het vanmiddag allemaal wel mee,' zeg ik.

'Misschien valt het wel mee,' zeg ik opnieuw, maar nu tegen mezelf, wanneer ik Milo's auto parkeer op de oprit van Willem en Mieke. Noor en Derek zullen ook komen, en ik vind het een eer dat ze mij ook hebben uitgenodigd. Het is een bevestiging dat onze relatie serieus was. Alsof ik die bevestiging nodig heb, denk ik daarna treurig. Ik stap net uit als Noor aan komt rijden.

'Hallo.' En ze geeft me drie kussen op de wang. 'Hoe gaat het?'

'Slecht,' zeg ik recht voor zijn raap.

Noor lacht: 'Haat jij het ook zo als iemand dit vraagt? De hele dag door vragen mensen achteloos aan elkaar "hoe gaat het?"

Maar ze lijken er niet bij stil te staan dat het voor sommigen de rotste vraag is. Voor mij is het op dit moment de lastigste vraag.'

'Het liefst zeg ik "goed", om mensen niet in verlegenheid te brengen. Maar ik kan het gewoon niet zeggen. Want het gaat allesbehalve goed. Het gaat gewoon kut.'

'Ik weet het. Met mijn ouders gaat het ook helemaal niet goed,' zegt Noor. Willem en Mieke zien er inderdaad slecht uit. En ook Derek heeft er beter uitgezien. Alle drie doen ze zo opgewekt mogelijk, maar door de treurige blik in hun ogen zal niemand daarin trappen.

'Fijn dat we weer even bij elkaar zijn,' zegt Willem als we allemaal zitten en een beetje hebben bijgepraat. 'Miek en ik hechten er veel waarde aan dat we met de belangrijkste personen uit Milo's leven, en dat waren jullie immers, kunnen bekijken wat we met zijn bezittingen gaan doen. Milo had geen testament, wat betekent dat zijn bezittingen automatisch naar zijn naaste familie gaan. Dat zijn Miek, Noor en ik. Nu hebben we er flink over nagedacht en hebben we enkele beslissingen genomen. Als eerste… we willen graag dat Milo's zeilboot naar Noor gaat. Milo heeft die destijds gekregen van zijn oom Sven en zo blijft die boot toch in de familie. Milo's auto, waar jij nu in rijdt, Suus, die mag jij houden. Als je wilt natuurlijk. Het is wel een diesel en volgens mij zit je in de hoogste klasse wat betreft wegenbelasting, maar je mag zelf weten wat je ermee doet. Als je hem wilt verkopen, ook prima. Maar hij is van jou.'

Verrast kijk ik Willem aan. 'Dankjewel.' Al heb ik geen idee of ik dat bakbeest echt wil houden.

'Milo's loft,' gaat Willem verder. 'Er is een flink deel afgelost, maar er zit nog een forse hypotheek op. Niet zo verrassend voor zoveel vierkante meters in een groot grachtenpand. En ik begrijp ook niet goed hoe Milo ooit zo'n huis heeft kunnen kopen. Hoe dan ook, we willen het huis zo rap mogelijk in de verkoop doen. Milo's spullen, met uitzondering van de meubels, willen we eigenlijk zo snel mogelijk het huis uit hebben. Dan staan er geen persoonlijke spullen meer als er bezichtigd wordt. Aan jullie de vraag wat er met die spullen moet gebeuren.'

Mieke licht toe: 'We hebben hier op zolder nog heel veel dingen liggen uit Milo's kindertijd, zijn jeugd. We hebben foto's. Meer hoeven we niet. We krijgen hem er toch niet mee terug.' Mieke snuit haar neus.

'We willen jullie drieën vragen om door Milo's spullen te gaan, te kijken wat er weg kan en wat jullie eventueel willen hebben. We vertrouwen erop dat jullie deze verantwoordelijkheid wel aankunnen. Toch?'

'Natuurlijk,' zegt Derek. 'En als we iets zien waarmee we iemand anders blij kunnen maken, mogen we dat aan hem of haar geven?'

'Uiteraard,' zegt Mieke.

'Dan het laatste,' zegt Willem. 'Milo's stuk land in Costa Rica. Hij is natuurlijk samen met Derek eigenaar en we hebben dit al met Derek besproken...' Derek knikt en kijkt mij aan. 'We willen graag dat jij dit krijgt, Suus.'

Verbaasd kijk ik ze een voor een aan. Menen ze dit nou? 'Maar... maar dit kan ik toch helemaal niet aannemen?' sputter ik.

'Waarom niet?' vraagt Mieke verbaasd.

'Want... omdat... als ik...' Mijn hart klopt sneller en mijn handen worden klam. Hoe zeg ik dit zo netjes mogelijk? 'Omdat ik niet goed op Milo heb gepast,' gooi ik er ten slotte uit.

'Wat?' zegt Willem.

'Ik stond recht tegenover hem en zag niet eens dat hij aan het stikken was. Als ik nou een beetje beter had opgelet, had hij nog geleefd. Hij had me nodig en ik had het niet door.' Ik sla mijn handen voor mijn gezicht en huil. Ik schaam me zo.

Mieke komt naast me zitten. 'Suus, luister eens goed. Dat Milo niet meer leeft is niet jouw schuld. Voor zover ik heb begrepen stonden er wel honderd mensen in die ruimte en had niemand het door. Het was een ongeluk.' Met betraand gezicht kijk ik Mieke aan. 'Milo was dol op Costa Rica. Maar hij hield nog meer van jou. En hij had het er zo fijn met jou. Dat werd ons wel duidelijk door de mailtjes die hij ons schreef,' zegt Mieke.

Op mijn armen staat kippenvel. 'Dankjewel,' fluister ik. En dan harder en duidelijk verstaanbaar: 'Dank jullie heel erg. Allemaal...'

'Wauw Suus, dus je bent nu grootgrondbezitter in Latijns-Amerika?' grapt Flint. 'En wat ga je met die lap grond doen? Cocabladeren verbouwen?'

'Grapjas,' zeg ik. 'Derek is mede-eigenaar van dat stuk grond.'

'Die gozer verpest alles,' schudt Flint zijn hoofd.

'Ik vind het ontzettend lief van Milo's ouders. Dat land kan hun best wat geld opleveren als ze het zouden verkopen. Maar in plaats daarvan schenken ze het jou,' zegt Joy.

'Je hebt er ook een hele fijne tijd gehad met Milo,' zegt Romijn. Ik knik: 'De beste.'

'Als je gaat, wil ik graag met je mee. Na al die goede verhalen van jou wil ik het graag met eigen ogen zien. Bovendien kan ik me voorstellen dat het best raar kan zijn. Weer teruggaan naar die plek, waar zoveel goede herinneringen liggen.' Romijn kijkt me meelevend aan.

'Voorlopig heb ik nog geen plannen. Bovendien moet ik eerst geld verdienen, in plaats van uitgeven.'

'Echt? Ga je weer aan het werk?' Joy schenkt nog wat thee bij.

'Dinsdag ga ik naar de redactie. Kijken of het een beetje lukt.' Ik neem een slok thee. 'Maar eerst dit weekend Milo's huis leegruimen. Volgens mij is dat veel zwaarder.'

Romijn slaat haar arm om me heen. 'Dappere Suus.'

Noor staat al voor Milo's huis te wachten als ik kom aanlopen. Ik heb haar net begroet als ze wijst: 'Daar heb je Derek.'

Ik zie Dereks snelle sportwagen langs de gracht rijden. Hij parkeert zo dichtbij mogelijk en stapt uit. Hij kijkt ernstig, maar zodra hij ons ziet probeert hij te glimlachen.

Noor steekt de sleutel in het slot en even later stappen we Milo's huis binnen. Zijn leren jack hangt over een keukenstoel. Op de tafel liggen stapels tijdschriften en oude kranten. Ik word er blij van, maar tegelijk ook intens verdrietig. De laatste keer dat ik hier was, leefde hij nog. Het is vreemd om er te zijn zonder hem.

'Alsof hij gewoon even weg is om boodschappen te doen,' zegt Noor met een hese stem. Ik bijt op mijn lip.

'Hoe gaan we het aanpakken?' vraagt Derek. 'Gaan we alle kasten een voor een door en kijken we daarna wat weg kan en wat verdeeld moet worden?'

Noor knikt: 'Laten we belangrijke spullen hier in de woonkamer leggen. Spullen die meteen weg kunnen, zoals kranten, tijdschriften, toiletartikelen, die doen we in een vuilniszak. Oké?'

'Prima.'

Noor pakt een rol vuilniszakken uit een keukenkastje en scheurt er een stel af. Terwijl ze die uitdeelt zegt ze: 'Ik begin wel in de keuken. Derek, doe jij de badkamer. Dan kun jij de slaapkamer doen.' En ze kijkt me aan. 'En als we nog tijd overhebben, kunnen we daarna samen de woonkamer doen.' Ze opent een keukenkastje. Een pak hagelslag, spaghetti en een pot pindakaas verdwijnen in de vuilniszak.

Ik loop met mijn vuilniszakken naar het slaapgedeelte. Wanneer ik daar binnenstap, zakt mijn hart als een steen naar beneden. Dat bed, waar we zoveel uren op hebben doorgebracht. We hebben er in elkaars armen geslapen, gevreeën, gelachen en gekletst. Verdomme. Het is gewoon niet eerlijk.

Onwennig ga ik op 'mijn' kant van het bed liggen. Ik draai op mijn zij en kijk naar de lege plek naast me. Ik probeer me voor te stellen dat Milo tegenover me ligt. Ik concentreer me op zijn gezicht. Denk aan zijn blauwe ogen, zijn mooie mond met opkrullende mondhoeken. Het baardje dat hij vaak een beetje had. Hoe hard ik ook aan hem denk, ik krijg hem niet hier naast me gefantaseerd. Dat soort trucjes werken blijkbaar alleen in films.

Ik zucht, sta op en open Milo's kledingkast. Ik kan me niet bedwingen en pak meteen een wollen trui van een plank en druk mijn neus erin. Milo. En ik nu hem ruik, zie ik hem plotseling wel heel duidelijk voor me. Hij kijkt naar me, lacht zijn mooie tanden bloot. Hij heeft een stoppelbaardje en zijn blonde haren staan wild. Geen idee hoelang zijn geur nog in die trui blijft en of het vaker werkt, maar die trui neem ik mee naar huis. Voorzichtig leg ik hem op het bed. Dan stop ik een voor een zijn T-shirts in de grote zak. Daarna zijn broeken. En zo werk ik me door zijn hele kledingkast heen. Ik sorteer de spullen en doe ze soort bij soort in een zak, die Derek vervolgens naar de woonkamer sleept. Ik ga verder met de kast waar het beddengoed in ligt, en daarna is een kleiner rommelkast-je aan de beurt.

Als ik de bovenste lade open, moet ik slikken. Ik zie allemaal spulletjes van ons. Milo blijkt allerlei belangrijke en onbelangrij-ke dingen uit onze tijd samen te hebben bewaard: het vliegticket van ons weekendtripje naar Barcelona, entreebewijzen van musea en de Sagrada Família. Maar ook bonnetjes van restaurants waar we vaak kwamen, foto's van ons, steentjes van de eilandjes waar we tijdens onze zeiltochtjes naartoe gingen. Deze man hield echt van me.

Ik word ineens zo kwaad dat hij er niet meer is. Van me is af-gepakt. En dan nog wel op zo'n knullige, weinig heldhaftige ma-nier als het stikken in een stuk vlees, met een dom hondenpak aan. Klotezooi. Ik trek de hele lade uit het kastje en kiep die in één keer in een zak. Weg ermee. Meteen ga ik door naar de vol-gende lade. Maar als ik die openschuif staat mijn wereld stil. De lade ligt helemaal vol met kleine kartonnen doosjes zoals ik die uit de apotheek ken. Alleen staan hier Chinese tekens op. Of Ja-pans. Ik heb in ieder geval geen idee wat voor medicijnen erin zit-ten. Maar Milo slikte toch helemaal geen medicijnen? Wat heeft dit te betekenen?

17

Een paar tellen staar ik als verdoofd naar de doosjes in de lade. Ik weet niet wat ik hiervan moet denken. Eén ding is zeker: Noor en Derek hoeven hier niets van te weten. Dat wil zeggen: voorlopig. Eerst wil ik weten wat voor pillen dit zijn voordat ik anderen hierover vertel. Ik open een doosje: alle strips zijn nog vol. De andere doosjes zien er ook nog ongeopend uit. Vlug pak ik ze uit de lade, zoveel mogelijk tegelijk, en doe ze allemaal in de vuilniszak waarin ik even daarvoor nog alle lieve memorabilia van Milo heb gegooid. Ik zorg ervoor dat de doosjes onderin liggen en Milo's spullen bovenop. Mocht Noor of Derek in de zak kijken, dan zullen ze geen argwaan krijgen. Op mijn hoede ga ik verder met leegruimen, bang voor verrassingen die ik misschien nog meer kan tegenkomen.

'Zullen we een pauze houden?' Ik kijk op en zie Derek tegen de deurpost hangen. 'We zijn al een paar uurtjes bezig, hoor, het mag best.'

Ik glimlach. 'Ik kom eraan.' Als Derek terug naar de woonkamer wandelt, schuif ik met mijn voet stiekem de zak onder Milo's bed. Daar ligt die voorlopig veilig. Als we met z'n drieën op de enorme bank zitten, ben ik afwezig. Terwijl Derek en Noor boven een dampende kop koffie praten, kan ik alleen maar denken aan de pillen in die doosjes.

'Het valt niet mee, hm? Ik vind het ook zwaar,' zegt Noor ineens tegen mij.

Ik schrik op uit mijn gedachten. 'Huh? Eh, ja,' zeg ik ongemakkelijk en ik trek een gekweld gezicht. Shit, nu voel ik me nog slechter. Ik zit vooral te piekeren over die partij pillen, terwijl ik eigenlijk bezig moet zijn met Milo en de spullen die zijn verloren leven vertegenwoordigen. Maar ik kan het niet helpen. Het voelt gewoon niet goed.

'Jullie waren voor elkaar gemaakt,' verbreekt Derek de stilte. 'Milo heeft genoeg vriendinnen gehad, maar niemand paste zo goed bij hem als jij.'

'Hij was echt gek op je,' beaamt Noor. Ik knik. 'Ik ook op hem.'

'Ik was af en toe best jaloers op wat jullie samen hadden,' zegt Derek dan.

'Echt?' Noor kijkt hem verbaasd aan. Ook ik ben verrast door deze onthulling. 'Dat had ik nooit gedacht,' zegt Noor. 'Jij bent zo'n playboy. Jij wilt toch helemaal geen vastigheid?'

Derek haalt zijn schouders op. 'Laten we verdergaan,' zegt hij en hij staat op. Noor geeft me een vette knipoog.

Als we een paar uur later verschillende belangrijke spullen hebben verdeeld, zoals Milo's surfspullen, zijn boeken en cd's, kunnen we naar huis. De vuilniszak smokkel ik nerveus mee naar buiten.

Eenmaal thuis gooi ik hem op tafel. Ik graai door de vliegtickets en kiekjes van Milo en mij alsof ze me vanmorgen nog helemaal niet ontroerden en pak een doosje. Wat zijn dit voor pillen?

Google Translate! Ik ga meteen achter mijn computer zitten en open de vertaalpagina. Maar ik heb geen idee hoe ik Chinese tekens moet tikken. Of Japanse. Shit. Dit gaat niet werken. Ik pak alle doosjes uit de zak. Het zijn er vijftig in totaal. Vijftig! Wat voor ziekte had Milo onder de leden? Of zijn het vitaminepillen? Slaapmiddelen? Drugs? Ik schud mijn hoofd. Milo was helemaal niet van de verdovende middelen. Een jointje vond hij al vervelend.

Ik zucht en bekijk ze eens heel goed. In totaal zijn er drie soorten doosjes. Een roze met een roodgestifte mond en rozen, een donkerblauwe en eentje met vlammen. Eigenlijk allemaal best vrolijk. O nee. Zijn dit antidepressiva? Genoeg nu. Ik moet het weten. Ik pak van elke soort één doosje, haal voor de zekerheid de strips eruit en stop ze in mijn tas. Haastig wandel ik naar het dichtstbijzijnde Chinees restaurant. Vurig hoop ik dat zij me kunnen helpen.

Zo nonchalant mogelijk wandel ik het afhaalgedeelte in. Binnen is het stil. De enige klant is een morsige man die ik herken van de buurtsuper. Hij is de man die altijd blikken bier van het huismerk koopt. Aandachtig kijkt hij me aan. Ik wil net gaan zitten als een vrouw achter de bar verschijnt.

'*Can I help you?*' Ze spreekt geen Nederlands. Heel handig. *Not.*

'*I hope so.*' En ik loop naar de zijkant van de bar. Geheimzinnig wenk ik haar. De vrouw loopt met een vragend gezicht naar me toe.

'*Yes?*' Alleen een laag klapdeurtje hangt tussen ons in en ik buig me eroverheen. Zo zachtjes mogelijk zeg ik: '*I found some boxes, from China. And I want to know what kind of pills these are. Look.*' Ik pak er eentje, de roze, uit mijn tas. '*Can you translate this for me? I can't read Chinese, you see.*' En ik begin schaapachtig te lachen.

De vrouw kijkt naar het doosje, dan weer naar mij, en zegt: '*I can not translate for you. Sorry.*'

'*Why not? It's Chinese, right? Or is it Japanese?*'

'*No, no. No Japanese. Is Chinese. But I can not. Sorry.*'

'*Why not? Please explain. Is it drugs?*' De vrouw schudt haar hoofd. '*Is no good. Sorry.*' Inmiddels heb ik de volledige aandacht van de morsige meneer. Jammer dan. Ik moet gewoon weten wat voor pillen dit zijn. '*I have to know. Maybe someone else can tell me?*' De vrouw kijkt me met een moeilijk gezicht aan.

'*Please?*' probeer ik.

'*All right, all right,*' zegt ze en ze wandelt naar achteren, de keuken in. Ik kijk naar de man, die van nieuwsgierigheid bijna aan mijn lippen hangt. Ik doe alsof het me niets kan schelen en trek een wenkbrauw op. Dan komen er twee mannen met veel kabaal uit de keuken lopen. Ik pak snel de andere doosjes uit mijn tas en zet mijn vriendelijkste glimlach op.

'*Good evening,*' zegt de kleinste.

'*Good evening. I hope you can help me. I found these boxes and I would like to know what's in it. Can you please translate the words for me? Please?*' En ik kijk ze smekend aan.

De kleinste pakt het roze doosje uit mijn hand en begint te praten tegen de ander. Die lacht besmuikt. Vervolgens pakt hij de andere twee doosjes uit mijn handen. Gespannen kijk ik toe hoe ze de doosjes bestuderen en ondertussen opgewonden aan het praten zijn. Uiteindelijk wijst de kleinste met zijn hand op het roze doosje en zegt: 'Pussy Power.'

'Pardon?'

'Pussy Power.' De ander begint te grinniken. *'For nice wet pussy, it says.'*

'And better sex,' vult de ander hem aan. En hij wijst op het blauwe doosje. *'Eternal Dick. To... how you say? To stay hard longer times? To have long, long sexytime.'* De kleinste knikt instemmend. *'And this one is best: Herbal Climax. To get in mood and for extra intense climax.'*

'Are you kidding me?'

'No,' antwoorden ze in koor.

'You wanna sell?' grijnst de grote.

'No,' zeg ik vol afgrijzen. Ik gris de doosjes uit hun handen en stop ze in mijn tas. Viespeuken. Beschaamd loop ik snel weg. Voortaan loop ik met een grote boog om dit Chinees restaurant heen. Hoe gênant.

Als ik thuis op een keukenstoel neerplof en naar de verzameling doosjes op tafel staar, komt het nieuws ineens binnen. Milo had een enorme hoeveelheid Chinese afrodisiaca. Hoe dan? Waarom? Ik snap er helemaal niks van. Met een woest gebaar schuif ik alle doosjes in een ruk van de tafel. Klotezooi. Het is al erg genoeg dat ik mijn vriend heb verloren. Maar om nu te ontdekken dat hij een vrachtlading lustopwekkende pillen in zijn slaapkamer heeft liggen is me te veel.

'Verdomme!' schreeuw ik het uit. Ik schaam me voor mijn vondst. Had hij zulke pillen dan nodig? Ik heb daar nooit iets van gemerkt. Onze seks was gewoon goed. Geweldig zelfs. Of kwam dat juist door die pillen? Ik word helemaal misselijk bij het idee. Het is belangrijk dat ik nu kalm blijf. En wat ik vooral niet moet doen is overhaaste conclusies trekken. Ik besluit over mijn gêne heen te stappen en mijn vrienden te bellen.

'Hi Suus, hoe gaat het?' zegt Joy als ze haar mobieltje opneemt.

'Slecht. Ik heb een megacrisis hier.'

'Echt? Dat komt zeker door het opruimen van Milo's huis.'

'Ja en nee,' antwoord ik cryptisch.

'Wil je dat ik kom?'

'Graag,' zeg ik. 'En wil je misschien Romijn en Flint ook bellen? Ik heb behoefte aan veel steun.' En als de verbinding is verbroken ben ik opgelucht dat ik die stomme pillen nog niet ter sprake heb hoeven brengen. Maar als Joy, Romijn en Flint een uurtje later bij me op de bank zitten, kom ik er niet onderuit.

'Arme Suus, je ziet er slecht uit,' zegt Romijn geschrokken. Ik haal mijn schouders op.

'Ik wilde er niets van zeggen, maar om eerlijk te zijn heb ik je nog nooit zo beroerd gezien,' doet Flint er een schepje bovenop. 'Je ziet eruit alsof je een geest hebt gezien.' Flint schrikt en slaat zijn hand voor de mond. 'O mijn god, is dat het?'

'Nee, natuurlijk niet,' antwoord ik kribbig. 'Was het maar zo. Dan had ik een stevig woordje met hem gewisseld.'

'Wat is er gebeurd? Waarom ben je zo van slag?' vraagt Joy voorzichtig. Ik sla mijn handen voor mijn gezicht. 'Het is zo stom. En jullie moeten me beloven dat dit onder ons blijft.'

'Natuurlijk,' hoor ik mijn vrienden zeggen. Drie paar vragende ogen volgen me als ik naar mijn bureau loop, de lade open en de drie doosjes pak waarmee ik vanavond naar de Chinees ben geweest. De strips met pillen heb ik er weer in gedaan. Ik gooi er naar ieder een. Joy, Romijn en Flint staren naar de doosjes in hun handen.

'Eh.... Wat is dit?' vraagt Joy uiteindelijk.

'Pussy Power, Eternal Dick en Herbal Climax,' antwoord ik droog.

'Pardon?' zegt Flint.

'Afrodisiaca. Gevonden in Milo's kast. Hij had bijna een vuilniszak vol met dat spul.'

'Wat?!' zegt Joy.

'*Holy shit*,' lacht Flint ongelovig.

'Jongens, dit is niet grappig. Ik heb vanmiddag in de slaapkamer van mijn vriendje een lading pillen gevonden waarmee hij wel tien jaar lang onuitputtelijke en waanzinnige seks kan hebben. En het ergste is dat ik hem hiermee niet kan confronteren, omdat meneer een maand geleden zo nodig moest stikken in een kloterig stukje vlees,' schreeuw ik naar mijn vrienden. 'Sorry,' zeg ik als ze me geschrokken aankijken. En ik laat me in een stoel zakken.

'Was het geen pilletje? Waarin hij is gestikt, bedoel ik?' vraagt Flint voorzichtig. Vernietigend kijk ik hem aan. Zowel Joy als Romijn stompt hem op zijn arm. Flint gooit vlug zijn handen in de lucht. 'Het spijt me, flauwe grap. Sorry.' Hij kucht. 'Dit is inderdaad vreselijk. En bizar. Weet je zeker dat het van hem is?'

'Misschien bewaarde hij het inderdaad wel voor iemand anders!' knikt Romijn opgelucht.

'Dat weet ik dus niet. Maar ik heb niet veel zin om in zijn vrienden- en kennissenkring rond te vragen of ze dit soort pillen bij Milo hebben liggen.'

'Alsof iemand dat zou toegeven,' snuift Joy. 'Dat heeft inderdaad weinig zin.' We zuchten alle vier. Zwijgend kijken we naar de doosjes die inmiddels op het tafeltje liggen.

'Je moet op onderzoek uit,' zegt Flint. 'Ga zoeken in Milo's huis of je niet meer vindt.'

'Zoals?'

'Zoals een bestelling in zijn mail! Dikke kans dat hij die pillen online heeft besteld.' Flint zegt het zo enthousiast en overtuigend dat ik het bijna vreemd vind dat ik daar zelf niet aan heb gedacht.

'Je kunt van alles vinden wat je meer duidelijkheid geeft. Bovendien,' doet Flint er nog een schepje bovenop, 'je wilt toch niet dat Noor of Derek iets vindt wat het daglicht niet kan verdragen?'

'Je hebt gelijk. Ik ga nu meteen nog.' En ik sta op en pak meteen mijn jas.

'Zou je dat wel doen?' vraagt Romijn. 'Het is al halfeen.'

'Des te beter. Nog minder kans dat iemand mij Milo's huis ziet binnen sneaken.'

'Ik ga met je mee,' zegt Flint daadkrachtig. 'Twee zien immers meer dan een.'

'Juist, ik zie het al. Deze twee spionnen hebben elkaar helemaal gevonden,' zegt Joy, terwijl ook zij opstaat. 'Doen jullie alsjeblieft wel voorzichtig? Jij hebt het al zwaar genoeg en ik wil niet dat je in de problemen komt.'

'En als er iets is, bel mij. Of Joy,' voegt Romijn er streng aan toe.

'Waar denk je aan?' vraagt Flint ietwat bezorgd als we in de auto zitten.

'Niks,' antwoord ik afwezig.

'Weet je...' begint Flint voorzichtig. 'Afrodisiaca gebruiken is niet het einde van de wereld.'

Cynisch kijk ik Flint aan.

'Miljoenen mensen gebruiken het,' gaat hij verder. 'Net als seks-speeltjes, vibrators en noem maar op. Die seksshops boeren niet voor niets zo goed.'

'Dit soort pillen zijn voor uitgebluste stellen die al dertig jaar samen zijn. Niet voor een jonge knul van eenendertig met een vlammende relatie.' Allebei zwijgen we. Ten slotte zeg ik boos: 'Dat is wat me verdomme zo dwarszit. Wat was er mis met mij, met ons, dat hij die pillen nodig had?'

Flint legt zijn hand op mijn knie. 'Ik weet het niet, mopski. Hopelijk vinden we straks een antwoord.'

'Luister,' fluister ik als we voor Milo's deur staan. 'We moeten zo stilletjes mogelijk doen. Zijn onderburen hoeven niets te horen. Dat zou alleen maar tot vervelende vragen kunnen leiden.'

'Oké,' mimet Flint. Als we Milo's loft binnenstappen is Flint zwaar onder de indruk. 'Wauw. Deze ruimte is... is... fabulous! Ruim, licht, tikje shabby, ik mis de glam. Maar desondanks: triple wauw. Waarom wilde je ook al weer niet samenwonen?'

Ik schud mijn hoofd. 'Ik was daar nog niet aan toe. En maar goed ook, anders was ik binnenkort dakloos geweest.' Ik kijk de ruimte rond. 'Goed, waar beginnen we? Keuken en badkamer zijn al helemaal uitgemest door Noor en Derek. Dus daar zoeken heeft geen zin.'

'De computer natuurlijk! Die kammen we helemaal uit. En daarna gaan we door met zijn slaapkamer,' zegt Flint, terwijl hij enthousiast in zijn handen wrijft.

'Wacht even… Je bent toch niet alleen maar meegekomen zodat je in Milo's privéspullen kunt neuzen?'

'Suus,' roept Flint quasi-gechoqueerd uit, zijn hand op zijn hart. 'Hoewel dat ontzettend verleidelijk klinkt… Nee. Ik ben puur meegegaan om jou te helpen. Jezus, Suus, af en toe ben ik oprecht in shock hoe slecht je over me denkt!'

Ik loop naar Milo's bureautje en zie tot mijn grote schrik dat zijn laptop daar helemaal niet ligt. 'Shit, Milo's laptop ligt bij zijn ouders.'

'Wat?' vraagt Flint verrast.

Ik knik. 'Ja, dat was ik helemaal vergeten. Zijn ouders hebben die meegenomen, vrij snel na zijn dood. Zijn laptop ligt bij hen thuis.'

'*Damn*,' vloekt Flint. 'Niks aan te doen. Dan doen we zijn slaapkamer maar.'

En even later doorzoekt hij Milo's slaapkamer als een professioneel spion. Hij kijkt onder het bed, tilt het matras op en controleert de bedbodem. Als hij daar niks vindt duikt hij de kledingkast in en klopt op de wanden. Die knul heeft echt zijn roeping gemist als privédetective. 'Hm, niks,' zegt Flint na een tijdje enigszins teleurgesteld. 'De vloeren!' En hij duikt op de houten vloer. Ook hier hanteert mijn goede vriend weer zijn kloptechniek. Een voor een klopt hij op een plank.

'Flint, denk aan de buren alsjeblieft.'

'Sst!' sist hij. En zachtjes klopt hij nog eens. 'Kom eens hier.' Ik kniel en leg mijn oor op een plank. 'Hoor je dat?'

'Eh… wat moet ik precies horen?'

Flint klopt op de plank ernaast en dan nog eens op de andere. 'Volgens mij zit hier een holle ruimte onder.'

Verbaasd kijk ik in zijn flonkerende ogen. Met groeiende verbijstering kijk ik toe hoe Flint op de ene kant van het plankje duwt. Dan wipt uiteindelijk de andere kant van de plank omhoog. Flint werpt me een triomfantelijke blik toe. Sprakeloos zie ik hoe hij de plank eruit haalt. Ik buig me voorover om in de kleine ruimte, die misschien tien centimeter diep is, te kijken. 'Holy shit,' fluister ik.

18

Flint en ik kijken elkaar aan. Beiden weten we niet wat we hiervan moeten denken. Laat staan wat we moeten zeggen. Ik staar opnieuw naar de kleine geul in Milo's vloer. Daarin liggen stapeltjes biljetten. Dollars, om precies te zijn. Bij elkaar gebonden met dikke postelastieken. Geen idee hoeveel geld dit bij elkaar is.

'Shit, man,' verbreek ik uiteindelijk de stilte. 'Volgens mij is er een beerput geopend toen ik die pillen vond.' Flint zwijgt nog steeds, wat opvallend is voor mijn anders zo spraakzame vriend. Ik blijf maar kijken naar onze ontdekking, alsof die dan misschien zal veranderen. Uiteindelijk pak ik een stapeltje en begin vlug te tellen. Het zijn briefjes van honderd, en alleen dit stapeltje al bestaat uit meer dan vijftig briefjes. Vijfduizend dollar dus. En zo liggen er wel tien stapeltjes. 'Fuck. Hier ligt zeker vijftigduizend dollar!' sis ik. 'Wat is hier aan de hand?!' Flint staart nog steeds als verdoofd naar het geld. Hij was lekker op dreef als speurneus, maar nu hij werkelijk iets heeft gevonden is hij met stomheid geslagen. 'Wat moet ik doen? Alles meenemen?' Flint zwijgt. Op hem hoef ik even niet te rekenen, dat is duidelijk. Ik pak de stapeltjes biljetten een voor een uit de gleuf en leg de plank weer terug. Voorzichtig doe ik alles in mijn handtas. Het past net. 'Kom, we gaan,' zeg ik.

'Huh? Eh... oké.'

In de auto zwijgen we allebei. We zijn veel te geschrokken over onze vondst. Waarom heeft Milo zoveel contant geld onder zijn vloer verstopt? Hoe komt hij überhaupt aan zoveel geld? En samen met die pillen, krijg ik een heel vieze smaak in mijn mond. Eén ding is me duidelijk, dit zaakje stinkt.

Ik zet Flint thuis af en als we afscheid nemen zegt hij: 'Sorry, ik had geen idee dat we zoiets zouden vinden.'

'Anders ik niet. Maar jij hoeft je niet te verontschuldigen. Jij hebt me juist geholpen.'

'Zo voelt het eerlijk gezegd niet.'

En als ik wegrijd denk ik na over Flints woorden. Wat heb ik eraan dat ik dit heb ontdekt? Wil ik dit eigenlijk wel weten? En nog belangrijker: hoe goed kende ik Milo? Ook in bed blijf ik malen. Het is al bijna halfvier als ik er eindelijk in lig, maar desondanks doe ik geen oog dicht. Aan de ene kant word ik verscheurd door verdriet wanneer ik aan Milo denk. Maar aan de andere kant raak ik door de ontwikkelingen van de afgelopen vierentwintig uur steeds meer in de war. Het gevoel dat ik mijn vriendje helemaal niet goed kende, wordt sterker. En dat maakt me vervolgens ook weer verdrietig. Als het eindelijk ochtend is, bel ik Joy.

'Hi meis. Hopelijk bel ik je niet wakker,' vraag ik als ik haar groggy stem hoor.

'Maak je geen zorgen, ik was al wakker. Niet heel lang, dat is alles. Hoe ging het vannacht?'

'Je had Flint moeten zien. Die zat helemaal in zijn rol van Sherlock Holmes.'

'Ha, dat zal best. Maar zijn jullie iets wijzer geworden?'

'Wijzer niet. Ik heb het idee dat ik nu juist nog minder weet.'

'Hoezo? Heb je iets gevonden? Wat dan? Vertel!'

'Het is zo bizar. En ik weet gewoon niet wat ik ervan moet denken.'

'Suus, wat hebben jullie gevonden?' Joy houdt het bijna niet meer van de spanning.

'Geld. Heel veel geld. Vijftigduizend dollar. Als het niet meer is. In stapeltjes bij elkaar gebonden met een elastiekje, onder een plank in de vloer van Milo's slaapkamer.'

'Ga weg.'

'Echt waar.'

'Meen je dit nou?' vraagt Joy vol ongeloof. 'Je zit me te dollen. Toch?'

'Ik zou willen dat dat waar was.'

'*Un-fucking-believable*,' stamelt mijn vriendin. En als ze is bekomen van de grootste schrik, vraagt ze: 'Hoe kwam Milo aan zoveel geld? Wat heb je ermee gedaan? En wat ga je nu doen?'

'Ik heb het mee naar huis genomen. En wat ik in ieder geval wil doen is Milo's computer bekijken. Ik wil die mailtjes van hem lezen. Wie weet krijg ik zo antwoorden.'

'Jeetje Suus. Ik schrik hier echt van. Eerst die pillen en nu dat geld. Wat betekent dit allemaal? Dit moet vreselijk zijn voor jou.'

'Nogal,' verzucht ik.

'Ik bedoel... het is al een drama dat Milo is overleden, maar nu ontdek je ook nog allerlei vreemde dingen over hem en je kunt hem niets vragen!'

'Dat laatste is misschien nog wel het meest frustrerende. Er spoken nu allerlei doemscenario's door mijn hoofd.'

'Niet doen, daar word je gek van. En wie weet betekent het helemaal niks. Zijn het andermans pillen en geld.'

'Ik hoop maar gewoon dat ik antwoorden krijg.'

'Dat hoop ik ook voor jou. Kan ik iets voor je doen? Zal ik naar je toe komen?'

'Nee, dat hoeft niet. Ik wil even alleen zijn, geloof ik.'

'Zeker weten?'

'Zeker weten.'

'Oké. Hou je taai, Suus.'

'Ik probeer het.'

Ik moet iets verzinnen om Milo's laptop hier te krijgen. Hoe vraag ik dit aan zijn ouders, zonder dat ze argwaan krijgen? Ik vrees dat ik gewoon een smoes moet bedenken. Laat ik het er maar op gooien dat er nog wat documenten van mijn werk op staan, mijn cv en sollicitatiebrieven. Ik bel meteen. Mieke neemt op.

'Goedemorgen Mieke, met Suus. Hoe gaat het met je?'

'Niet zo goed. Ik ben nog heel emotioneel... slaap slecht. Het is zwaar, heel zwaar.'

'Ik weet het.'

'Het goede nieuws is dat Willem en ik een midweek naar Vlieland gaan. Lekker uitwaaien. Heerlijk.'

'Wat een goed idee van jullie,' zeg ik.

'En hoe gaat het met jou? Gisteren hebben jullie natuurlijk Milo's huis opgeruimd. Was het moeilijk?'

Los van de sekspillen die ik vond en het geld dat ik daarna heb ontdekt? Nee, hoor, dat viel reuze mee. 'Het was zwaar, maar het voelde ergens ook wel goed,' lieg ik. 'Veel gemengde gevoelens.' En dat is dan weer de waarheid. 'Ik belde eigenlijk ook om je iets anders te vragen. Het gaat om Milo's laptop.'

'Wat is daarmee?' vraagt Mieke vriendelijk.

'Hebben jullie daar eigenlijk al op gekeken?'

'Nee. En die behoefte voelen we allebei niet. Ik respecteer Milo's privacy.'

Pfieuw. Ik probeer mijn opluchting niet te veel door te laten klinken. 'Uiteraard, dat snap ik. Dat vind ik ook. Het probleem is wel dat er nog een paar documenten van mij op die laptop staan. Sollicitatiebrieven, mijn cv en nog een paar artikelen.'

'Ach, ik begrijp het. En die wil je natuurlijk hebben. Heeft het veel haast?'

'Eh... een beetje.'

'Wat vervelend. Willem en ik moeten eigenlijk zo meteen de deur uit. Het is best een eindje rijden naar Harlingen en als we langer wachten, ben ik bang dat we de veerboot missen.'

'Natuurlijk, dat begrijp ik. Het kan wel een weekje wachten.' Het liefst wil ik die laptop nu ophalen, maar ik voel me al rot genoeg dat ik zo ontzettend aan het liegen ben tegen Mieke.

'Vrijdag zijn we weer terug. Dan kom je zaterdag aan het einde van de middag, kun je een hapje mee-eten. Vind je dat een goed idee?'

'Natuurlijk. Het lijkt me fijn om jullie weer te zien. Een goede reis en een heel fijne vakantie voor jullie beiden.'

'Dankjewel, Suus.'

'Ik hoop dat jullie kunnen ontspannen en genieten.'

'Dat hoop ik ook.'

'Tot ziens.'

Shit. Dat betekent in ieder geval nog tot zaterdag onzekerheid.

Als ik op dinsdag in de tram zit richting SHE merk ik dat ik zowaar zin heb om te werken. Dit verbaast me in eerste instantie, omdat ik de afgelopen weken alleen maar bezig kon zijn met Milo's dood. Mijn verdriet leek mijn enige metgezel. Maar die allesoverheersende pijn heeft nu plaatsgemaakt voor verwarring, wantrouwen en ook boosheid. Ik ben pissig op Milo dat hij zo'n puinhoop heeft achtergelaten. Sinds zaterdag ben ik alleen maar bezig geweest met piekeren over die pillen en dat geld. Ik heb zelfs onze seks geanalyseerd om te ontdekken of ik niet iets heb gemist. Een hint die wijst op het gebruik van afrodisiaca. Tevergeefs. En nu ben ik doodop van al dat getob. Ik ben inmiddels bijna bij SHE en hoop eigenlijk vooral dat het werk me genoeg afleiding geeft.

'Gecondoleerd,' zegt Didi met een meelevende blik als ik binnenkom. Ze schudt me de hand.

'Dankjewel.'

'Dus...' zegt Didi ongemakkelijk. Ze weet zich duidelijk geen houding te geven. 'Zal ik koffie halen?'

'Is goed. Dankjewel.'

Guusje stapt op me af en geeft me een stevige knuffel. 'Gecondoleerd, Suus. Wat een schok. Wat een verschrikkelijk slecht nieuws. Je bevindt je zeker in een rollercoaster van emoties.'

Verrast kijk ik Guusje aan. Ze slaat de spijker op de kop. Ik knik: 'Eerst was ik vooral lamgeslagen en verdrietig. Nu ben ik nog steeds heel somber, maar ook heel moe van alles. En soms ben ik zelfs... boos op hem.'

Guusje knikt begripvol. 'Dat is allemaal normaal. Helaas. Daarom vind ik het ook zo dapper dat je nu hier bent. Dat je probeert te werken.'

'Dankjewel.' Maar ondertussen voel ik me lullig dat ik haar niet de hele waarheid kan vertellen. Milo's geheim drukt als een zware steen op me.

'Daar ben je!' roept Cordelia uit als ze uit haar kamer komt gelopen. 'Sorry, ik zat in een lastig telefoongesprek. Wat fijn dat je er bent. Je weet het, je kijkt gewoon rustig of het gaat. Geen druk, oké?'

Benno staat inmiddels ook bij ons en zegt: 'Precies. Je staat ingepland voor eindredactie, je kunt rustig aan de slag gaan, niks te ingewikkeld.'

Cordelia kijkt me warm aan. 'En mocht je op een gegeven moment toe zijn aan iets pittigs, zoals het redigeren van een artikel van Amalie Bouvier, dan hoor ik het wel,' knipoogt Guusje.

'Wat? Heeft Amalie een klus gedaan voor *she*? Ik dacht dat haar stukken superslecht waren.'

'Dat zijn ze ook,' zegt Guusje. 'Maar ja, ze heeft zó ontzettend veel goede connecties in de voetbalwereld. Amalie opent deuren. Zij kan íedereen strikken.' Benno kucht, Guusje grinnikt en zegt sarcastisch: 'Een interview regelen met P.C. Hooft-veteraan Stella was mij natuurlijk nooit gelukt.'

Cordelia doet intussen alsof haar neus bloedt. 'Ik moet dringend een telefoontje plegen. We spreken elkaar straks, goed?'

'Prima.' En ik ga aan het bureau zitten waar ik tot een maand geleden ook vier dagen in de week zat.

'Gaat het?' vraagt Guusje na een tijd.

Ik knik. 'Het gaat eigenlijk best goed. Ik ben zelf verbaasd. Volgens mij was ik hier wel aan toe.' Guusje glimlacht. 'En ik heb geloof ik al een uur niet meer aan Milo gedacht. En dat is een nieuw record.'

'Goed zo, Suus.'

Als ik 's avonds samen met Guusje het pand uitloop, zie ik Mathijs bij de uitgang staan. Wanneer hij me ziet, komt hij meteen op me afgesneld.

'Suus, gecondoleerd. Ik kan het nog steeds niet bevatten dat dit Milo is overkomen. Zo jong, zo getalenteerd. En jullie waren zo gelukkig samen. Ik zie jullie nog binnenwandelen in hotel Arts. Ik wist niet wat ik zag! Maar jullie waren een prachtkoppel. Eeuwig zonde.'

'Ja, het is moeilijk,' zeg ik.

'Mag ik je iets vragen? Onder vier ogen?'

'Eh... natuurlijk.'

'Zal ik wachten?' vraagt Guusje.

Ik schud mijn hoofd. 'Hoeft niet, ga jij die tram maar halen. Ik zie je volgende week.' En als Guusje buiten gehoorafstand is, vraag ik Mathijs: 'Wat wil je me vragen?'

Mathijs kijkt me vriendelijk aan en zegt: 'Ik zou zo graag een diepte-interview met je willen doen. Over je romance met Milo, wat er is gebeurd en hoe het nu met jou gaat. Jouw hele verhaal.'

Sprakeloos staar ik hem aan. 'Nee, dat lijkt me geen goed plan,' zeg ik ten slotte.

'Waarom niet? Iedereen kende Milo. Iedereen wist van jullie relatie. En de mensen willen weten hoe het met je gaat.'

'Ja, en?'

'Wil jij dan niet je verhaal doen? Vertellen hoeveel jullie van elkaar hielden? Hoe onwaarschijnlijk en onverwacht zijn dood was. Hoe zwaar het rouwproces je valt. Beschouw het als een hommage aan jullie liefde.'

'Sorry, Mathijs, maar ik zie dit echt niet zitten. Ik wil niet in de publiciteit. Niet in *Het Nieuwsblad*, niet in *Scoop*, niet in SHE, in geen enkel blad of krant. Echt niet. Het spijt me.' En ik draai me om en loop richting de tramhalte.

'Je zult toch een keer je verhaal moeten doen,' roept Mathijs me na.

'En hoe was je eerste werkdag?' vraagt Joy. Met z'n vieren zitten we aan mijn keukentafel. Romijn heeft heerlijk gekookt en de tafel staat vol lekkere hapjes. Iedereen kijkt me verwachtingsvol aan.

'Het viel me mee. Ik was bang dat ik het vreselijk zou vinden, omdat het me weer met de neus op de feiten drukt: Milo is dood en het leven gaat door.' Ik pauzeer even om na te denken. Ik wil niet dat wat ik zo meteen zeg verkeerd wordt begrepen. 'Maar sinds ik die klotepillen en dat geld heb gevonden ben ik zo in de war. Dus alle afleiding is welkom. Ik weet gewoon niet wat ik moet voelen. Ik ben verdrietig en ik mis Milo zo vreselijk, verschrikkelijk erg. Maar tegelijkertijd ben ik boos en geïrriteerd. Ik heb zoveel vragen waar niemand mij een antwoord op kan geven. En het ergste is...' Ik begin te snikken. 'Het ergste is dat ik me schaam. Ik schaam me kapot dat ik lustopwekkende pillen bij mijn vriend heb gevonden. En dat datzelfde vriendje ook nog duizenden dollars in zijn vloer had verstopt.'

Romijn slaat haar arm om me heen. 'Rustig maar, huil maar lekker uit.'

Met betraand gezicht kijk ik mijn vriendin aan. 'Was Milo dan zo'n stiekemerd? En ben ik dan zo slecht in bed?' Joy, Romijn en Flint weten duidelijk niet wat ze moeten zeggen. Terwijl ik huil, kijken zij elkaar ongemakkelijk aan.

Uiteindelijk zegt Joy: 'Laat je alsjeblieft niet gek maken. We hebben het al vaker gezegd, maar je weet eigenlijk helemaal niets. Misschien betekent het allemaal iets heel anders.'

'En dat Milo afrodisiaca had, zegt niets over jouw bedprestaties, kleine geile donder,' grapt Flint.

Ik glimlach door mijn tranen heen.

19

'Suus, kom me helpen! Alsjeblieft. Au, au, au! Nee!' Flint kermt het uit van de pijn. Het is midden in de nacht en hij heeft me zojuist wakker gebeld. Ik zit rechtop in bed, mijn hart bonst.

'Flint! Wat is er aan de hand?'

'Ik kan niet... Au! Kom alsjeblieft snel naar mijn huis. Nu!'

'Flint!' schreeuw ik nog, maar de verbinding is al verbroken. Ik spring uit mijn bed, schiet snel wat kleren aan en race naar mijn auto. Binnen een kwartier sta ik voor zijn deur. Nerveus druk ik op de bel en sis zijn naam als ik gekerm hoor door de intercom. 'Ik ben het, Suus.' Eindelijk springt de deur open en gespannen ren ik naar boven. Ik heb geen idee wat ik aan zal treffen.

'Auauau,' hoor ik als ik boven ben. Ik ga op het gekerm af en tref Flint in de woonkamer aan. Liggend op de grond. Ik storm naar hem toe en kniel naast hem.

'Flint! Wat is er gebeurd?' Flint kijkt me aan en nu pas zie ik het schuim op zijn lippen staan. 'Mijn god, wat is er aan de hand?'

'Ik...' Maar nog voordat Flint iets zinnigs kan uitbrengen grijpt hij de emmer die naast hem staat en begint te braken. Vlug draai ik mijn hoofd weg. Jezus, Flint loopt helemaal leeg. Ik haal snel een nat washandje uit zijn badkamer. Als hij eindelijk klaar is, schuift hij de emmer een eindje weg en gaat voorzichtig zitten. Ik geef hem het washandje en hij begint zijn gezicht te deppen. 'Zo gaat het nu al uren. Het is vreselijk. Als ik niet moet kotsen, dan zit ik wel op de wc. Walgelijk gewoon,' zegt hij met een vies gezicht.

'Heb je iets verkeerds gegeten?'

'Nee, dat was het niet.' Flint zwijgt en durft mij nauwelijks aan te kijken. Ik zie dat hij zich schaamt.

'Wat dan? Wat heb je gedaan?'

'Ik heb.... Au!' Flint klapt dubbel van de pijn. Zachtjes streel ik zijn rug. 'Ooooo. Oooooo.' Flint staat op en trippelt vliegensvlug naar de badkamer. Ik hoor hem de wc-bril naar beneden doen en op de pot neervallen. Flint kermt het uit. Ik huiver en probeer zo min mogelijk te luisteren naar wat er in zijn badkamer gebeurt. Dat het smerig is, is me wel duidelijk.

'Kun je alsjeblieft een schone broek pakken?' piept Flint uiteindelijk met een klein stemmetje. O hel, dit is echt te veel informatie. Braaf pak ik een schone boxershort en een broek uit zijn walk-in-closet. Ik klop op de deur en als die op een kiertje opengaat, geef ik hem de kleren aan. Na een paar minuten sjokt Flint voorzichtig de woonkamer binnen. Lijkbleek, rode ogen en een van pijn vertrokken gezicht. En zie ik nu stukjes braaksel in zijn lokken? Jakkes. Uitgeteld gaat hij op de bank liggen.

'Ik schaam me dood, Suus. Maar ik heb iets heel doms gedaan.'

Op dat moment zie ik iets bewegen op Flints bed. Een man komt kreunend overeind en haast zich het volgende moment naar de badkamer. Vragend kijk ik naar Flint. Die schraapt zijn keel. 'Dat is Ernest.' Ik schuifel intussen wat bij hem vandaan. Wie weet wat voor besmettelijke ziekte die twee onder de leden hebben.

'Zal ik voor Ernest ook schone kleding halen?'

'Niet nodig, hij heeft mijn badjas.'

'Nu moet je me echt vertellen wat er is,' zeg ik streng.

Flint haalt diep adem en begint: 'Goed, beloof je dat je niet boos wordt?'

Ik rol met mijn ogen. 'Hoe kan ik dat nou beloven?'

'Rustig, rustig.' En Flint krijgt weer een oprisping. Vlug wend ik mijn hoofd af. Loos alarm. Gelukkig.

'Ik had vanavond een date met Ernest. En je weet dat mijn laatste date ongeveer in 1880 plaatsvond. Dus ik wilde er iets bijzonders van maken.'

'Snap ik,' reageer ik maar. Ik heb werkelijk geen flauw idee waar dit naartoe gaat.

'Misschien was ik ook wel een beetje nerveus voor mijn afspraakje. Hoe dan ook. De laatste keer dat ik bij jou thuis was heb ik stiekem een paar van die pillen meegenomen. Gewoon, voor de lol. Om te kijken wat er zou gebeuren...' Flint trekt zijn schouders omhoog en kijkt me met twee puppyogen zo onschuldig mogelijk aan.

'Je hebt wát?' zeg ik ongelovig. 'Zijn jullie zo ziek geworden van Milo's pillen?'

Flint knikt. 'Ernest vond het ook wel een goed idee. Eternal Dick, ik bedoel maar, wie wil dat nou niet? Maar in plaats van een harde L kregen we vooral een slappe S.'

'Slappe S?'

'Slappe sluitspier, mopski. Allebei werden we kotsmisselijk en kregen we ontzettende buikkramp. Kort daarna spuugden we om beurten in de emmer en liepen we leeg boven de wc-pot.'

'Gadverdamme,' zeg ik vol afschuw.

'Sorry,' zegt Flint. 'Ernest is woest. Hij wilde meteen naar huis, maar hij moest om de haverklap overgeven of poepen. De taxichauffeur wilde hem niet eens meenemen.' Ik schud mijn hoofd.

'Ik dacht echt even dat ik doodging. Daarom belde ik jou. Ik was in paniek. En die buikkramp, vreselijk. Ik heb nog nooit zoveel overgegeven in mijn leven als het afgelopen uur.'

Ik aai Flint over zijn zweterige voorhoofd. Allebei zwijgen we even.

'Maar die pillen zijn dus waardeloos, Suus. Ze werken niet. Ze zijn fake. En als ze van Milo zijn dan is hij of opgelicht of zelf een oplichter.'

Ik kijk Flint strak aan. Net als je denkt dat het allemaal niet erger kan, krijg je dit.

'Ik vind het ook rot voor je. Maar dit zaakje stinkt. Hoewel, dat niet alleen.' Flint snift even aan zijn kleding. Ik lach.

'Zodra je date klaar is in de badkamer, ga jij even douchen. En Ernest hierna ook.'

'Die wil niets liever dan wegwezen. Hij is echt woest.'

'Het spijt me, maar ik geef hem met die broekhoest ook liever geen lift. Hij zal nog even hier moeten blijven.'

'Ik hoop maar dat hij dit voorval niet aan iedereen doorvertelt. Want dan krijg ik nooit meer een date. Dan ben ik uitgekotst door de Amsterdamse gayscene.' Flint lacht schamper. 'Ik heb in ieder geval mijn lesje geleerd. Dat was eens maar nooit meer.'

'Eternal Dick, dat heb jij toch helemaal niet nodig,' grap ik. En dan komt Ernest uit de badkamer. Zijn gezicht staat op onweer. Ik gok dat ze allebei nog een hele dag moeten bijkomen. Ik schud mijn hoofd. Wat een verhaal. Bovendien maakt dit de hele zaak nog ingewikkelder. Morgen ga ik eten bij Mieke en Willem en dan mag ik Milo's laptop mee naar huis nemen. Ik hoop daar zo snel mogelijk iets op te vinden. Geen idee waar ik naar moet zoeken, maar alles wat me verder helpt is welkom.

Ik ben kapot als ik bij Mieke en Willem aankom. Die gebroken nacht bij Flint heeft me geen goedgedaan. Sinds Milo's dood slaap ik sowieso slecht en heb ik elk uurtje slaap dat ik pakken kan hard nodig. Ik drink het laatste slokje Red Bull en gooi het lege blikje op de passagiersstoel.

'Suus!' zegt Milo's moeder enthousiast als ze de voordeur opent. 'Wat goed je weer te zien.' Ze zoent me op de wangen. 'Kom binnen, Willem is nog even naar de winkel. Hij maakt zijn beroemde stoofpotje. Milo was daar ook altijd zo dol op.'

Als ik de woonkamer binnenstap zie ik dat ze een soort altaartje voor Milo hebben gemaakt. Op een klein kastje staan foto's van Milo, een recente waarop hij in zijn surfpak staat, breed lachend, zijn haren nat. Maar ook een kinderfoto waarop hij twee voortanden mist. Ernaast brandt een kaarsje, en er liggen nog wat persoonlijke spulletjes, zoals een haarlokje. Terwijl ik ernaar kijk, komt Mieke naast me staan.

'Sinds de crematie ben ik alleen maar met Milo bezig. Ik heb al zijn spullen van zolder gehaald en doorgespit. Oude schriften, kindertekeningen, foto's, speelgoed. Het blijft eeuwig zonde. Midden in het leven, zo'n lekker joch.' Mieke schudt haar hoofd. 'Sorry.'

'Dat geeft toch niet,' zeg ik en ik sla mijn arm om haar heen. Mieke herpakt zich en vraagt: 'Ik hoorde van Derek dat jij weer voorzichtig begonnen bent met werken?'

'Met de nadruk op "voorzichtig", inderdaad. Ik heb deze week een dag gewerkt. En eerlijk gezegd beviel me dat heel goed. Ik denk dat ik al snel meer dagen ga werken. De afleiding is prettig.'

'Wat fijn. Noor werkt ook weer sinds twee weken en zij wordt geweldig opgevangen door haar collega's. Dat doet me goed.' Mieke slikt even. 'Het leven gaat door, hè?'

'Goedemiddag!' zegt Willem als hij de kamer inloopt.

'Hallo. Goed je te zien. Hoe was Vlieland eigenlijk?'

'Heerlijk,' zegt Willem.

'Net wat we nodig hadden,' vult Mieke haar man aan.

'Ik duik zo de keuken in, mijn stoofpot moet een paar uur sudderen. Anders pak jij Milo's laptop vast, Mieke. Voordat we het vergeten.'

'Prima.' Mieke loopt de kamer uit. Als ze even later weer binnenstapt, met de laptop in haar handen zegt ze: 'We hebben hem destijds meegenomen omdat het toch best waardevol is en er waarschijnlijk veel persoonlijke dingen op staan. Je wilt niet dat er ingebroken wordt en het in verkeerde handen valt. Maar zelf waren we er niets mee van plan. Dus als die laptop bij jou een goede bestemming krijgt, is dat prima.'

'Geweldig,' zeg ik en ik laat mijn opluchting zo min mogelijk merken. Ze moesten eens weten wat een inbreker nog meer had kunnen vinden in de woning van hun zoon. Mieke drukt de laptop in mijn handen en ik aai er voorzichtig over. Hopelijk geeft dit apparaat me de antwoorden waarnaar ik op zoek ben.

De volgende ochtend installeer ik me op de bank met Milo's laptop. Ik start hem op en log in. Ik weet Milo's wachtwoord. Dat gaf hij me onder het mom van 'voor jou heb ik geen geheimen'. Natuurlijk, schat, denk ik nu sarcastisch. De afgelopen week word ik heen en weer geslingerd tussen verdriet, verwarring en boosheid. En dat haat ik. Met heel mijn hart hoop ik iets te vinden op Milo's computer. Goed of slecht nieuws, dat maakt me niet eens meer uit. Die onwetendheid is verstikkend.

Ik begin met zijn mail. In zijn inbox zie ik vooral mailtjes van mezelf. En van zijn manager. Privé, zakelijk en fanmail: alles staat door elkaar. Typisch Milo, om geen aparte postbussen te maken en zijn mailtjes netjes te rubriceren. Dan zie ik Milo's laatste e-mails: verstuurd op de dag van zijn dood. Met kippenvel op mijn armen klik ik het laatste mailtje open.

Van: Milo.denHartog@xs4all.nl
Aan: Miekedenhartog@gmail.com
Onderwerp: re: etentje

Hallo ma,
Het lijkt me hartstikke leuk om snel met z'n allen wat te eten. Ik denk dat Suus dat ook een goed idee vindt. Wanneer zou Noor kunnen? Die heeft het denk ik het drukst. Ik ben nu klaar met Donkersloot (vanavond wrapparty) en dan eindelijk weer vrije tijd. Ik weet het nu zeker: ik ben niet geschikt om hard te werken, haha. Ik heb nu in ieder geval weer tijd voor zeilen, surfen en de voetjes van Suus masseren. ;-))
Groetjes aan pa en tot snel!

X
Milo

Ik slik. Een traan biggelt over mijn wang. We waren echt gelukkig samen. Daar is nu helemaal niks meer van over. Zelfs mijn herinneringen aan hem zijn bezoedeld. Ik ga door met mijn zoektocht. Misschien kan ik op internet iets vinden. Ik start Safari en klik op de bookmarks. Veel pagina's over Costa Rica, natuurparken, surfplekken. Milo had een paar webshops gebookmarkt, maar daar zit geen afrodisiacum-shop bij. Shit.

Ik roffel met mijn vingers. Denk na, Suus. Milo's surfgeschiedenis! Milo kennende ruimde hij die niet na elke internetsessie netjes op. Ik klik op 'Internetgeschiedenis' en zie een hele lijst met websites verschijnen. Mooi zo. Geconcentreerd tuur ik de lijst af. Ik zie niets verdachts. Tot mijn verbazing zie ik wel dat Milo een Gmail-account heeft. Daar heeft hij me nooit mee gemaild. Ik klik op de Gmail-site en Milo's naam en wachtwoord verschijnen. Halleluja! Hij heeft dit de computer gewoon laten onthouden! Ik prijs me gelukkig met zo'n rommelig en onzorgvuldig vriendje. Met kloppend hart klik ik op 'inloggen'. Al snel verschijnt er een hele lijst met e-mails. Mijn ogen vliegen over het scherm en als tot me doordringt wat ik zie, draait mijn maag om. Aan de onderwerpen van de mailtjes kan ik zien dat het maar over één ding gaat: de pillen. De onderwerpen variëren van 'pillen', 'bevoorra-ding' en 'shipping' en ik zie dat het assortiment nog veel breder was. Cum 2 me, Clitfit, Balls Masqué en Cock Tale zijn blijkbaar ook bestsellers. Ik word niet goed. Lukraak begin ik mailtjes te openen en te lezen. Ze zijn allemaal aan dezelfde geadresseerd: Kuan-Yin, blijkbaar Milo's compagnon.

Aan: Milo.Surfdude@gmail.com
Van: Kuan-Yin@yahoo.com
Onderwerp: productie

Hee dude,

Alles flex? Hier in Shanghai wel. De levering waar we het vorige week over hadden kan doorgaan. Ik heb het net bij die gast gecheckt en hij kan op tijd produceren. Dat betekent 10.000 pillen meer! VET!

Hasta luego!
Kuan-Yin

Van Kuan-Yins toontje word ik al misselijk. Hoe hij als een pat-serige marktkoopman bezig is met zijn louche zaakje vind ik ont-zettend fout. Desondanks, of misschien wel juist daarom, dwing ik mezelf meer mailtjes te lezen.

Aan: Milo.Surfdude@gmail.com
Van: Kuan-Yin@yahoo.com
Onderwerp: re: Design

Hee dude,
Kun jij asap cash storten voor de productie van Penis Envy?
10.000 dollar moet wel genoeg zijn.

Hasta luego!
Kuan-Yin

Aha. Dus Milo was de financier van dit handeltje. En Kuan-Yin zorgde voor de productie in China. Ik heb nog nooit van hem gehoord. Maar als ik het goed begrijp stopt dit smerige zaakje hier. Milo stort geen geld meer, dus worden er ook geen pillen meer geproduceerd. Klaar. Uit.

20

'Fijn dat je zo snel kon komen.' Noor pakt mijn jas aan en hangt die aan de kapstok.

'Geen probleem,' antwoord ik en ik loop achter Noor aan haar woonkamer binnen. Daar zit Derek op een stoel. Mijn hart begint zo hard te kloppen dat het me verbaast dat zij dit niet horen. Toen Noor mij gisteravond belde met de vraag of ik vandaag langs wilde komen voelde ik meteen nattigheid. Ik hoorde aan haar stem dat ze in paniek en bezorgd was. Ze wilde me over de telefoon niet vertellen wat er aan de hand is, maar dat het iets met Milo's onfrisse zaakjes te maken heeft, is niet moeilijk te raden. En nu Derek ook is uitgenodigd, weet ik het honderd procent zeker. Shit. Het is inmiddels drie weken geleden dat ik die pillen en het geld heb ontdekt, en behalve mijn vrienden heb ik het aan niemand verteld. Hoe ik zal reageren op Noor? Moet ik doen of mijn neus bloedt of vertellen wat ik heb ontdekt? Laat ik eerst maar eens horen wat Noor eigenlijk weet.

'Ik heb Derek ook gevraagd,' zegt Noor ten overvloede. 'Ik vind het belangrijk dat jullie allebei horen wat ik zo ga vertellen. Jullie kenden Milo immers het beste.' Dat laatste betwijfel ik inmiddels, maar ik hou mijn mond.

'Goed,' zegt Noor en ik zie dat ze in de war is. Arme schat. 'Sorry, maar ik weet even niet waar ik moet beginnen.'

'Begin maar gewoon ergens,' zeg ik geruststellend.

'Goed,' zegt ze nog eens, en veegt nerveus een haarlok achter haar oor. 'Ik was afgelopen weekend op Puffin', Milo's boot. Ik wilde het een en ander opruimen. Maar toen eh… toen vond ik dus dit.' Met een zwiep gooit ze stapels geld op tafel. Dollars. Ik slik.

'Jezus christus,' zegt Derek geschokt. Ik staar zwijgend naar de stapels geld. Voor zover ik kan inschatten is dit het dubbele van wat ik bij Milo thuis heb gevonden. Hier ligt dus meer dan honderdduizend dollar. Ik schud mijn hoofd.

'Sinds ik dit heb gevonden pieker ik me suf. Ik heb werkelijk geen idee waarom Milo zoveel geld op zijn zeilboot had verstopt. Of hoe hij aan dit geld kwam.' Noor schraapt haar keel. 'Jullie wel?'

Derek en ik kijken elkaar aan. Mijn hart bonst en mijn handen zijn klam. Moet ik iets zeggen of hou ik het voor me? Maar dan begint Derek al te praten.

'Lag dit in zijn boot verstopt?' Hij schudt zijn hoofd. 'Ik heb geen idee hoe hij aan zoveel geld kwam. En waarom dat op zijn boot lag.'

Het is weer stil. Dan zegt Noor uiteindelijk, heel voorzichtig: 'Jij wel misschien?'

Geschrokken kijk ik ze aan. Wat ga ik zeggen? 'Eh... eh...' Denk na, Suus. Denk!

'Ik weet het wel,' zeg ik ten slotte. Noor en Derek kijken me geschokt aan. Ze lijken nu zo mogelijk nog meer van slag dan ze al waren. 'Ook nog niet zo lang, hoor,' verontschuldig ik me snel. 'Ik heb namelijk ook heel veel dollars gevonden. Verstopt in Milo's slaapkamer. Ik vond ze tijdens de opruiming van Milo's huis. Ik heb ze stiekem meegenomen. Sorry. Ik was in paniek.'

'En waarom heb je dit nooit verteld?' vraagt Noor fel.

'Eh.. ik weet het niet.'

'Ik vind dit heel vreemd,' zegt Noor ongelovig. 'En waar is dat geld nu?'

'Bij mij thuis,' zeg ik beschaamd. 'Het is niet zo dat ik het voor mezelf wilde houden. In Milo's huis laten liggen was geen optie. Ik dacht, zolang het bij mij ligt is het veilig.'

'Maar je kunt ons toch vertrouwen?' zegt Derek. O jee. Nu komt het echt lastige gedeelte. Ik schraap mijn keel. 'Eh... dat geld was niet het enige wat ik vond... Ik... eh... vond ook nog een heleboel pillen.'

'Pillen?' vraagt Noor.

'Pillen, ja. Echt heel veel. Met Chinese tekens op de doosjes. Ik had geen idee waar die voor waren, maar ik nam ze ook maar mee.'

'Juist. Dus als ik het goed begrijp hebben zowel jij als Noor voor duizenden dollars aan geld gevonden. Plus nog een enorme hoeveelheid pillen. Wat is hier in vredesnaam aan de hand?' vraagt Derek vertwijfeld.

'Nou... ik denk dat ik het wel weet,' zeg ik schoorvoetend. 'Vanwege die Chinese tekens had ik bedacht dat ik het beste aan een stel Chinezen kon vragen wat die pillen betekenden...' Help, hoe ga ik die afrodisiaca nou netjes inkleden? Ik kuch. 'Het bleken lustopwekkende middelen te zijn.'

'Wát?!' zegt Derek.

'Dat meen je niet,' reageert Noor ongelovig en ik weet meteen weer waarom ik deze hele affaire het liefst voor me wilde houden. God, wat is dit gênant. 'Ik geloofde het ook niet. Waarom zou Milo zoveel doosjes met afrodisiaca in zijn huis verstoppen? Het is alleen niet wat je nu misschien denkt.' Shit, nu moet ik ook nog vertellen dat ik onder valse voorwendselen zijn laptop bij Mieke en Willem heb meegenomen. 'Vervolgens heb ik in zijn laptop gezocht. En daar vond ik mailtjes van hem waaruit bleek dat hij een hele handel had in die pillen. Hij financierde de boel, liet het produceren en verkocht ze in China.'

'Niet!' zegt Noor ongelovig.

'Ik wilde het ook niet geloven. Nog steeds niet trouwens. Maar ik kan jullie de mailtjes laten zien om het te bewijzen. Ze zijn allemaal gericht aan ene Kuan-Yin en gaan maar over één ding: hun handeltje in die pillen.'

'Dit bestaat niet,' snikt Noor en ze begint te huilen. Terwijl Derek haar probeert te troosten, kijk ik een beetje onbeholpen toe. Wanneer ze enigszins is gekalmeerd, snottert ze: 'Milo zou zoiets nooit doen. Pillen verhandelen? Dat is niks voor hem.'

'Nee, dat vind ik ook. Maar het is echt zo.' Ik kijk naar het lijkbleke gezicht van Noor, haar ogen staan vol ongeloof. 'Ze waren overigens nep. De pillen werkten niet,' probeer ik nog. Maar ik zie aan Noors gezicht dat dit de situatie niet verbetert. 'Ik ben er ook kapot van, Noor. Dat is ook een reden waarom ik het jullie niet heb verteld. Het is zo… zo verwarrend.'

'Weet je dit heel, heel zeker?'

Ik knik verdrietig. 'Ja, het is echt waar. Sorry.' De blik die dan in Noors ogen verschijnt is hartverscheurend. In één klap is haar beeld van Milo, de broer op wie ze zo gek is, kapot. Godverdomme Milo, denk ik bij mezelf. Kijk wat je allemaal doet met die kloterige pillenhandel. Was het dat allemaal waard?

'Ongelooflijk,' zegt Derek uiteindelijk. Ook hij kan er niet bij. Milo was een schat, een superspontane gozer die met volle teugen van het leven genoot. Vriendelijk, open, eerlijk. Maar dat laatste blijkt dus helemaal niet zo te zijn. Waardoor ik alles over Milo in twijfel ga trekken.

'Ik… ik weet gewoon niet wat ik moet zeggen. Mijn eigen broer die…' Noor schudt haar hoofd.

'Ik weet het,' zeg ik. 'Plotseling lijkt alles een leugen. Dat is het grootste probleem waar ik de laatste weken mee rondloop.'

'Niet doen.' Derek kijkt me indringend aan. 'Wat Milo ook allemaal uitspookte, hij was gek op jou. En ook op jou.' En hij kijkt Noor aan.

'Misschien wel,' reageert Noor gelaten. 'Maar ik vind het een rotstreek van hem. Hoe haalt-ie het in zijn hoofd? Hij is gewoon een crimineel.' Noors gezicht drukt walging uit. 'Wie weet hier eigenlijk van?' vraagt ze na een tijdje.

'Niemand. Alleen mijn drie beste vrienden: Romijn, Joy en Flint. Maar zij houden hun mond, dat is zeker.'

'Dat is maar beter ook. Want één ding: niemand mag dit ooit te weten komen. Wij brengen dit verhaal niet naar de politie.'

Derek en ik kijken elkaar aan. Noor herhaalt haar woorden nog maar eens: 'Wij brengen dit verhaal niet naar de politie. Andere vrienden mogen dit nooit weten, de pers niet, en mijn ouders al helemaal niet. Hun wereld zou instorten als ze dit zouden horen.' Noor kijkt ons indringend aan.

Ik denk na. Nu Milo is overleden is Kuan-Yin zijn leverancier kwijt. Ik gok dat nu Milo er niet meer is, ook dit smerige handeltje een stille dood is gestorven. 'Dit komt nooit naar buiten. Dat beloof ik,' zeg ik ten slotte. Derek knikt instemmend. 'Beloofd.'

'En wat doen we met het geld?' vraagt Noor. 'Ik wil het niet in mijn huis hebben.' Het wordt stil. Deze vraag heb ik me de afgelopen drie weken al vaak gesteld. Aangezien we niets bij de politie melden, is het geld naar het bureau brengen geen optie. Het zou alleen maar lastige vragen oproepen die we niet willen beantwoorden. Het geld houden zou mijn leven een stuk aangenamer maken, dat geef ik toe. Maar ik voel me er allesbehalve prettig bij om van dat bezoedelde geld te leven.

'We kunnen het aan een goed doel schenken,' zegt Derek ten slotte.

Verrast kijk ik hem aan. 'Wat een ontzettend goed idee!'

'We moeten goed kijken wanneer en aan wie we het schenken, maar ik denk dat dit het beste is,' zegt Derek, en zijn ogen beginnen te twinkelen.

'Ik ben helemaal voor,' zeg ik enthousiast. 'Jij ook?' Derek en ik kijken Noor aan. Die zit nukkig in haar stoel.

'Prima,' zegt ze uiteindelijk onverschillig. 'Als ik het geld maar niet meer hoef te zien.'

'Kun jij het geld zolang bewaren? Ik ben te veel van huis.' Derek kijkt me vragend aan.

'Dat is goed. En die pillen?'

'Zo snel mogelijk door de wc spoelen,' antwoordt hij beslist.

21

'Kom op, Suus. Het is nu bijna twee maanden geleden dat je ontdekte dat Milo geld investeerde in een gouden handeltje van diarreepillen, maar nu moet je toch echt een keer je huis uit. De straat op. Onder de mensen komen.' Flint staat met zijn handen in zijn zij voor me, terwijl ik onderuitgezakt op de bank lig. Hij is onverwachts op bezoek gekomen, maar hij was nog geen minuut binnen of ik begreep dat meneer met een missie is gekomen. En die luidt: Suus uit haar dal trekken. Of iets wat daarop moet lijken. Ik voel Flints ogen naar me priemen, maar ik weiger zijn kant op te kijken. In plaats daarvan kijk ik ongestoord naar de tv: een dvd van mijn *guilty pleasure*, *Gossip Girl*. Al bijna het hele seizoen lang worstelt Blair met haar gevoelens voor de foute Chuck. Totaal onbegrijpelijk als je het mij vraagt. Foute mannen zijn helemaal niet aantrekkelijk. Ze zijn gewoon fout.

'Suus, hallo?' Flint zucht en komt naast me zitten.

'Oké, Chuck wil Blair ten huwelijk vragen, maar ze komt niet opdagen en daarom gaat hij vreemd met Jenny Humphry.'

'Wat?' Flint pakt de afstandbediening en zet de tv uit.

'Hé!'

'Hè hè, eindelijk contact. Suus, ik weet dat je je enorm ellendig voelt en ik begrijp dat helemaal. Maar je moet echt weer in actie komen. Je zit al weken te vegeteren in je eigen huis.'

'Nee.'

'Nee? Sorry, mopski, maar dat is niet het antwoord dat ik wil horen. Waar is die kittige Suus met wie ik al sinds mijn mislukte studie bevriend ben?'

'Weg. In rook opgegaan. Net als het idee dat ik een perfect vriendje had.'

'Luister, ik kan ook nog steeds niet geloven dat jouw Milo hiertoe in staat was. Sowieso, afrodisiaca verkopen in China, hoe kom je erop!?'

'Het zal wel een idee zijn geweest van die geweldige maat van hem, Kuan-Yin.'

'Heb je eigenlijk enig idee wie dat is?'

'Nee. En *frankly, my dear, I don't give a damn*. Het enige waar ik me druk over kan maken is het feit dat de jongen op wie ik hartstikke gek was en die me erg gelukkig maakte, een ordinaire oplichter blijkt te zijn. En ik kan hem dit niet eens onder zijn neus wrijven.'

'Is een medium geen idee? Ik ken een dame die met geesten kan praten. Misschien moet je bij haar aankloppen voor een klein onderonsje met Milo?' Ik kijk Flint vernietigend aan. 'Het was maar een idee.'

Dan gaat de deurbel. Vragend kijk ik naar Flint die meteen opstaat en naar de deur loopt. Even later hoor ik de stemmen van Joy en Romijn. Natuurlijk, hij heeft om versterking gevraagd. Ik nestel me nog steviger in mijn bank en sla mijn armen demonstratief over elkaar.

'Hi Suus,' Joy loopt mijn woonkamer binnen alsof er niets aan de hand is en kust me op mijn wangen. Ik zeg niks. Even later volgt Romijn, iets nerveuzer. Ik blijf zwijgen. Joy gaat op de salontafel voor me zitten en Romijn en Flint nemen naast me op de bank plaats. Ik ben ingesloten door mijn beste vrienden. Intimiderend, hoor. Maar niet heus.

'Suus, we maken ons zorgen,' zegt Joy met een ernstige blik. Je bent stil, komt niet buiten, je verzorgt jezelf nauwelijks.'

'Wat kunnen we doen om je te helpen?' vraagt Romijn.

'Ehm, eens denken... Milo weer levend maken? En o ja: ervoor zorgen dat hij helemaal niet in de foutepillenbusiness zat?' Uitdagend kijk ik mijn vrienden aan, die vertwijfeld terugstaren, niet wetend wat ze moeten zeggen.

'Jullie bedoelen het allemaal goed, dat weet ik wel. Maar ik ben simpelweg in shock. Hoe kan ik me zo hebben vergist in Milo? Hoe kan het dat ik het niet heb gezien? Hij heeft me gewoon achtergelaten met zoveel vragen. En ik ben boos. En verdrietig. En als ik zou weten hoe jullie me kunnen helpen zou ik het meteen zeggen, echt. Want ik wil me niet zo klote voelen.'

'Heb je Noor of Derek nog gesproken?' vraagt Romijn. Ik schud mijn hoofd.

'Is het niet goed om dat eens te doen? Zij waren ook erg close met Milo en hadden net als jij niets door. Zij zitten in hetzelfde schuitje.'

Misschien heeft Romijn gelijk. Noor en Derek moeten zich ook bedonderd voelen. En als ze geen last hebben van deze verwarrende gevoelens, dan hoor ik graag hoe ze dat doen.

'Dat is wel een goed idee, Romijn. Derek en Noor zijn samen nog een keer bij mij geweest om de mailtjes te lezen, maar sindsdien heb ik ze allebei niet meer gezien. Stom eigenlijk.'

'Bel ze dan straks even, volgens mij heb je daar echt wat aan. Gedeelde smart is halve smart, toch?' zegt Joy.

Zodra mijn vrienden de deur uit zijn, bel ik Noor.

'Met Noor.'

'Hallo, met Suus.'

'O, hallo.'

'Hoe gaat het met je?'

'Niet zo goed. Maar dat lijkt me logisch.'

'Ja, sinds ik het weet van die pillenhandel heb ik ook een enorme terugval. Ik ben zo in de war. Trek ineens alles wat Milo heeft gezegd en gedaan in twijfel. Hoe goed kende ik hem nu werkelijk?'

'Uh-huh,' reageert Noor afwezig. Heeft ze geen tijd of heeft ze geen flauw benul waar ik het over heb?

'Heb jij daar geen last van?'

'Tuurlijk wel. Maar weet je... eigenlijk wil ik het er helemaal niet meer over hebben. Ik wil deze nare geschiedenis achter me laten. Telkens als ik pap en mam zie, heb ik het gevoel dat ik aan het liegen ben. En dat vind ik vreselijk. Ik wil het vergeten.'

'Maar... maar kun je dat dan zomaar?'

'Niet als jij me er de hele tijd aan herinnert,' reageert ze plotseling geïrriteerd.

Pardon? Dit is de eerste keer dat ik haar erover spreek! Het lijkt bijna alsof ze míj alles kwalijk neemt. Ik ben natuurlijk degene die is gaan graven en Milo's handeltje heeft ontdekt, maar ik heb er verder niks mee te maken. Volgens mij is dit een typisch geval van *'don't shoot the messenger'*. Het is in ieder geval duidelijk dat ik in Noor geen medestander vind. Gedeelde smart is wat haar betreft alleen maar ballast.

'Het spijt me als dit een beetje lomp overkomt…' zegt Noor ten slotte. 'Maar ik vind die hele pillenhandel van Milo zo walgelijk, ik wil er gewoon niet aan denken. Dus bel me hier niet meer over, alsjeblieft. Misschien is het sowieso beter als je me niet belt. Ik vind het te pijnlijk. Dag.' Ze verbreekt de verbinding.

Verbaasd kijk ik naar het mobieltje in mijn hand. Wauw, die zag ik niet aankomen. Het lijkt erop dat er in de familie Den Hartog meer mensen voorkomen die zich aardiger voordoen dan ze blijken te zijn. Is het wel verstandig om nu Derek te bellen? Straks krijg ik weer het deksel op mijn neus. Tegen beter weten in bel ik hem toch.

'Met Derek.'

'Hallo, met Suus.'

'Hé, hoe gaat het met je? Stom, ik wilde je de hele tijd al bellen. Het is veel te lang geleden dat ik je sprak. Sorry.'

Ik haal opgelucht adem. Eén botte afwijzing op een dag vind ik wel genoeg. 'Dat geeft niet. Ik heb natuurlijk ook niks van me laten horen. Ik was vooral met mezelf bezig, denk ik.'

'Dat is niet gek. Je hebt nogal wat te verwerken.'

'Ja. Ehm… Zullen we anders ergens afspreken? Ik heb wel behoefte aan een vriendelijk gezicht. En eigenlijk ben jij de enige met wie ik erover kan praten.'

'Natuurlijk,' zegt Derek tot mijn grote opluchting. 'Waar en wanneer wil je afspreken?'

'Morgenmiddag? Bij jou thuis? Dan kunnen we vrijuit praten,' voeg ik eraan toe. Ik wil absoluut niet opdringerig overkomen.

'Prima. Uurtje of twee?'

'Is goed.'

'Weet je eigenlijk wel waar ik woon?' grinnikt Derek. En ik besef dat Derek ons altijd in een kroeg of restaurant trof, of bij Milo thuis. Milo heeft me vast wel eens verteld waar Derek woont, maar ik ben er nooit geweest. Wat stom.

'Ik heb geen flauw idee.' We beginnen allebei hard te lachen. En ik realiseer me dat het lang geleden is dat ik zo uitbundig heb gelachen.

22

'Zo fijn dat ik vandaag al langs mocht komen,' zeg ik als ik Derek heb begroet.

'Natuurlijk, geen probleem. Je doet alsof ik je een enorme gunst verleen,' reageert hij verbaasd.

'Nou… om je eerlijk te zeggen…' Even twijfel ik of ik Derek over Noors kattige afwijzing moet vertellen. 'Vlak voordat ik je belde had ik Noor aan de telefoon en die had helemaal geen trek in mij.'

'Want?'

'Ze wil totaal niet meer denken aan Milo's criminele handeltje. En volgens Noor herinner ik haar daar te veel aan. Dus vroeg ze me op niet zo heel aardige toon of ik haar alsjeblieft niet meer wilde bellen.'

'Echt?' Derek schudt zijn hoofd. 'Zoiets had ik niet achter Noor gezocht. Ze draait vast wel weer bij. Voor haar is het ook niet makkelijk. Wat wil je drinken? Zal ik een espresso maken?'

'Graag.' En terwijl Derek zijn keuken induikt, kijk ik rond in zijn appartement. Het is de bovenste etage van een enorme woontoren. Een strakke inrichting met weinig meubels en kleur. Beetje kil. Ook kan ik maar weinig echt persoonlijke dingen ontdekken, spullen die een huis juist karakter geven. Ik loop naar de enorme ramen en kijk naar buiten. 'Wauw, het uitzicht is echt geweldig.'

'Dat was ook de belangrijkste reden dat ik dit penthouse heb gekocht. Dat, en de ligging.'

'Maar volgens mij ben je niet zo heel veel thuis, klopt dat?'

'Klopt, ik werk heel veel, moet ook veel reizen en dan heb ik nog het huisje in Costa Rica.'

'… wat in niets lijkt op dit strakke interieur.'

Derek lacht. 'Mijn relaxte leventje daar staat inderdaad in schril contract met de ratrace hier. Ach...' Hij haalt zijn schouders op. 'Juist dat verschil houdt het leuk.'

Dan valt mijn oog op een foto van Milo en Derek. Het eerste persoonlijke dat ik in zijn huis zie. De foto is gemaakt in Costa Rica, de twee vrienden staan met hun armen over elkaars schouder, in zwembroek, breed lachend naar de camera. 'Heb ik die gemaakt?' vraag ik. Derek komt naar me toe gelopen, de kopjes espresso in zijn hand. Hij knikt.

'Het was goed daar, hè?'

'Altijd,' zegt Derek. 'Milo kan dan wel een fout handeltje in pillen hebben gehad, maar hij blijft de beste vriend die ik ooit heb gehad. Dat doet daar niets aan af.'

'Echt? Ik twijfel juist ineens aan alles. Hoe goed kende ik hem nou echt? Hoe eerlijk was hij tegen mij?'

'Luister, Suus, die pillen, dat keur ik helemaal niet goed. Absoluut niet. Ik heb er de laatste tijd veel over gepiekerd en ik ben er inmiddels van overtuigd dat Milo zich amper realiseerde waar hij mee bezig was. Je weet toch hoe lichtzinnig hij kon zijn? Het enige wat hij waarschijnlijk dacht was dat hij zo lekker makkelijk geld kon verdienen.'

Ik staar door het enorme raam naar buiten, terwijl ik Dereks woorden op me laat inwerken. Als hij naast me staat en mij een espresso geeft, gaat hij verder. 'Ik weet honderd procent zeker dat hij van jou hield. Als ik ooit ook maar een fractie had getwijfeld aan Milo's bedoelingen met jou, dan had ik hem nooit aangemoedigd jou te bellen... Dan had ik jouw visitekaartje zelf bewaard en je mee uit gevraagd.' Ik kijk Derek fronsend aan. En als hij mijn verbaasde blik ziet, lijkt hij pas te beseffen wat hij zojuist gezegd heeft. 'Dat bedoel ik natuurlijk bij wijze van spreken. Geen leuke grap van me, sorry.' En hij kijkt ongemakkelijk weg. Met snelle passen loopt Derek naar de keuken. Terwijl hij daar met zijn rug naar mij toe in een kastje rommelt, zegt hij: 'Milo was nog nooit zo verliefd als op jou.' Hij draait zich om en kijkt me aan: 'Geloof me nou maar.'

Ik kijk weer naar Milo op de foto terwijl ik Dereks woorden tot me door laat dringen. Ik besef dat hij gelijk heeft. Milo had dan misschien wel een louche zaakje, maar hij hield echt van me. Dat was geen leugen.

'Ik ben blij dat ik hier ben,' zeg ik uiteindelijk. 'Het doet me goed met je te praten.'

'Mij ook,' glimlacht Derek. 'Zal ik mijn laptop pakken zodat we de foto's van Costa Rica kunnen bekijken?'

'Goed idee.'

Derek gaat op zijn strakke leren bank zitten en zet de laptop op het tafeltje ervoor. Hij start de slideshow en algauw glijden de foto's van afgelopen zomer voorbij. Milo op een surfplank, Derek en Milo op het strand, samen voor hun huis, op het terras bij Pilar en Antonio. En ook een paar van mezelf in bikini.

'O help,' kreun ik als er een foto voorbijkomt waarop ik in mijn kleinste bikini op een surfplank sta.' Derek lacht.

'Een echt surftalentje ben je inderdaad niet.' Ik geef Derek een duw en lach mee.

'En bedankt!' Om er vervolgens besmuikt aan toe te voegen: 'Ik bedoelde eigenlijk mijn lijf.'

'Helemaal niks mis met wat ik zie, hoor,' reageert Derek rustig.

Stiekem kijk ik hem aan. Ik zie hem aandachtig naar mijn foto kijken. Dan verschijnt de volgende. Derek met Dulci in zijn armen, een van zijn veroveringen: een langbenige, superslanke beauty. Die man heeft werkelijk alleen maar modellentypes aan zijn arm hangen. 'Dulci!' zeg ik maar.

'Dat jij dat nog weet,' antwoordt Derek, enigszins verbaasd.

'Je gaat me toch niet vertellen dat je haar naam niet meer wist?'

'Nee, zo fout ben ik nou ook weer niet. Ik weet heus nog wel wie ze is. Dulci was een leuke meid, erg lenig ook. En jammer genoeg was Dulci zeer oppervlakkig.' Hoofdschuddend kijk ik hem aan. 'Sorry, maar dat vond ik. Ik ken nu eenvoudigweg niet veel vrouwen met wie ik kan lachen én praten.'

'Hm. Volgens mij zoek jij gewoon op de verkeerde plaatsen.'

'Eigenlijk denk ik dat ook.'

'Goedemorgen Suus, wat fijn jou weer hier te zien.' Guusje geeft me een glimlach van oor tot oor en gaat tegenover me zitten. Sinds pillen-gate ben ik niet meer op de redactie verschenen, maar ik heb Cordelia gebeld en aangegeven dat ik weer wil werken. Vier dagen in de week.

'Durf je het weer aan?'

Ik knik. 'Ik ben door een diep dal gegaan, maar de laatste week voel ik me stukken beter. Bovendien, van dat thuiszitten ga ik ook maar malen.'

'Gelijk heb je. Maar je weet het: als het niet gaat, gaat het niet. Ga je niet stoerder voordoen dan je bent. Afgesproken?'

'Ja mevrouw.'

Guusje lacht. Dan gaat haar telefoon. 'Redactie SHE, met Guusje.' Ze rolt met haar ogen. 'Hallo Amalie. Dat is nog niet zo lang geleden. Had je gisteren ook niet gebeld?' Ik begin zachtjes te lachen. Wat heeft Amalie dit keer bedacht? Een portrettenreeks met onbekende voetbalvrouwen? Een column over het zware leven dat voetbalvrouwen leiden? Of wil ze haar nieuwe boek pluggen? Maar uit het gesprek maak ik op dat ze dit keer voor iets anders belt.

'Het spijt me, Amalie, maar ik ga daar niet over. Daarvoor moet je Cordelia hebben. Maar die is echt te druk om haar voor dit soort zaken lastig te vallen. En ik kan je nu al vertellen dat we eigenlijk alleen vaste medewerkers gratis nummers toesturen. En vaste freelancers.' Amalie wil graag een gratis abonnement op SHE? Haar schaamteloosheid kent werkelijk geen grenzen. 'Maar Amalie,' werpt Guusje tegen, 'je hebt misschien vier, vijf keer voor ons geschreven. En die nummers heb je toegestuurd gekregen. We strooien echt niet met abonnementen, hoor.' Ik hoor Amalie's stem door de telefoon heen. Guusje doet alsof ze moet gapen. Dan zegt ze plotseling: 'Het spijt me dat ik je moet afkappen, maar ik moet nu de redactievergadering in. Dag!' En ze hangt op.

'Knap dat je nog zo lang naar Amalie kunt luisteren. Ik had na een minuut al opgehangen.'

'Ze is zo hinderlijk en dom dat het weer grappig is,' antwoordt Guusje.

'Guusje en Suusje, mijn twee favoriete redacteuren.' Ik kijk op en zie Benno naast mijn bureau staan. Zijn trui steekt in zijn broek. Ai.

'Hoe gaat het met je?'

'Beter, geloof ik.'

'Wacht maar tot je Cordelia spreekt. Ik geloof dat ze goed nieuws voor je heeft.' Vragend kijk ik Guusje aan, maar die haalt quasigeheimzinnig haar schouders op. Krijg ik misschien groen licht om mijn eigen interviews te doen? Na het debacle met Solange Ronduijt-Blanco heeft Cordelia kordaat de stekker uit haar samenwerking met Bliss getrokken. Het kan niet anders dan dat dit het is. Ik glunder. Mijn inzet en geduld worden beloond. Mijn leven gaat weer bergopwaarts, ik voel het.

'Suus, of je zo even bij Cordelia wilt komen,' zegt Didi. Ik werp een betekenisvolle blik naar Guusje, maar die doet alsof haar neus bloedt.

'Welkom terug,' zegt Cordelia opgewekt als ik haar kamer binnenloop. 'Mag ik eerst zeggen hoe knap ik het vind zoals je je staande houdt? Hoe je omgaat met het grote verlies van Milo, heel dapper en sterk. Ik vind je werkelijk een voorbeeld voor andere jonge vrouwen.'

'Dankjewel,' zeg ik een beetje ongemakkelijk. Eerlijk gezegd vind ik mezelf helemaal niet zo'n krachtige vrouw. Maar als mijn bazin dit vindt, ga ik haar natuurlijk niet uit de droom helpen.

'Wij hadden voordat Milo overleed natuurlijk enkele afspraken op papier staan.' Ik knik. 'Vlak voor je afwezigheid hadden we dat akkefietje met Bliss. Hoewel "akkefietje" eigenlijk een understatement is. In overleg met de directie heb ik besloten om de stekker uit onze samenwerking te trekken. Bliss was het hier niet mee eens, dat snap je. Ze dreigde zelfs dat de sterren die zij stylet nooit meer met *SHE* zouden werken. Hoe dan ook, ik wil graag dat jij de interviews gaat doen die Bliss eigenlijk zou doen. Jij mag, afwisselend met Benno, om de week een groot interview maken voor *SHE*. Vind je dit een goed idee?'

Enthousiast kijk ik haar aan. 'Ik vind het een heel goed idee! Het lijkt me hartstikke leuk om te doen natuurlijk.'

'Dat dacht ik al. Welke mensen je gaat interviewen zullen we telkens in overleg bepalen. Alle suggesties zijn welkom en tijdens redactievergaderingen zullen ook namen naar voren komen. Voor je eerste interview is echter al een afspraak gemaakt.'

'Geen probleem,' antwoord ik. 'Om wie gaat het?'

'Maurice van Zanten,' zegt Cordelia trots. 'Mét zijn vrouw Maureen. Het eerste interview na die hele affaire rondom zijn vermeende overspel. Maar daar weet jij natuurlijk alles van, aangezien het *Scoop* was die deze primeur bracht.'

Daar weet ik inderdaad alles van. Die primeur was namelijk van mij. Wat echter niemand weet, aangezien mijn lieftallige chef Skylla Boels alle eer opstreek.

'Het was destijds in alle media, iedereen had het erover. Maar de Van Zantens hielden hun lippen stijf op elkaar. Geweldig dus dat ze in SHE voor het eerst hierover willen praten. Toch?' Cordelia kijkt me vragend aan.

'Een buitenkans,' lieg ik. Als Maurice me maar niet herkent. Hoe zal hij reageren als hij ontdekt dat ik voor *Scoop* heb gewerkt? Voor het eerst ben ik zowaar blij met het feit dat iedereen denkt dat Skylla Maurice heeft ontmaskerd.

'Denk je niet dat Maurice het een probleem vindt dat ik een oude *Scoop*-medewerkster ben?'

'Welnee, dat weet hij toch helemaal niet. Bovendien, het wordt nu toch een positief verhaal?' Ach natuurlijk, het wordt een gezellig onderonsje waarin we praten over hun overwonnen huwelijkscrisis. Ik zal mijn beste acteerkunsten moeten aanboren om dat spel mee te kunnen spelen. Ik krijg al pijn in mijn buik bij het idee. Het is zo fake. Ik wil zo niet werken. Of zo zijn.

'Op Suus, die als een feniks uit de as is herrezen.' Flint tikt zijn glas tegen het mijne en neemt vervolgens een grote slok. Flint en ik zitten op mijn bank te toosten op het volgende hoofdstuk in mijn carrière.

'Eerst moet ik nog het interview met Maurice van Zanten zien te overleven.'

'Dat kan een mooi toneelstukje worden.'

'Tenzij hij me herkent. Ik heb hem natuurlijk ooit geïnterviewd voor *Scoop*.'

'En wat dan nog? Voor het eerst mag je Skylla dankbaar zijn dat ze je primeur voor je neus heeft weggekaapt.'

'Nou, op Skylla dan maar.'

'Jij zult dat interview met die overspelige kabouter glansrijk doorstaan. Met droge ogen ga jij meeleven met de huwelijksperikelen van dat stel. Je zult zien, aan het einde zit je hun tranen te deppen met jouw zakdoekje. *Mark my words*: jij kunt dit. "I'm a Survivor" is gewoon jouw lijflied.'

'Natuurlijk,' reageer ik sarcastisch. 'Wil jij dan onthouden dat dit gedraaid moet worden tijdens mijn begrafenis?'

'Ik ben echt trots op je, hoor. Weduwette, de roddelpers die je stalkt, het duistere verleden van je grote liefde. Het is nogal wat waarmee je moet dealen. Eigenlijk ben je mijn eigen kleine Liz Taylor.'

'Ik heb inmiddels wat drama's gehad in mijn leven, dat is waar. Maar mag ik je eraan herinneren dat Elizabeth Taylor wel acht keer is getrouwd en bij mij de teller nog op nul staat? Ik beschik niet eens over een liefdesleven!'

'Dat komt wel goed, mopski. Gewoon zorgen dat je straks dat boeketje vangt en dan volgt de rest vanzelf.'

'Boeketje vangt. Wat bedoel je?'

'Op Joys bruiloft natuurlijk. Gewoon dat ding vangen en jij bent de volgende die trouwt. Zo werkt het toch?' Flint geeft me een knipoog. Maar als hij mijn boze gezicht ziet, betrekt zijn gezicht. 'Oeps.' Flint brengt zijn hand voor zijn mond.

'Inderdaad "oeps",' zeg ik kwaad. 'Dus Joy gaat trouwen? Fijn dat ik dit ook weet.' Flint trekt een moeilijk gezicht. Het is duidelijk dat hij enorm baalt van zijn verspreking.

'Hoelang weet je dit al?' vraag ik streng.

'Mopski,' zegt Flint met een treurige blik, alsof ik medelijden met hém moet hebben. Ik blijf hem nijdig aankijken. 'Ik weet het nu misschien twee, drie weken? Maar Joy drukte me op het hart om het vooral niet aan jou te vertellen.'

'Dat was dan dom van Joy. Ze weet toch dat jij geen geheimen kunt bewaren? En dan nog. Vroeg of laat was ik er toch achter gekomen. Of wil ze in het geheim trouwen? Of gaat ze mij soms niet uitnodigen?'

'Ho ho, ik kan heus wel geheimen bewaren,' reageert Flint ge-pikeerd. 'Ik heb immers niemand verteld over Milo's handel in die afrodisiaca. Weet je wel hoe moeilijk dat voor mij is?'

'Nou, een knappe prestatie van je,' zeg ik cynisch. 'En ik vind het ook echt heel bewonderenswaardig dat je Joys geheim zo lang met je mee hebt kunnen dragen. Laat me raden: Romijn weet het zeker ook?'

Flint haalt gelaten zijn schouders op.

'Perfect. Mijn beste vrienden spannen gewoon samen. Ik dacht dat jullie inmiddels wel doorhadden dat het erg pijnlijk is als je ontdekt dat de mensen met wie je close denkt te zijn, geheimen blijken te hebben. Godver, eerst zit Milo me voor te liegen en nu jullie!' Flint kijkt me aan, hij durft niets te zeggen. 'Als je het niet erg vindt heb ik wel weer genoeg gehad voor vandaag. Het is be-ter dat je nu gaat.'

Flint zegt niets en doet braaf wat ik hem heb gevraagd. Alleen als hij de voordeur opent om te gaan, zegt hij zachtjes: 'Het spijt me, Suus.'

Maar daar heb ik nu helemaal geen boodschap aan. Dat mijn beste vriendin niet de moeite neemt om me te vertellen dat ze gaat trouwen, vind ik een waardeloze actie. Wat denkt ze wel niet? Ik ben dat achterbakse gedrag zo ontzettend zat. Is niemand dan nog te vertrouwen? Ik voel dat ik steeds woedender word. Toch pak ik mijn mobieltje. Maar nog voordat ik Joys nummer heb gevon-den, bedenk ik me. Het is beter als ik mijn huichelachtige vrien-din er direct mee confronteer. Ik ga gewoon naar haar toe en bel aan. Ze zal zich rot schrikken. Mooi zo.

In de tram bekijk ik Joys berichtjes van de laatste tijd. Geen spoortje te bekennen van eventuele trouwplannen. Joy zit goed in haar rol, dat is duidelijk. Net als Milo. Bah. Een rilling kruipt langs mijn rug.

'Suus! Wat een verrassing!' Joy doet haar deur helemaal open en laat me binnen. 'Is alles in orde?' vraagt ze als ik stug zwijgend, maar met een boze blik haar gang binnenstamp. Mijn lichaams-taal is duidelijk, merk ik tevreden.

'Nee, niet echt,' antwoord ik. 'Sinds ik heb ontdekt dat een van mijn beste vriendinnen belangrijke dingen niet met mij deelt, twijfel ik eraan of die vriendschap nog wel zo goed is. Wat denk jij, Joy?' En ik kijk haar strak aan.

Joy slikt. 'Je weet het.' Ik knik. 'Flint?' fluistert ze.

'Wie anders?' antwoord ik cynisch. 'Ik kan niet geloven dat jij dit niet aan me hebt verteld. Nog fouter vind ik het dat je het wel aan de anderen hebt verteld en hun dan ook nog vraagt om dit voor mij te verzwijgen. Shocking. En stijlloos.'

'Sorry.'

'Sorry? Het spijt me, Joy, maar dat is niet genoeg. Na alle ellende die ik heb moeten doorstaan, zijn dit soort stiekeme acties extra kwetsend. Jullie sluiten me gewoon buiten. Ik heb het gehad met je. Veel plezier op je bruiloft.' Woest draai ik om en loop weg.

23

'Suus, wacht.' Joy gaat voor me staan zodat ik niet verder kan lopen. 'Laat me het je uitleggen.'

'Valt er iets uit te leggen dan?'

'Ik vind van wel.'

'Doe je best,' zeg ik afwachtend. 'Wanneer was je van plan me dit te vertellen?'

'Niet. Althans, voorlopig nog niet.' Ik kijk haar niet-begrijpend aan.

'Suus, alsjeblieft, probeer het te begrijpen. Het is niet dat ik het je niet vertelde omdat ik iets wilde verzwijgen. Ik heb het niet verteld omdat ik je wilde beschermen. Ik was bang dat je het niet zou aankunnen. Dat het nog te vroeg zou zijn. Ik wilde je niet confronteren met mijn geluk. Onder je neus wrijven dat ik ga trouwen, terwijl jij... jij...' Joy zoekt naar woorden.

'... helemaal niemand meer hebt,' maak ik verbitterd haar zin af.

'Ja, zoiets,' zegt Joy, iets minder overtuigd. 'Echt Suus, het allerlaatste wat mijn bedoeling was, was om je te kwetsen. Je bent mijn beste vriendin, ik geef om je. Ik vind het verschrikkelijk om te zien dat je zo'n verdriet hebt. Dan kan ik toch niet op je afstappen en doodleuk vertellen dat O me ten huwelijk heeft gevraagd?' Ik zwijg. 'Bovendien: ik wil dit samen doen. Ik zou het onwijs fijn vinden als jij mijn getuige wilt zijn. En ik wil samen met jou een bruidsjurk uitzoeken. Maar Ole en ik hebben afgesproken dat we pas een datum prikken als jij denkt dat je eraan toe bent. Goed?'

Geërgerd kijk ik haar aan. 'Jij denkt te weten wat goed voor mij is, maar intussen sla je de plank volledig mis. Je hebt me enorm gekwetst, juist door het niet te vertellen.'

'Dat begrijp ik nu. Het spijt me.'

'Eerst houdt Milo dingen voor me achter en nu jij. Wat komt er nog meer? Romijn die zwanger is?'

'Alsjeblieft niet! Niet van die labiele Fedde!'

Nu moeten we allebei lachen.

'Sorry, Suus. Je hebt helemaal gelijk. Het was arrogant van mij. Ik wil je graag beschermen, maar volgens mij ben ik een beetje doorgeschoten.'

'Een beetje? Ik kan meer aan dan je denkt. En anders geef ik dat wel aan.'

'Wij willen niets anders dan dat ook jij loopt te stralen op onze trouwdag. Wij geven om je en we willen je dolgraag deel uit laten maken van onze plannen en onze dag. Het spijt me dat ik het je niet heb verteld. Ik dacht echt dat dit het beste was.'

'Oké. Het is al goed.'

Joy glimlacht opgelucht.

'Maar vertel me dan nu alle ins en outs.'

Joy kijkt me bedenkelijk aan. 'Weet je het zeker?'

'Hallo! Natuurlijk. In goede en in slechte tijden. Zoals jij er nu altijd voor mij bent, wil ik er voor jou zijn. Ik wil met je meeleven. En als ik het niet trek, dan zeg ik het wel.'

'Beloofd?'

'Beloofd.'

Maar zodra Joy van wal steekt heb ik al spijt. Ole blijkt haar op een superromantische manier ten huwelijk te hebben gevraagd door haar mee te nemen naar de plek waar ze elkaar hebben ontmoet. In Oles oude studentenhuis waar vroeger veel wilde feesten werden gehouden, is nu een hip restaurant gehuisvest. Uiteraard zaten de medewerkers in het complot en zorgden die op het juiste moment voor de champagne. Terwijl Joy vertelt, probeer ik zo enthousiast mogelijk te doen. Uiteraard ben ik blij voor haar. Ze is al een hele tijd met Ole en ze zijn gek op elkaar. Trouwen is in hun geval een volkomen logische stap. En Joy is, hoe geëmancipeerd ze dan ook overkomt, niet het type dat zelf haar vriend ten huwelijk zal vragen. Dus dit aanzoek is perfect.

'Weet je...' Joy aarzelt even. Ze neemt mijn gezicht op en lijkt in te schatten of ze wel kan zeggen wat ze wil zeggen. 'O, ik hoop niet dat je dit helemaal verkeerd opvat.'

'Wat dan?'

'Nou... Wrang genoeg heeft eigenlijk Milo's dood ervoor gezorgd dat Ole me ten huwelijk heeft gevraagd.'

'Wat?' Ik kijk haar niet-begrijpend aan. 'Hoe bedoel je dat?'

'Milo's dood heeft O aan het denken gezet. En hij beseft eens te meer hoeveel hij van me houdt. Hij realiseert zich hoe speciaal het is wat wij samen hebben. En... en dat dit in één keer weg kan zijn.' Joy kijkt me aftastend aan.

Ik slik en kijk weg. Nerveus speel ik met de leren armbandjes om mijn pols. Deze laatste ontboezeming is een klap in mijn gezicht. Hoe goed misschien ook bedoeld, ik kan op dit moment alleen maar leegte voelen. Inderdaad, het was bijzonder wat Milo en ik hadden. Wij hielden van elkaar. Wij hoorden verdomme bij elkaar. Hoe vaak kom je in je leven zo'n soulmate tegen? En nu is hij weg. Gestikt in een stukje vlees. Hoe lullig kan het zijn. Het is gewoon zo oneerlijk. Onbewust bal ik mijn vuisten. Verdomme! Ik wilde ook door Milo ten huwelijk worden gevraagd. Ik wilde ook oud worden met hem. In plaats daarvan ben ik helemaal alleen en voel ik me doodongelukkig.

'Nou, heeft zijn dood tenminste nog íéts positiefs gebracht,' zeg ik bitter. En ik sta op. 'Ik moet gaan. Het is al laat en ik ben doodop. Morgen moet ik weer werken en ik heb al zoveel moeite om mijn hoofd erbij te houden.'

'Natuurlijk,' antwoordt Joy enigszins verslagen. Ze kijkt me schuldbewust aan en meteen heb ik weer spijt. Alsof Joy er iets aan kan doen dat Milo er niet meer is. Ze past zelfs haar trouwdatum aan vanwege mij. Maar ik voel me slecht. Ik heb gedaan alsof ik echt blij voor haar ben en het niet vooral verschrikkelijk zielig vind voor mezelf. Maar nu kan ik het niet langer opbrengen. Ik moet gaan.

Als ik de deur uitloop, weet ik nog net gemaakt opgewekt uit mijn mond te persen: 'Groetjes aan je verloofde!' Maar ik ben de hoek nog niet om of ik begin te janken. Hoezeer ik het Joy ook allemaal gun, ik heb me nog nooit zo eenzaam gevoeld. Het is oneerlijk. Ik was zo gelukkig met Milo. En nu, nu lijkt het alsof onze relatie alleen nog maar een waarschuwing is voor hoe gruwelijk het kan misgaan. Om mezelf nog meer te kwellen gluur ik door de ramen naar binnen en daar zie ik – uiteraard – allemaal mensen die het reuzegezellig hebben met elkaar. Even later komt een bejaard stelletje me tegemoet lopen. En ja hoor, net als ik denk dat het allemaal niet erger kan, begint het ook nog te regenen.

Ik wil niet naar huis, want ik wil niet alleen zijn. Maar naar wie kan ik toe? Ik kan niet naar Flint of Romijn. Ik wil absoluut voorkomen dat Joy via hen hoort dat ik half ben ingestort na ons gesprek. Ze mag zich niet schuldig voelen vanwege haar geluk. Maar ik kan ook niet langer in de regen blijven lopen. Ik begin nu al aardig doorweekt te raken. Derek, schiet het ineens door mijn hoofd. Hij is de enige bij wie ik op dit moment terechtkan. Bovendien woont hij vrij dicht bij Joy. Inmiddels is het echt gaan plenzen en ik probeer zo goed mogelijk de regenplassen te vermijden. Desondanks sta ik helemaal doorweekt voor Dereks deur.

'Suus,' roept Derek opgewekt als hij de deur opent. Maar als hij mijn bedrukte gezicht ziet herstelt hij zich. 'Kom snel binnen. Wat is er gebeurd?' Terwijl hij mij mijn doorweekte jas helpt uit te trekken, doe ik hortend en stotend mijn verhaal.

'Joy… mijn beste vriendin… ze gaat trouwen. En ik… ik vind… echt… Ik vind het hartstikke tof voor haar, maar ik… Terwijl ze over haar aanzoek vertelde kon ik alleen maar denken hoezeer ik Milo mis.' Inmiddels is mijn jas eindelijk uit en staat Derek met die druppende lap in zijn handen tegenover me. Hij kijkt me bezorgd aan. 'Ik mis hem zo, Derek. Het doet zo'n pijn.'

'Ik weet het.' En hij drukt me tegen zich aan. 'Ik mis Milo ook.'

Superattent als hij is, biedt Derek een warme douche aan. 'Dan kun je opwarmen. Ik zal je kleren geven.'

Als ik gedoucht en in een dikke wollen trui en veel te grote joggingbroek de woonkamer inloop, zit Derek al op de bank. Op de tafel voor hem twee dampende bekers. 'Ik heb warme chocolademelk gemaakt.'

Verrast kijk ik Derek aan. 'Warme chocomel? Goh, ik wist niet dat je zo huiselijk was.'

'Nou… Dat pak staat al drie jaar ongeopend in mijn kastje. Maak je geen zorgen,' zegt hij als ik hem gek aankijk, 'de houdbaarheidsdatum was nog niet verstreken, hoor.'

'Vooruit dan.' Ik ga naast hem op de bank zitten en neem een slok. De chocolademelk smaakt prima. 'Het spijt me dat ik zo onaangekondigd kom binnenvallen. Maar ik wist even niet meer bij wie ik terechtkon.'

'Dat is oké, je hoeft je helemaal niet te verontschuldigen. Wil je erover praten?'

Ik haal diep adem. 'Ik heb net ontdekt dat mijn beste vriendin Joy gaat trouwen. En het lullige is dat ik het van iemand anders moest horen. Ze heeft het me niet verteld om me zogenaamd te beschermen. Maar ik voel me zo buitenspel gezet. Nou ja, uiteindelijk hebben we het uitgepraat en ik begrijp Joy wel. Ze wil me ontzien. Ze heeft zelfs de bruiloft uitgesteld vanwege mij.'

'Klinkt als een heel loyale vriendin.'

'Ja, ze is ook heel lief voor me. Ze steunt me echt.'

'Wat is dan het probleem?'

'Dat ze gaat trouwen!' Ik schud mijn hoofd. 'Ik ben in de war, geloof ik. Aan de ene kant wil ik blij zijn voor haar, echt, dat meen ik serieus. Maar aan de andere kant kan ik alleen maar denken aan wat Joy wel heeft en ik niet. Een vriend. Milo.' Ik haal mijn neus op en neem weer een slok. 'Het is allemaal zo zinloos. Ik bedoel, je leert mensen kennen, sluit vriendschappen of wordt verliefd en uiteindelijk gaat iedereen dood en blijf je met lege handen alleen achter. Het enige wat je hebt is een gebroken hart en verdriet. Of nog erger: je ontdekt dingen over die persoon die het daglicht niet kunnen verdragen.'

We zwijgen allebei. Dan begint Derek ineens te grinniken.

Verbaasd kijk ik hem aan. 'Wat is er?'

Derek schudt zijn hoofd. 'Sorry. Het is heel slecht, maar weet je wat het eerste was wat ik dacht toen ik je zo paniekerig voor mijn deur zag staan?'

'Eh, nee?'

'Ik was bang dat je een nieuwe criminele actie van Milo had ontdekt. Hoe stom is dat?'

'Dat is echt erg.' Ik lach en Derek begint ook weer.

'Hij heeft een behoorlijke tik uitgedeeld met die domme pillen-handel van hem,' zeg ik uiteindelijk. Theatraal voeg ik eraan toe: 'We zijn helemaal getraumatiseerd!'

Derek schudt lachend zijn hoofd. 'Eikel.'

Als ik de volgende ochtend wakker word, duurt het even voordat ik doorheb waar ik ben. Ik herken het enorme, zachte bed met de heerlijk dikke lakens helemaal niet. Maar dan weet ik het weer: ik ben nog steeds bij Derek. Ik moet in slaap zijn gevallen. Ik was ook zo moe.

Maar hoe ben ik in zijn bed terechtgekomen? Ik zet mijn voeten op de vloer en laat me uit het hoge bed glijden. Ik kijk op de klok: kwart over zes. Zachtjes loop ik naar de living, waar ik Derek aan-tref. Hij staat in de open keuken toast naar binnen te werken. Een kop koffie in de andere hand. Hij draagt alleen een broek, zijn bo-venlijf is ontbloot. Hij lijkt te schrikken als hij mij ziet staan.

'Goedemorgen,' zegt hij. 'Ik heb je toch niet wakker gemaakt, hoop ik? Niet iedereen houdt ervan om zo vroeg op te staan als ik. Heb je goed geslapen?'

'Ja, volgens mij wel.'

'Je was als een blok op de bank in slaap gevallen. Ik kreeg je sim-pelweg niet wakker. Toen heb ik je maar in mijn bed gelegd,' legt Derek uit. 'Maak je geen zorgen. Ik heb keurig op de bank gesla-pen,' voegt hij er glimlachend aan toe.

Ik kijk naar zijn bank, waarop een hoofdkussen en een deken lig-gen. 'Natuurlijk,' probeer ik zo nonchalant mogelijk te zeggen. Alsof ik helemaal geen twijfels had over wat er nou precies was gebeurd.

'Espresso?'

'Graag.' Pas als Derek naar zijn espressoapparaat loopt durf ik hem goed te bekijken. Bij de aanblik van zijn brede, gespierde bo-venlijf met sixpack, slaat mijn hart even over. Wat een ontzettend lekker lijf! In Costa Rica liep hij dagelijks in zijn shorts, maar ik ben blijkbaar vergeten hoe goed hij er in zwembroek uitziet. Of ik heb er nooit zo op gelet. Maar nu raak ik behoorlijk van slag bij het zien van dit mooie lichaam.

Gebiologeerd blijf ik staren. Totdat ik mezelf vermanend toespreek: Suus, wat doe je nou? Dit is totaal ongepast. Ongemakkelijk wend ik mijn blik af en zeg onhandig: 'Ik ga me omkleden.'

Terwijl ik in de slaapkamer mijn inmiddels droge kleren aantrek vraag ik me af wat me in hemelsnaam bezielt. Het beeld van Dereks lijf blijft maar door mijn hoofd spoken en nog irritanter is het nerveuze, warme gevoel dat ik ervan krijg.

'Hoe voel je je nu?' vraagt Derek, als ik aangekleed en wel de woonkamer weer binnenkom. Hij heeft – gelukkig – zijn overhemd aangetrokken en kijkt me bezorgd aan.

'Beter,' probeer ik zo overtuigend mogelijk te zeggen.

'Zeker weten? Je weet dat je altijd alles tegen me kunt zeggen.'

'Dank je, Derek. Dat vind ik echt supertof van je.'

Derek loopt naar me toe en omhelst me. Ik schrik. En omhels hem ook, maar onwennig. Nu weet ik het zeker: het is de hoogste tijd om te gaan, voordat het echt ongemakkelijk tussen ons wordt.

'Nou, ik ga maar eens naar mijn werk,' zeg ik onhandig.

'Zo vroeg? Het is nog niet eens zeven uur. Ik dacht altijd dat ik de enige was die zo vroeg begon. Je mag hier echt nog wel even blijven om te ontbijten, hoor. Voel je niet bezwaard.'

'Dat is heel aardig van je, maar echt niet nodig,' sla ik Dereks aanbod nonchalant af. 'Bovendien heb ik het hartstikke druk, dus ik wil graag vroeg beginnen.'

'Druk? Maar eh… vertelde je gisteren niet dat het vandaag pas je tweede dag is?'

Druk op mijn werk? O shit, wat zit ik nou toch dom te blaten. 'De post,' lieg ik. 'Ik doe ook de lezerspost en daar is dus al weken niet naar omgekeken. Dat kan echt niet. Sommige lezers kunnen daar heel gewichtig over doen.'

Derek kijkt me verbaasd aan. 'Nee, dat kan inderdaad niet. Is dit werk dan ook niet een beetje te veel van je gevraagd? Begrijp me niet verkeerd, maar je moet wel goed op jezelf letten.'

Dit gesprek loopt niet helemaal zoals ik wil. 'Dat van die lezerspost is gewoon tijdelijk,' wuif ik Dereks zorgen weg. 'Een collegaatje heeft een minisabbatical en ik heb dat zolang van haar overgenomen. Dat is alles.'

'Dus ik hoef me geen zorgen te maken?'

'Nee, meneer.'

'En die collega gaat je straks niet vermoorden omdat je er een puinhoop van hebt gemaakt terwijl ze weg was?'

Ik lach. En ondertussen voel ik me schuldig vanwege die stomme leugens. Maar ja, ik wil hier gewoon zo snel mogelijk weg.

'Zal ik je een lift geven?'

Nee hè? Hoe sla ik dit nou zo onopvallend mogelijk af? In mijn hoofd zoek ik razendsnel naar een geschikte smoes om Dereks aanbod niet aan te hoeven nemen, maar er schiet me simpelweg niets te binnen. 'Ik eh... is dat niet heel erg uit jouw richting?' probeer ik slapjes.

Tevergeefs, zoals verwacht. Derek pakt me lachend bij de arm en zegt: 'Natuurlijk niet. Kom op, we gaan aan de slag.' En ik laat me hopeloos meetorsen.

En zo zit ik keurig om halfacht achter mijn bureau. Ik ben nog nooit zo vroeg op mijn werk verschenen. Ik ben überhaupt nog nooit zo vroeg gaan werken. Om negen uur zullen waarschijnlijk pas de eerste mensen binnendruppelen. Wat mij alle tijd geeft om na te denken wat er nou precies gebeurde vanochtend. Want echt lekker zit het voorval me niet. Raakte ik nou werkelijk van slag bij het zien van Dereks bovenlijf? Herstel: goddelijk gespierde bovenlijf? Het lijf dat toehoort aan de beste vriend van mijn vriend. Erger nog: mijn overleden vriend. Het komt vast omdat ik al maandenlang geen enkel contact *whatsoever* heb gehad met het andere geslacht. Nichten uitgezonderd, maar die tellen niet mee. Het heeft helemaal niets te betekenen. In Costa Rica heb ik Derek immers wel duizend keer in zwembroek gezien en toen deed het me helemaal niets. Het bewijst dat ik gewoon mezelf niet ben, ik hoef er niets achter te zoeken, denk ik tevreden.

24

'Hé, Suus, wacht even.'

Ik heb net een broodje uit de kantine gehaald en wil hiermee teruglopen naar de redactie als ik een bekende stem hoor. Ik draai me om en zie dat het Mathijs de Bakker is. In mijn *Scoop*-tijd was Mathijs mijn favoriete concullega. Ik gunde hem destijds zelfs de primeur van mijn relatie met Milo. Maar nu hij me blijft vragen om een interview te doen over 'mijn tijd met Milo', begin ik hem steeds irritanter te vinden. Hij blijft maar volhouden.

'Hoe gaat het met je?'

'Wel goed. En met jou?'

'Ook goed. Ik vind het fijn om te zien dat je weer lekker aan het werk bent.'

'Dank je.'

'Heb je nog nagedacht over mijn voorstel?' vraagt Mathijs dan.

Ik kijk hem ongelovig aan. Hoezo nagedacht? Ik heb hem al meerdere keren duidelijk gezegd dat ik echt geen interview met hem wil doen. Nu niet en later ook niet. Wil hij dat nou echt niet begrijpen?

'Mathijs... ik heb je al een paar keer verteld dat ik daar echt geen trek in heb. En dat zal ook niet veranderen. Ik ga geen interviews geven over mij en Milo.'

'Waarom niet?'

'Daarom niet.'

Mathijs kijkt me sluw aan. 'Je hebt zeker al een deal gesloten met een ander blad.'

'Nee. Helemaal niet. Waarom vind je het zo moeilijk te geloven dat ik dit gewoon niet wil doen?'

'Maar het zal je juist goeddoen. Ik bied je een podium waarop je kunt vertellen over jullie liefde, je verlies en hoeveel sterker je hieruit bent gekomen. Wat is er mooier dan dat?'

Ik schud mijn hoofd. 'Luister, Mathijs, ik heb het je nu al een paar keer gezegd en ik zal het je nog één keer uitleggen. Ik. Wil. Niet. Ik ga geen interview geven over Milo en mij. Nooit. Onze relatie, zijn dood en hoe ik daarmee omga, dat is privé. Dat gaat niemand wat aan.'

'Vind je dat niet een beetje hypocriet? Als journalist vraag je anderen immers wel het hemd van het lijf.'

'Op vrijwillige basis, inderdaad. Omdat ze dat zelf willen. Ik dwing niemand.'

'Ik ook niet. Ik probeer je er alleen maar van te overtuigen om het juiste te doen. Mensen willen jouw verhaal horen. Bedenk goed dat zolang ze dat niet horen, ze zelf verhalen gaan verzinnen.'

'Verhalen die ze ingefluisterd krijgen door de roddelpers. Sorry, Mathijs, je kunt me niet overhalen. Echt niet.'

'Toen jullie net samen waren, was jullie relatie anders niet zo privé. Ben je soms vergeten dat je me toen zelf hebt gebeld?'

'Jij weet ook van geen ophouden, hè?' zeg ik nu boos. 'Je moet echt kappen!' Ik draai me om en loop weg.

'Jeetje, wat een lul,' zegt Joy. 'Die man heeft echt nul komma nul tact.' Samen met mijn vriendinnen drink ik een wijntje in Lunapark.

'En dan te bedenken dat ik hem in mijn *Scoop*-tijd nog het aardigst van iedereen vond.'

'Dat zegt meer over hoe vreselijk slecht die anderen zijn dan over jouw mensenkennis,' probeert Romijn mij gerust te stellen.

'Misschien wel,' zeg ik voorzichtig, terwijl ik aan Milo denk: over beoordelingsfouten gesproken. 'Wat ik misschien nog het meest irritant vind is dat Mathijs nu doet alsof ik dezelfde stalktechnieken toepas als hij. Hij zei dat ik anderen net zo goed het hemd van het lijf vraag.'

'Echt? Hoe schaamteloos! Suus, laat je niet gek maken. Die man heeft gewoon een missie en dat is jou strikken voor een interview. En omdat jij dat niet wilt, gaat hij nu grover geschut gebruiken. Laat je niet overhalen door hem!' Joy kijkt me indringend aan.

'Wees niet bang, ik blijf erbij dat ik geen interview ga geven.'

'Goed zo,' zegt Joy. En ze probeert het gesprek een luchtiger wending te geven. 'Hoe is het eigenlijk verder op je werk?'

Ik laat een beetje lucht uit mijn mond ontsnappen. 'Wat kan ik zeggen? Aan de ene kant vind ik het ontzettend fijn dat ik weer werk. Bezig zijn, afleiding, de mensen. Maar aan de andere kant...' Joy en Romijn kijken me vragend aan. 'Aan de andere kant zit ik er krap een week en ik bevind me al weer midden in een slangenkuil.'

'Hoezo?'

'Ik moet binnenkort Maurice en Maureen van Zanten interviewen.'

'Nee!' Romijn slaat geschrokken haar hand voor de mond. 'Maar dat kun je niet doen. Dan word je afgemaakt.'

Ik glimlach. 'Je vergeet dat mijn fijne chef Skylla er destijds met de scoop vandoor ging. Maurice en Maureen weten helemaal niet dat ik het was die het nieuws van Maurice' overspel wereldkundig heeft gemaakt. Wat me nu goed uitkomt.'

'O, wat erg. Dus nu moet je dat stel naar de mond praten en braaf meeknikken terwijl zij vertellen over hun machtig mooie huwelijk?' Joy kijkt me met grote ogen aan.

'Precies.'

'Neem je wel een kotszakje mee?'

'Ik hoop dat ik eraan denk. Want dat zal vast nodig zijn.' Ik neem een grote slok wijn. 'Ik word er zo moe van dat ik altijd gedoe op mijn werk heb,' verzucht ik.

'Iedereen heeft gedoe op zijn werk,' zegt Joy. 'Toch?' En ze kijkt Romijn aan. Die knikt voorzichtig. 'Goed, de een misschien wat meer dan de ander. Maar de ideale baan bestaat niet.' Ik neem een slok van mijn wijn. Alle drie zwijgen we even.

'Misschien zou je iets heel anders moeten gaan doen,' oppert Romijn ten slotte.

'En wat dan? Alsof je zo even een carrièreswitch maakt,' reageert Joy.

'Je hoort mij toch niet zeggen dat het makkelijk is? Maar als Suus helemaal niet gelukkig wordt van haar werk, dan is het toch niet zo raar dat ik dat zeg? Ze kan beter iets zoeken wat haar echt gelukkig maakt.'

'Nou, ik ben het er niet mee eens. Hoelang zit je daar nu, Suus? En het is nou ook niet dat je je in de meest stabiele fase van je leven bevindt.'

'Pardon?' Verontwaardigd kijk ik Joy aan.

'Nou ja, met Milo en zo.'

'Voordat Milo stierf had ik ook voortdurend gezeik. Maar o ja, dat hoort volgens jou bij een baan, toch?'

'Ik vind dat je het eerst eens moet aankijken, voordat je je op iets anders stort. Jobhoppen staat gewoon niet goed op je cv. En weer een reis maken ook niet, voordat je erover begint.'

'Wie heeft het over reizen?' reageer ik fel. Ik pak mijn glas, maar ontdek dat dat leeg is. 'Iemand nog wat drinken?' vraag ik kribbig. Dit hele gesprek is slecht voor mijn humeur. Joy en Romijn knikken en dus stap ik naar de bar voor een nieuwe ronde. Terwijl de barman de glazen volschenkt denk ik na. Wil ik echt weg bij *she*? En wat dan? Costa Rica, schiet het ineens door mijn hoofd. Ik zucht. Weer op reis gaan is inderdaad misschien niet zo slim.

Maar als ik 's nachts in bed lig, laat die gedachte me niet los. Het lijkt me heerlijk om daar weer te zijn. Ik hou van dat land. Ik voel me er thuis. Daar was ik gelukkig, zorgeloos. Daar heb ik een stuk land, van Milo geërfd. Ineens klinkt het idee om naar Costa Rica te vertrekken niet meer zo gek. Of impulsief. Ik zou daar echt iets kunnen doen. Ik moet alleen nog bedenken wat.

25

'Maurice van Zanten, aangenaam,' zegt Maurice in plat Amsterdams terwijl hij me de hand schudt. 'Heb ik jou al eens eerder ontmoet?'

'Niet dat ik weet,' antwoord ik luchtig.

Maurice trapt erin. Zijn vrouw Maureen staat naast hem en zegt met een brede glimlach: 'En ik ben Maureen.'

'Suzanne Frans, zeg maar Suus.'

'Ga zitten, dan haal ik wat te drinken.' Braaf neem ik plaats op de witleren bank. Maurice en Maureen stonden erop dat het interview in hun eigen woning zou plaatsvinden. En dus zit ik nu in hun keurige West-Friese rijtjeshuis waarvan de inrichting zich nog het beste laat typeren als Hollandse gezelligheid. Twee leren bankstellen, roze plooigordijnen, kussentjes in dezelfde roze kleur (*stylish*!) en een enorm plasmascherm domineren de zithoek.

'We zijn hier echt gaan wonen voor Beaudine, ons dochtertje,' legt Maurice ongevraagd uit. 'Hier kan ze lekker buiten spelen. Een villa in zo'n chique wijk is niks voor mij.'

Ik glimlach. Zijn fans kunnen trots op hem zijn, Maurice is heerlijk gewoon gebleven. Precies zoals het een populaire volkszanger slash musicalster betaamt. Alleen jammer dat hij buitenshuis zijn broek niet aan kan houden.

'Fijn dat je hierheen wilde komen,' zegt Maurice en hij slaat een arm om Maureen, die inmiddels naast hem op de bank is komen zitten. De koffie staat te dampen en de appelcake is aangesneden.

'We vinden het prettiger om een interview dat zo persoonlijk en privé is, in onze eigen vertrouwde omgeving te doen,' vult Maureen hem aan.

'Uiteraard. Vinden jullie het heel vervelend als ik daar meteen mee begin? Met jullie huwelijkscrisis, bedoel ik.'

'Hebben we een keus?' probeert Maurice te grappen.

'Afgelopen voorjaar stond natuurlijk groot in *Scoop* dat Maurice regelmatig affaires zou hebben. Jullie hielden je behoorlijk op de achtergrond, gaven geen reactie in de pers, maar ik neem aan dat het nieuws bij jullie er flink in hakte.'

'Dat kun je wel zeggen, ja,' begint Maurice. 'Ik heb met die meiden samengewerkt, en als ze dan ineens beweren dat ze een romance met je hebben gehad... Zoiets gaat je niet in de koude kleren zitten.'

'Dus... het waren leugens? Je bent nooit vreemdgegaan?'

'Natuurlijk niet, kijk wat ik hier naast me heb zitten.' Maureen giechelt als Maurice zijn arm om haar heen slaat en haar knuffelt.

O help, in plaats van een mea culpa doet Maurice alsof zijn neus bloedt en hij het slachtoffer is van valse beschuldigingen. Terwijl ik weet dat hij er bij elke musical waarin hij speelt een ander bedmaatje op na houdt. Ik heb immers met drie minnaressen gesproken. Maar dat kan ik niet zeggen, want die scoop was zogenaamd niet van mij. In plaats daarvan moet ik nu naïef met de Van Zantens meekletsen. Klotezooi.

'Waarom weigerden jullie commentaar te geven?' vraag ik dan.

Maurice haalt zijn schouders op. 'Omdat het leugens waren. Daar hoef ik toch niet serieus op in te gaan?'

'Heb je ooit getwijfeld aan Maurice?' vraag ik Maureen. Ze kijkt haar man aan en ik zie haar weifelen. Mooi zo.

'Jawel,' geeft ze uiteindelijk toe. 'Toen Maurice mij vertelde wat voor verhaal er in *Scoop* zou staan begon ik meteen te janken. Ik schrok me wezenloos. En toen ik een paar dagen later het stuk las, met Kiki van Dijcke, Eva Landsgraaf en Dunya Timon... ik ken die vrouwen natuurlijk ook allemaal.'

'De cast van een musical is altijd heel hecht,' legt Maurice uit. 'Dus Maureen heeft die meiden gewoon ontmoet. Ik bedoel maar, als ik zou vreemdgaan, zou ik mijn eigen vrouw dan voorstellen aan mijn minnaressen?' Hij kijkt me met een onschuldig gezicht aan.

Ik haal mijn schouders op. Wel als je een geboren leugenaar bent zoals Maurice van Zanten, denk ik. Die man denkt dat-ie met alles wegkomt. Alhoewel, is dat ook niet gewoon zo? De hele pers viel over hem heen toen *Scoop* met het verhaal kwam. En wat doet meneer? Eerst weigert hij alle commentaar, liegt vervolgens zijn vrouw voor de zoveelste keer voor en mag nu in SHE fijntjes uitleggen hoe hij het slachtoffer is geworden van valse roddels. Ik word er gewoon misselijk van. Ik wend me opnieuw tot Maureen. 'Maar je wist in het begin dus niet wat je moest geloven?'

'Nee. Als drie oude collega's van je man ineens met zo'n verhaal aan komen zetten, moet je heel sterk in je schoenen staan.'

'Maar ik heb Maureen natuurlijk meteen duidelijk gemaakt dat zij de enige is voor mij. En altijd zal blijven,' zegt Maurice gehaast. De klootzak.

'Ik wil niet flauw doen, hoor, maar eh… hoe weet je dat Maurice de waarheid spreekt? Ik bedoel, het is toch zijn woord tegen dat van drie dames.' Maurice kijkt me vuil aan. Ik haast me om de boel te sussen: 'Ik vraag het vooral voor andere vrouwen die misschien ooit in eenzelfde situatie komen. Wanneer weet je dat je je man kunt vertrouwen?'

Maureen kijkt nerveus naar Maurice. Zulke lastige vragen zag ze waarschijnlijk niet aankomen. Waarschijnlijk heeft ze het zichzelf nooit afgevraagd. Ze wil vooral graag dat haar man de waarheid spreekt, ook al is er eigenlijk geen logisch argument voor te geven. 'Dat is je onderbuikgevoel,' zegt ze uiteindelijk. 'Wij zijn al jaren samen, kennen elkaar door en door. Daar komt niet snel iets tussen. Zeker niet drie omhooggevallen musicalsterretjes die jaloers zijn op het succes van Maurice.'

'Omhooggevallen musicalsterretjes? Eva Landsgraaf is een van de grootste musicalsterren van ons land. Met alle respect, ik kan me niet voorstellen dat zij zomaar iets verzint. Laat staan uit jaloezie. Ik heb ook eens met deze vrouwen gesproken, en…'

'Zeg, aan wiens kant sta jij eigenlijk?' roept Maurice ineens fel. 'Zit ik ineens in de beklaagdenbank? Als het zo'n interview wordt haak ik af. Hier heb ik geen zin in.'

'Het zijn vragen die onze lezers ook zullen hebben,' probeer ik me te verdedigen.

'Pak je spullen maar. We kappen ermee.'

'Ja, maar…' sputter ik tegen.

'Wegwezen.' Maurice is inmiddels gaan staan. Boos kijkt hij me aan, zijn handen in de zij. Meneer de musicalster is duidelijk niet gediend van wat kritische vragen. Dan bedenk ik ineens iets. Ik twijfel, destijds heb ik het ook niet gebruikt omdat ik het te ver vond gaan. Maar ga ik dit Maurice en Maureen nu wel voor de voeten werpen? Of blijf ik meespelen in hun toneelstukje? In gedachten zie ik mezelf stoer zeggen: *'Toevallig weet ik uit zeer betrouwbare bron dat deze drie vrouwen iets weten wat ze alleen kunnen weten als zij met jou het bed hebben gedeeld.'*

'Wat? Dat ik een pik heb van negenentwintig centimeter?' Maurice lacht en Maureen lacht voorzichtig mee, nieuwsgierig naar wat ik ga zeggen.

'Opvallend genoeg niets over jouw blijkbaar groteske jongeheer. Nee, het is iets anders.' Ik kijk Maurice taxerend aan. Hij heeft het benauwd, ik zie het. 'Een woord dat je blijkbaar altijd zegt in bed.'

'Welterusten?' grapt Maurice. Maar niemand lacht. Gotcha, denk ik.

'Niet helemaal. Eva, Kiki en Dunya beweren alle drie los van elkaar dat jij op het moment suprême altijd iets zegt wat een beetje klinkt als... "gods kolere"?' Maureens mond valt open, gekwetst kijkt ze haar man aan. Die is woest.

'Je liegt! Je liegt dat je barst. Schat, dit heb ik vast ooit eens laten vallen in een interview en zij hebben dat gewoon gelezen.'

Terwijl Maurice wanhopig op zijn geschokte echtgenote inpraat, draai ik me om en loop met een dikke grijns naar de deur. Zou dat niet mooi zijn? Als ik Maurice dit voor zijn voeten zou durven te werpen? Maar in plaats daarvan hou ik mijn mond en sus ik het zaakje. 'Goed, ik begrijp dat dit nogal gevoelig ligt. Sorry. Ik zal hier verder niet op ingaan. Oké?'

Maurice kijkt me indringend aan. Waarschijnlijk probeert hij in te schatten wat hij aan me heeft. Wat zou ik hem graag vertellen dat ik hem doorheb. Dat ik precies weet hoe hij al jarenlang zijn tegenspeelsters aflebbert. Hij zou me ter plekke wurgen. En anders doet zijn vader dat wel voor hem.

'Vooruit dan.' Maurice gaat weer zitten.

'Fijn,' glimlach ik.

Maurice schraapt zijn keel. 'Eerlijk gezegd denk ik wel dat ik het soms verkeerd heb aangepakt.'

'O?' Ik ga op het puntje van de leren bank zitten. Komt er misschien toch een verkapte bekentenis van ons voormalig kindsterretje?

'Ik ben natuurlijk een heel aanhankelijk type. Sla snel mijn arm om anderen heen, knuffel graag, een kus op de wang. Dat kan verkeerd worden opgevat. Blijkbaar. En vrouwen hebben vaak een zwak voor me.'

'Dat is waar,' giebelt Maureen. Braak.

'Het is achteraf praten, maar de dames in kwestie zijn alle drie nogal labiele types. Je doet een beetje vriendelijk en ze denken meteen dat ze een relatie met je hebben.'

'En wat doet dat met je huwelijk?'

Het echtpaar kijkt elkaar aan. 'Hoge bomen vangen veel wind, dat weet iedereen,' begint Maureen. 'We hebben wel meer roddelverhalen in de bladen gezien. Maar dit hakte er behoorlijk in.'

'Maar uiteindelijk kom je er samen veel sterker uit. Veel praten. Heel veel praten. Ook al is het onzin, je moet toch haar vertrouwen terugwinnen.'

'Laatste vraag. Waarom heb je Dunya, Eva en Kiki niet aangeklaagd? Of *Scoop* om een rectificatie gevraagd?'

Maurice krabt op zijn hoofd. Zijn gezicht staat moeilijk. Dan zegt hij: 'Wat ik je nu ga vertellen is off the record. Dat mag je absoluut niet gebruiken in je stuk, afgesproken?'

'Dat kan ik alleen beloven als ik weet waar het over gaat.'

'Dit mag niet naar buiten komen. Afgesproken?' Zijn ogen priemen in de mijne.

'Oké. Afgesproken,' zeg ik ten slotte.

'Ik heb die meiden wel degelijk aangeklaagd. En *Scoop*. En ik heb mijn gelijk gekregen. Dat wil zeggen, we hebben een regeling getroffen. Buiten de rechter of wat voor instantie dan ook om. Ze hebben me geld gegeven, een soort schadevergoeding, zeg maar. Maar we hebben de afspraak dat ik dat nooit naar buiten mag brengen.'

Sprakeloos staar ik naar het stel dat tegenover me zit. Wat een grove leugen. *Scoop* is nooit door Maurice of zijn manager (in zijn geval zijn pappie) aangesproken. En Dunya, Eva en Kiki ook niet. Dat had ik vast en zeker geweten. Laat staan dat er door wie dan ook geld is gegeven aan Maurice. Sowieso: welke ster neemt genoegen met zwijggeld als je een gemene roddel recht kunt zetten?

'Dus mondje dicht hierover,' knipoogt Maurice. 'Het gaat echt om duizenden euro's. Nog een bewijs dat het absolute leugens waren, als je het mij vraagt.'

Ik zwijg.

'We zijn er lekker van op vakantie geweest.' Wat een walgelijke vertoning. Maurice heeft waarschijnlijk van een geheime spaarrekening geld op hun gezamenlijke rekening laten storten en zijn vrouw en kind op een zonnige vakantie getrakteerd. Nou ja, denk ik bitter, heeft ze in ieder geval nog iets aan zijn leugenachtige slippertjes overgehouden.

Als ik die avond bij Joy en Ole eet ben ik geen goed gezelschap. Ik ben gefrustreerd over die hele zaak met Maurice van Zanten. 'Het zit me dwars dat ik als interviewer meedoe aan deze poppenkast,' mopper ik. 'Het lijkt wel of ik als roddeljournalist meer bezig was met de waarheid dan nu.'

'O ironie,' reageert Joy en ze schenkt onze wijnglazen weer vol. Ole staat zich intussen uit te sloven achter het fornuis. 'Ik speel even advocaat van de duivel... Mag iemand niet zelf weten wat hij wel aan de pers vertelt en wat niet?'

'Natuurlijk wel. Als Maurice van Zanten niet wil vertellen hoe hij elke keer weer met een andere collega het bed in duikt, vind ik dat helemaal prima. Maar ga niet gezellig met je vrouw naast je op je witleren bankstel de ideale trouwe hond uithangen. Dat is zo fout. Ik ga nu toch ook niet beweren dat Milo een goudeerlijke jongen was die zich nooit met illegale zaken bezighield?' Dat laatste fluister ik, zodat Ole niets hoort.

'Ik snap je punt,' knikt Joy.

'Wat ik nog het vervelendst vind is hoe hij over Eva, Kiki en

Dunya praat. Hij schildert ze af als labiele vrouwen die zijn knuffelige aard verkeerd hebben opgevat.'

'Wat?!' Joy proest het uit. 'Wat een eikel.'

'En dan te bedenken dat ik destijds zo mijn best heb gedaan om ze over te halen mee te werken aan mijn artikel. En als dank worden ze nu publiekelijk zwartgemaakt. Walgelijk.'

'Maar je hoeft die uitspraken toch niet in je artikel op te nemen?'

'Dat was ik ook niet van plan. Toch voel ik me lullig. Die drie vrouwen zijn door mij uit de kast gekomen als ex-minnaressen van Maurice en waarvoor? Om voor leugenaar te worden uitgemaakt.' Ik schud mijn hoofd. Ole heeft inmiddels de risotto op tafel gezet en schept de borden vol. 'Dankjewel, dat ziet er weer goed uit,' zeg ik.

'Je kent me toch,' knipoogt Ole. 'Maar Suus, als ik je zo hoor... Volgens mij trek je het je veel te erg aan. Het is maar werk.'

'Zoiets zei ik laatst ook al,' valt Joy haar vriend bij. 'Bovendien, je hebt de laatste maanden nogal wat voor je kiezen gehad. Het verwerken van Milo's dood lijkt me al genoeg, laat je niet ook nog gek maken door je baan.'

Me niet gek laten maken door mijn baan. Het klinkt zo simpel, maar waarom is het dat dan niet? Ineens schiet Costa Rica weer door mijn hoofd. Daar was het zo makkelijk om gelukkig te zijn. Mijn verlangen om terug naar Punta Banco te gaan, wordt plotseling sterker dan ooit. Ik moet een plan hebben, bedenk ik. Als ik dit echt ga doen, moet ik weten wat ik wil doen.

Thuis in bed lig ik te malen over Costa Rica en de mogelijkheden. Verschillende ideeën schieten door mijn hoofd. Ik kan misschien Engelse les geven of in de horeca gaan werken. Misschien kan ik in het hostel van Pilar en Antonio helpen. Dan moet ik denken aan mijn laatste dag daar. Het afscheidsfeestje dat Milo en ik gaven op het strand. De pasgeboren schildpadjes die we vrijlieten in de zee. Ik moet glimlachen als ik daaraan denk. Milo was zo gek op die schildpadden. Ik heb hem niet vaak zo enthousiast gezien.

O. Mijn. God. Dat is het! Ik weet wat ik moet gaan doen in Costa Rica. Ik ga Milo's idee voor een schildpaddencentrum realiseren. Mijn hart begint sneller te kloppen. Dit is het. Dit is wat ik moet gaan doen.

Enthousiast knip ik het licht aan en spring uit mijn bed. Ik start mijn laptop op en begin enthousiast aan een plan te werken. De centra die ik bezocht werken vaak met een bioloog. Ik moet dus een marien bioloog zoeken, misschien iemand die net is afgestudeerd, en met zo'n persoon de *turtlefarm* runnen. Daarnaast zal ik vrijwilligers moeten zoeken die meehelpen de eieren te redden. Dan zouden ze in het hostel van Pilar en Antonio kunnen logeren. Dit is perfect, denk ik tevreden.

Terwijl ik mijn plannen uittyp, schiet me ineens iets te binnen. Milo's geld. Mijn schildpaddencentrum zou het goede doel kunnen worden waar Milo's dollars naartoe moeten. Hoe logisch kan het zijn? Dit plan wordt beter en beter. Na ruim een uur is mijn plan klaar en heb ik een todolijstje opgesteld. Ik moet Julio van dat andere centrum contacteren voor advies en hulp over eventuele vergunningen en huisvesting. Pilar en Antonio vragen of zij daadwerkelijk mee willen doen met de huisvesting van de vrijwilligers. En een marien bioloog zoeken. En internationale vrijwilligersorganisaties benaderen of zij mijn schildpaddencentrum in hun bestand willen opnemen. Maar boven aan de lijst staat Derek. Ik moet eerst met Derek praten. Hij is immers mede-eigenaar van het stuk land. Als hij het niet goedvindt dat ik daar ga wonen, gaat het hele plan niet door. Morgen ga ik hem meteen bellen. En van die gedachte krijg ik pas echt kriebels in mijn buik.

26

'Leuk om je weer te zien. Je ziet er goed uit,' zegt Derek en we geven elkaar drie zoenen op de wang. Ik voel dat ik een beetje bloos. Derek neemt plaats op de stoel tegenover mij. Hij draagt zoals gebruikelijk een nette broek met een strakke blouse, en daaroverheen een colbert. Hij ziet er anders ook verdomd goed uit, denk ik. En mijn gedachten flitsen even naar Derek die met ontblote bast in zijn keuken stond. Focus, Suus.

'Het is een drukke tijd op het werk,' zegt Derek, terwijl hij zijn mobieltje op tafel legt. 'Gisteravond ben ik teruggekomen en morgen vlieg ik al weer naar Londen. Ik kon dus echt alleen maar vanavond.'

'Je hoeft je niet te verontschuldigen.'

'En ik kan elk moment gebeld worden door een collega, dus ik moet ook nog eens mijn telefoon in de gaten houden.'

'Geen probleem.' Een serveerster reikt ons de menukaarten aan en schenkt alvast water in.

'Nou, vertel, waar wilde je me zo graag over spreken,' vraagt Derek uiteindelijk.

'Eh, juist ja.' Ik schraap mijn keel. Sinds mijn ingeving over het schildpaddencentrum laat de gedachte me daar te settelen me niet meer los. Ik heb inmiddels al contact gehad met twee andere centra en beide willen me heel graag helpen bij het opzetten. En Antonio en Pilar zijn wildenthousiast. Antonio weet zelfs al een leegstaand gebouw dat perfect zou zijn om het centrum in te huisvesten. Maar eerst moet Derek overtuigd zijn. Ik kan niet wachten om te vragen wat hij hiervan vindt. Maar nu hij tegenover me zit ben ik plotseling nerveus. Derek kijkt me lachend aan. Zijn diepbruine ogen priemen in de mijne. Nu voel ik me helemaal ongemakkelijk. Ik schraap nog maar eens mijn keel.

'Nou, het zit dus zo… Het gaat om twee dingen. Ik heb denk ik een goed doel gevonden waar we Milo's geld aan kunnen schenken. En, dat heeft er ook mee te maken… ik heb het plan om naar Costa Rica te gaan. Niet voor een vakantie, maar voor een langere tijd. Ik realiseer me dat mijn werk hier, bij SHE, me niet gelukkig maakt. Te veel gedoe, ik ben gewoon niet geschikt voor de journalistiek. Of de showbizz. Ik wil iets anders doen, iets waar ik meer voldoening uit haal.'

Het schermpje van Dereks mobieltje licht op. Derek kijkt er even naar en besluit de oproep te negeren. Hij stopt zijn mobieltje in zijn zak en kijkt me strak aan. 'Ga verder.'

'Dankjewel,' glimlach ik. 'Goed, wat ik bedoel is… In Costa Rica was ik altijd gelukkig. Dus heb ik een plan gemaakt, maar ik wil eerst weten of jij het goedvindt als ik in Punta Banco ga wonen. Aangezien jij mede-eigenaar bent van de grond, moet je je daarin kunnen vinden.'

'Verhuizen? Naar Punta Banco?' Derek fluit tussen zijn tanden. 'Dat is best een grote stap.' Zijn gezicht staat serieus. 'Weet je het zeker?'

Ik knik enthousiast. 'Honderd procent zeker. Dit is wat ik wil.'

Derek kijkt me verrast aan, maar tegelijkertijd zie ik ook een zweempje teleurstelling op zijn gezicht verschijnen. Uiteindelijk zegt hij: 'Wie ben ik om jouw plannen te dwarsbomen? Natuurlijk vind ik het goed als je op ons landje in Punta Banco gaat wonen.'

'Echt? Te gek!'

'Maar ik ben wel ontzettend benieuwd naar je plan en wat dat goede doel is.' Derek lacht zijn mooie tanden bloot.

'Mijn plan ís het goede doel.'

'O? Wat dan wel?' Ik zie aan Dereks ogen dat hij nu brandt van nieuwsgierigheid. Om hem te plagen lach ik een beetje geheimzinnig.

'Oké, luister goed. Dit is het plan. Ik wil in Punta Banco een schildpaddencentrum opzetten. Dat is er nog helemaal niet en jij weet zelf ook hoeveel schildpadden daar eieren leggen. Die vervolgens worden platgetrapt, opgegeten of gestolen.'

Derek knikt aandachtig.

'Ik ga elke nacht met eventuele vrijwilligers patrouilleren om nesten veilig te stellen. En waar nodig nemen we de eieren mee naar het centrum zodat ze daar kunnen worden uitgebroed. Zodra ze zijn uitgekomen, zetten we de jonge schildpadjes in zee.'

Derek begint hard te lachen. 'Ik dacht dat alleen Milo was aangestoken met dit schildpaddenvirus, maar ik begrijp dat het besmettelijk is. En wat dan? Dan slijt je je dagen tussen de schildpadden en check je elke dag hun eieren?' Derek kijkt me ongelovig aan.

'Met een stel leuke en capabele mensen om me heen lijkt me dit geweldig. En elke dag kan ik zwemmen in zee en margarita's drinken bij Rancho Tranquilo. Ideaal!' Ik buig me naar hem toe en zeg: 'Bedenk eens hoe perfect het eigenlijk is. De cirkel is rond.'

'De cirkel is rond,' herhaalt Derek, terwijl hij nadenkt.

'Kijk, ik heb al contact gehad met andere centra in Costa Rica. Zij werken uitsluitend met vrijwilligers, dus dat kost me niets. Sterker nog, de vrijwilligers betalen om te kunnen werken. Pilar en Antonio kunnen hen huisvesten, zij vinden het plan ook helemaal geweldig. Ik heb ze er al over gesproken.'

'En hoe zit het met een vergunning?'

'Volgens die andere centra is een vergunning eigenlijk niet nodig. Het zijn vooral de internationale vrijwilligersbureaus die de bemiddeling voor vrijwilligers verzorgen, die hierom vragen. Maar verder gedoogt de overheid dit soort centra. Het is immers een goed doel.'

Derek knikt.

Ik ga enthousiast door met mijn betoog. 'We kunnen Milo's geld gebruiken voor de financiering van een pand. Antonio mailde al dat hij een geschikt gebouw heeft gezien. Ik zou het kunnen huren, misschien zelfs kunnen kopen. Kijk hier zijn foto's.' Ik schuif de printjes met de foto's onder Dereks neus. 'Ik heb al veel research gedaan en zo ingewikkeld is het eigenlijk niet. En ik kan vrijwilligers uit de hele wereld mee laten helpen, daar is echt veel animo voor. Google het maar eens.'

'Goh Suus, ik ben onder de indruk. Het lijkt erop dat je hier goed over hebt nagedacht.' Derek kijkt me lachend aan. Langzaam raakt hij overtuigd. Ik zie het. 'Dit zou zomaar een succes kunnen worden. Van mij krijg je een *go*.'

'Yes! Ik ben blij dat je het goedvindt. Eerlijk gezegd was ik best nerveus.'

Derek legt zijn hand op mijn arm en buigt een beetje naar me toe. Voor het eerst sinds Milo's dood zie ik je ogen weer stralen. En ik weet dat jij veel in je mars hebt, dat je veel kunt bereiken, maar ik had het gevoel dat je niet op de juiste plek zat. God, wat klinkt dit zweverig. Sorry, hoor. Ik kom net uit LA en daar zijn die mensen vaak nogal overdreven.'

Ik lach, sta op en plant een dikke kus op Dereks wang. 'Bedankt!'

Als ik weer zit ga ik verder: 'Het enige probleem is dat Noor er ook mee akkoord moet gaan dat het geld naar de schildpadden-farm gaat. En wij staan nu even niet op goede voet.'

'Die trekt wel bij.'

'Ik ben zo blij dat ik hier met jou zit. Volgens mij kan ik mijn droom echt realiseren. Op Punta Banco,' zeg ik enthousiast en ik steek mijn glas in de lucht.

'Op Punta Banco,' zegt Derek.

Opgewonden neem ik een slok van mijn wijn. Het is lang geleden dat ik me zo goed voelde. Mijn plan gaat een succes worden, ik weet het zeker.

'Ik zal je wel missen,' zegt Derek en hij trekt een treurig puppygezicht.

Ik begin te lachen en wimpel hem af. 'Joh, jij bent toch hartstikke druk met werk? En al die dames?'

Derek begint mee te grinniken, maar hij lacht als een boer met kiespijn. 'Toch is het zo,' zegt hij ten slotte zacht. 'De laatste tijd hebben we aardig wat tijd samen doorgebracht en eerlijk gezegd vond ik dat heel gezellig. Ik heb je nu goed leren kennen en ik moet zeggen... ik ben blij dat we zulke goede vrienden zijn geworden.'

'Vind ik ook.' En terwijl ik een slok neem kijk ik hem diep in de ogen aan. Derek kijkt terug en even zie ik zijn blik veranderen.

'Maar goed, des te meer reden om vaker naar Costa Rica te vliegen,' zegt Derek dan vlug.

'Precies,' zeg ik zo nonchalant mogelijk. Maar intussen gaat mijn hart als een dolle tekeer. Wat is dit?

Als we buiten voor het restaurant afscheid nemen, omhelzen we elkaar stevig. 'Dankjewel, je bent echt een goede vriend.'

'Dus daarom wilde je geen interview doen!'

Geschrokken kijk ik op en zie Mathijs de Bakker. Die kijkt van een afstandje met een smalende blik naar ons.

'Mijn relatie met Milo, zijn dood en hoe ik daarmee omga, is privé,' herhaalt Mathijs met een hoog stemmetje mijn woorden van twee weken geleden. 'Natuurlijk, meid. Je wil gewoon niet met me praten omdat je al weer een relatie hebt.'

'Suus, wie is die gast?'

'Een verslaggever van *Boulevard*. Hij valt me al weken lastig voor een interview over Milo. Laten we gaan.' En ik pak Derek bij zijn jas en probeer hem mee te trekken.

'Loop maar lekker weg. Ik zou me ook ongemakkelijk voelen als mijn vriendje nauwelijks koud was en ik me al weer in de armen van een nieuwe liefde had gestort.'

Derek draait zich met een ruk om en stormt op Mathijs af. Hij stompt hem keihard in zijn buik en slaat hem vervolgens op zijn gezicht. Mathijs valt met een klap op de grond.

Ik sla mijn hand voor mijn mond. 'Derek!'

'Kom, we gaan.' En nu is het Derek die me meetroont.

EXCLUSIEF!

NOG GEEN HALFJAAR NA ZIJN DOOD

MILO'S VRIENDIN AL WEER AAN DE MAN!

Door Mathijs de Bakker

Showbizzminnend Nederland was in shock door Milo den Hartogs vroegtijdige dood. Maar nog geen halfjaar na zijn plotselinge en tragische overlijden, is er opnieuw schokkend nieuws. Zijn vriendin zou zich in de armen van een nieuwe lover hebben geworpen. Iets wat zijzelf angstvallig probeert te verbergen. En de ware reden daarvoor is nog verbluffender!

Acteur Milo den Hartog gold als een van de grote beloften van de Nederlandse filmindustrie. De acteur werd in één klap beroemd door zijn rol in *Geen Weg Terug*. Viel hij daar bij het grote publiek vooral op door zijn onweerstaanbare uiterlijk, later bewees hij over een zuiver acteertalent te beschikken. Zijn rol in *Vlucht* kreeg lovende kritieken en volgende week zal hij postuum schitteren in *Donkersloot*. Het publiek is hem nog niet vergeten, maar de jonge vrouw die gold als zijn grote liefde, wèl.

Suzanne Frans, Suus voor intimi, hield zich na zijn dood verscholen voor de buitenwereld. Uit respect voor Milo en getergd door verdriet, zo leek het. Niets blijkt minder waar. De blondine lijkt troost te hebben gevonden in de vorm van een nieuwe lover. Nog schrijnender is dat het gaat om Derek Lester, platenbons bij M-Records, Milo's beste vriend en een ware womanizer!

Boulevard spotte de twee geliefden juist op het moment dat zij elkaar innig en liefdevol omhelsden. Dat de *Boulevard*-verslaggever hun gevoelige en vooral schandalige geheim had ontdekt, bleek voor Derek Lester genoeg aanleiding om hem zonder pardon neer te slaan. De journalist liep hierbij een gekneusde oogkas en lichte hersenschudding op.

Zo vals. Zo laag. En vooral: zo niet waar. Dat Mathijs een artikel over Derek en mij zou schrijven was te voorspellen. Het is immers te smeuïg om te laten liggen. Maar ik sta versteld van de hufterigheid. Gelooft Mathijs echt dat Derek en ik een koppel zijn? Ik staar naar de foto bij het artikel waarop we elkaar omhelzen. Gewoon, een omhelzing van twee goede vrienden. Maar wie wil ziet inderdaad een 'innige, liefdevolle omhelzing'. Ernaast staat een foto van Milo en mij, genomen op de première van *Zomerlucht*. Plus een klein fotootje van Derek. Het verbaast me dat Mathijs zo scherp is en ontdekt heeft dat het om Derek gaat. Derek was al over zijn toeren nadat hij Mathijs tegen de grond had geslagen, maar hij zal helemaal razend zijn als hij dit stuk leest. Ik pak mijn tas en maak me klaar om naar de redactie te gaan. Meer dan ooit heb ik geen zin.

Wanneer ik het pand binnenstap heb ik zin om meteen door te lopen naar de redactie van *Boulevard*. Het liefst stap ik op

Mathijs af en sleur hem over zijn bureau om hem eens flink de waarheid te zeggen. Dat zal die lul eens leren. Als ik in de lift sta twijfel ik: druk ik op de knop voor mijn verdieping, of ga ik naar die van Mathijs? Ik kies voor de laatste. Voordat ik de redactie binnenloop, breng ik eerst nog een bezoekje aan de koffieautomaat. Ik laat twee bekertjes met koffie vullen en wacht tot die zo goed mogelijk is afgekoeld. Ik wil meneer De Bakker alleen vlekken op zijn kleding bezorgen, geen eerstegraadsverbranding. Vervolgens loop ik met de bekertjes de redactieruimte in, op zoek naar Mathijs. Meteen hoor ik zijn bekakte stem. Waarschijnlijk zit die zak weer op te scheppen tegenover zijn collega's. En inderdaad, Mathijs zit achterovergeleund in zijn bureaustoel honderduit te praten over een of andere BN'er.

'Goedemorgen Mathijs,' zeg ik poeslief. Mathijs draait zich met een schok om. 'Ik wilde je even bedanken voor het waanzinnig goede en integere artikel dat je hebt geschreven over Derek en mij. Ik geloof niet dat iemand het zo treffend en waarheidsgetrouw had kunnen opschrijven als jij. Chapeau.' En razendsnel giet ik de bekertjes koffie leeg op zijn blouse en broek.

'Suus! Ben je helemaal gek geworden!?' Mathijs springt op en begint aan zijn kleding te trekken.

'Nee, hoor. Met mij is alles goed. En jij? Geen last van waanbeelden? Dat je dingen ziet die er niet zijn?' Ik gooi de lege bekertjes op zijn bureau en wandel op een drafje weg. Achter me hoor ik Mathijs stevig vloeken en zijn toesnellende collega's hevig verontwaardigd reageren.

Glunderend neem ik plaats achter mijn computer. Mijn hart bonst van de adrenaline. Ha! Dat zal die loser leren.

'Wat zit jij te lachen?' vraagt Guusje. 'Ik wil geen spelbreker zijn, maar ik las net de *Boulevard*-pagina en daar staat een niet zo heel leuk artikel over je in. Al gezien?'

'Jazeker. En inmiddels al mee afgerekend. Ik heb zo juist twee bekertjes koffie leeg gekieperd over Mathijs de Bakker,' leg ik uit als Guusje me niet-begrijpend aankijkt.

Ze begint besmuikt te lachen. 'O, wat erg!'

'Welnee, ik heb keurig gewacht tot de koffie was afgekoeld.'

We grinniken nog wat na als Guusje zegt: 'Wat een vreselijk laag artikel van Mathijs was dat. Geen idee waarom hij het nodig vond zo met modder te gooien. Jullie konden toch altijd goed met elkaar door één deur?'

'Vroeger wel. Maar sinds Milo's dood ziet hij me vooral als een interviewonderwerp. Hij blijft er maar over aan mijn kop zeuren, want meneer accepteert geen nee. Dus toen hij me op straat zag met Derek, trok hij direct conclusies.'

'Maar... jullie hebben toch niks met elkaar?'

'Nee, natuurlijk niet,' zeg ik gehaast. 'Derek heeft Mathijs wel geslagen. Dat wel. En dat keur ik niet goed. Maar Mathijs was ons enorm aan het provoceren.'

'Goh Suus, wat heftig allemaal.'

Dan gaat mijn mobieltje. Het is Derek. Ik loop vlug naar de gang en neem op. 'Jij hebt het slechte nieuws dus al gehoord?'

'Ik ben nog in LA, maar mijn secretaresse belde me met het nieuws dat ik met mijn kop in de krant sta. Ik ga die kerel echt aanklagen. Hier komt hij niet mee weg.'

'Ik heb hem net al getrakteerd op een koffie. Over zijn dure kleding.'

Derek lacht. 'Fantastisch! Maar Suus, pas je wel op?'

'Hoezo?'

'Als we hem aanpakken, moeten we dat via de officiële weg doen. We moeten deze man niet nog kwader maken dan hij al is. Straks gaat hij graven en we weten wat hij eventueel kan ontdekken.'

'O. Daar had ik even niet aan gedacht.' Mijn jubelstemming van zonet is helemaal weg.

'Nou, werk ze. Ik ga zo pitten. En laat je niet gek maken, hè? Wij weten allebei dat het allemaal bullshit is.'

'Ja, natuurlijk. Jij en ik... het idee alleen al,' zeg ik zo luchtig mogelijk. En nu voel ik me helemaal rot.

'Zo Suus,' zegt Benno als ik tegelijk met hem de redactie weer op kom lopen. 'Jij hebt heel wat uit te leggen, geloof ik?'

'Hoe bedoel je?'

'Het hele pand heeft het erover. Dat verhaal in *Boulevard*, hoe jij vanmorgen koffie over Mathijs hebt gegooid.' Benno lacht. 'Als je wilt dat ze stoppen met roddelen, was dat natuurlijk niet zo handig.'

Ik haal mijn schouders op. 'Roddelen doen ze toch wel.'

'Suus, kan ik je even spreken?' vraagt Cordelia als ik net wil gaan zitten. Ik kijk Guusje even vragend aan voor ik achter Cordelia aan naar haar kantoor loop.

'Ik ben net gebeld door de chef van *Boulevard*. Wat is er precies gebeurd?'

'Ik heb twee bekertjes koffie over de kleren van Mathijs de Bakker gegooid,' zeg ik timide.

'Vanwege dat artikel?'

Ik knik.

'Ik vond die De Bakker altijd al een verwaande kwal. Zijn stuk over jou was werkelijk beneden alle peil. Zoiets doe je niet. Maar koffie over iemand gieten ook niet. Dat was niet slim, Suus.'

'Sorry,' zeg ik. 'Ik hoop niet dat jij of SHE hier problemen mee krijgt. Maar verder heb ik er eerlijk gezegd geen spijt van.'

'In principe heb je mijn zegen wat betreft die achterbakse gluiperd.'

'Het zijn ook allemaal leugens,' zeg ik ongevraagd. 'Ik heb helemaal niks met Derek Lester.' Cordelia kijkt me aan.

'Je hoeft je niet te verdedigen, Suus. Zo, en hoe staat het met je interview met Maurice van Zanten?' De snelheid waarmee Cordelia van onderwerp verandert, overvalt me en ik begin te stamelen. 'Eh... ik heb de bandjes uitgewerkt. Ben nu aan het schaven. Maar ik haal de deadline.'

'Ik had niet anders verwacht,' glimlacht Cordelia en ze kijkt weer naar haar beeldscherm. Het teken dat ons gesprek blijkbaar is beëindigd.

27

Nog nooit heb ik zoveel moeite gehad met het schrijven van een stuk als dat van Maurice van Zanten. De interviews met Evite en Missy waren een peulenschil vergeleken met dit. Elk woord weeg ik zorgvuldig af, me ondertussen afvragend of ik Eva, Kiki en Dunya, maar ook mezelf er niet mee verloochen. Ik zit nu al te bedenken wat ik moet zeggen als een van hen me woedend opbelt. Wat is in hemelsnaam mijn excuus? Eerlijk gezegd heb ik geen flauw idee. Ik schrik op als mijn mobieltje plotseling overgaat.

'Slecht geweten?' grapt Benno. Ik glimlach flauwtjes. Hij moest eens weten.

'Met Suus.'

'Goedemiddag, je spreekt met Pleun Robben van *Entertainment Vandaag*. Ik heb wat vragen voor je naar aanleiding van het artikel dat vanochtend op de *Boulevard*-pagina stond van *Het Nieuwsblad*. Over je nieuwe relatie met Derek Lester. Zou je voor de camera hierover iets kunnen zeggen?'

'Eh, nee. En hoe komen jullie aan mijn nummer?'

'Via via,' antwoordt Pleun ontwijkend. 'Maar waarom wil je hier niets over zeggen? We hebben gehoord wat er vanochtend is gebeurd met de verslaggever die dit artikel heeft geschreven. Ook daar willen we je wat vragen over stellen.'

Shit. De geruchtenmachine draait weer overuren. Hoe kan *Entertainment Vandaag* dit zo snel weten? Omdat het in een ruimte vol journalisten is gebeurd, daarom natuurlijk. Het zou me niet eens verbazen als Mathijs zelf de redactie heeft benaderd. 'Het enige wat ik wil zeggen is dat ik geen relatie heb met Derek. Verder heb ik geen commentaar. Ik ga nu ophangen.'

'Wacht! Het lijkt ons niet meer dan fair om ook jouw kant van het verhaal te belichten. Mensen willen horen wat jij te vertellen hebt.' Waar heb ik dit verhaal eerder gehoord? Zij gebruikt gewoon dezelfde argumenten als Mathijs, toen hij me probeerde te strikken voor een interview.

'Ik wil mijn verhaal helemaal niet vertellen voor de camera.'

'We zijn straks toch in jullie pand, dan kunnen we net zo goed even bij jou langskomen voor een kort interviewtje. Het duurt nog geen tien minuten.' O crap, ze zijn al vastbesloten om er een reportage over te maken. Klotezooi.

'Je wilt je toch kunnen verdedigen? Of niet soms,' probeert Pleun.

'Nee. Ik wil gewoon met rust worden gelaten!' Ik verbreek de verbinding en gooi mijn mobieltje op mijn bureau. Benno, Guusje en Didi kijken alle drie verbaasd op.

'Gaat het goed?' vraagt Guusje voorzichtig.

'Sorry. Nee, het gaat niet goed. Dat was een redacteur van *Entertainment Vandaag*. Of ik even voor de camera een interviewtje wil geven.'

'Naar aanleiding van dat artikel van Mathijs?'

Ik knik. 'En ze hebben ook al gehoord wat ik vanmorgen heb gedaan.'

'Christus,' verzucht Guusje.

'Ik heb hier zo geen zin in.'

'Gewoon negeren,' zegt Benno. 'Het is niet zo dat ze je voor de camera kunnen sleuren.'

'Dat is waar,' zeg ik enigszins gerustgesteld. En ik ga zitten en probeer me zo goed en zo kwaad als dat gaat weer te concentreren op mijn artikel.

Na de lunchpauze gaat ineens de deurbel. Elke verdieping is afgesloten met een deur die alleen geopend kan worden met een pasje. Bezoekers moeten aanbellen. Onze redactieassistente loopt naar de deur. En als ik even later rumoer hoor, begint mijn hart te bonzen. Het is vast de cameraploeg van *Entertainment Vandaag*. Ik loop naar het raam en kijk naar de parkeerplaats beneden. Ja hoor: ik zie een auto staan met het logo van *Entertainment Vandaag* erop. Intussen hoor ik op de gang Didi heftig discussiëren. Shit.

'Wat is daar toch aan de hand?' vraagt Benno. Even twijfel ik of ik iets moet zeggen, maar al snel realiseer ik me dat zwijgen geen zin heeft. Het komt toch uit.

'*Entertainment Vandaag* probeert binnen te komen.'

'Zijn ze nou helemaal gek geworden!' briest Benno. 'We proberen hier potdomme te werken.' En hij stampt de gang op, richting de deur naar het trappenhuis. Guusje en ik volgen op een drafje. Buiten het zicht, maar wel zo dat we alles kunnen horen, gaan we op de gang staan.

'Mag ik jullie vragen wat dit te betekenen heeft?' vraagt Benno op hoge toon. Guusje en ik kijken elkaar aan en beginnen te gniffelen. Een boze Benno is niet heel erg indrukwekkend.

'We zijn van *Entertainment Vandaag* en we willen Suzanne Frans graag interviewen. Zij werkt toch op deze verdieping?'

'Dat klopt. Maar zij heeft jullie geen toestemming gegeven voor een interview, dus jullie kunnen maar het beste meteen weer gaan. Dan kunnen wij ook weer aan het werk.'

'Maar we zijn binnen een kwartier weer weg,' werpt de verslaggever tegen.

'Wat heb je niet begrepen van wat ik zojuist zei? Ze wil niet, dus jullie kunnen beter gaan.'

'We horen dat liever van Suzanne zelf.' Mijn hart begint weer te bonzen. Gespannen luister ik wat Benno hierop zal zeggen.

'Nee,' zegt Benno beslist.

'Bovendien...' hoor ik Didi ineens zeggen, '... zit Suus in een vergadering en die duurt zeker nog wel twee uur. Sorry, jongens, het gaat gewoon niet lukken vandaag.'

'Precies. Dus: daaaaag.' En we horen de cameraploeg mokkend de gang verlaten. Guusje en ik kijken elkaar verbaasd aan. 'Mensen afwimpelen is natuurlijk corebusiness voor redactieassistenten,' fluistert ze. Ik glimlach. Ik ben ontzettend opgelucht dat het Benno en vooral Didi is gelukt om de cameraploeg buiten te houden.

'Dankjewel,' zeg ik als Didi en Benno de hoek om komen lopen.

'Graag gedaan,' zeg Didi.

'Het is toch ook belachelijk!' zegt Benno. 'Dat komt met een camera aanzetten, terwijl er hier gewoon gewerkt moet worden. Dit moeten we echt aankaarten bij Cordelia. Zij moet hier werk van maken. Het kan niet anders dan dat Mathijs de Bakker hier verantwoordelijk voor is.'

'Ze zeiden ook dat ze hem zonet al hadden geïnterviewd,' reageert Didi.

'Zie je wel. Een rat, dat is wat-ie is.' Benno loopt terug naar zijn bureau en hervat zijn werkzaamheden. Ik probeer hetzelfde te doen, maar de concentratie is nu helemaal ver te zoeken.

Wanneer Cordelia de redactie binnen komt lopen, stap ik meteen op haar af. Benno draait zijn bureaustoel onze kant op, zodat hij mee kan luisteren.

'Een cameraploeg van *Entertainment Vandaag* kwam een paar uur geleden hier. Ze hadden Mathijs de Bakker geïnterviewd en wilden vervolgens mij interviewen, terwijl ik daar helemaal geen toestemming voor had gegeven.'

'Ze waren hondsbrutaal, als je het mij vraagt,' vult Benno aan.

'Inderdaad,' zegt Didi. 'Ik wilde ze niet binnenlaten, maar die twee accepteerden gewoon geen nee. Pas toen Benno zich ermee ging bemoeien, wilden ze gaan.'

'Serieus?' Cordelia's wenkbrauwen gaan omhoog van verbazing. 'Ik bel meteen Mathijs de Bakker om te vertellen dat hij moet stoppen met deze lastercampagne. Of beter nog: ik bel de hoofdredacteur. Die moet De Bakker maar eens terechtwijzen.'

Benno, Didi, Guusje en ik wisselen blikken uit. Vanbinnen voel ik me warm worden. Het is goed om collega's te hebben die je steunen.

Als ik 's avonds vanaf de tramhalte naar mijn huis wandel, schrik ik me wezenloos. Verderop in mijn straat staat een dikke Mercedes geparkeerd die ik maar al te goed ken. Het is de auto van Bram van Heijningen. Shit. Hij heeft natuurlijk de opdracht gekregen van John de Zwart om mij te fotograferen. Het liefst met Derek erbij natuurlijk. Vlug draai ik me om en loop snel de hoek om. Daar bel ik Romijn.

'Jeetje, Suus,' begint die zodra ze opneemt. 'Ik wilde je de hele dag al bellen, maar dat ging niet vanwege het werk. Ik zag hier *Het*

Nieuwsblad in de kantine liggen en daar staat een vreselijk stuk op de *Boulevard*-pagina over jou en Derek!'

'Daarom bel ik ook. Luister, kan ik vanavond bij jou slapen?'

'Hoezo? Natuurlijk!'

'Dan kom ik nu naar je toe. Ben je thuis?'

'Ik ben thuis,' zegt Romijn, en ik hoor aan haar stem dat ze een beetje is geschrokken. Ze vraagt zich waarschijnlijk af wat er in vredesnaam aan de hand is.

'Ik leg het je straks allemaal wel uit, goed? Enne... bedankt!' Ik verbreek de verbinding en loop weer terug naar de tramhalte. God, en ik vond nog wel dat de roddelpers lastig was toen ik net iets met Milo had. Dat was een eitje vergeleken met de situatie nu.

Romijn kijkt me bezorgd aan wanneer ik haar huis binnenstap. 'Het is helemaal uit de hand gelopen,' zeg ik, radelozer dan ik had gewild.

'Wat is er dan gebeurd?'

'Dankzij die eikel van een Mathijs de Bakker ben ik nu loslopend wild voor de hele Nederlandse roddelpers. Door dat klotestuk van vanochtend, dat overigens honderd procent bullshit is, viel *Entertainment Vandaag* onze redactie binnen om mij te interviewen en staat Bram van Heijningen op het moment voor mijn deur te posten.'

'Dat meen je niet,' reageert Romijn geschrokken.

'Toch wel. Vandaar dat ik graag bij jou wil slapen.'

'Maar als je zegt dat je niks met Derek hebt, dan is de kous toch af?'

'Was het maar zo simpel. Trouwens, dat heb ik ook gezegd, maar ze houden niet op. Dat ik vanochtend uit wraak koffie over Mathijs heb gegooid heeft daar waarschijnlijk ook mee te maken,' zeg ik een beetje besmuikt.

'Heb je dat echt gedaan? Bravo! Dat zal die lul leren.'

'Nou, niet dus. Want hij heeft daarna *Entertainment Vandaag* gebeld.'

'En Derek? Weet die er al van? Dit moet voor hem ook niet handig zijn.'

'Hij zit nu nog veilig in LA, maar hij baalt er ook van.'

Romijn knikt. Dan vraagt ze: 'Wat deden jullie eigenlijk samen? Ik weet dat jullie de laatste tijd close zijn, maar op die foto ziet het er inderdaad meer dan vriendschappelijk uit.'

'Begin jij nou ook? Alsjeblieft, Romijn, we hebben niks. We gingen alleen uit eten en toen we elkaar bij het afscheid omhelsden, zag Mathijs ons toevallig en fotografeerde ons met zijn mobieltje. Dat is alles.'

'Rustig maar, ik geloof je.'

Dan gaat mijn mobieltje. Het is Flint. Het verbaast me dat hij nu pas belt. Als er ergens een relletje is, staat meneer meestal vooraan om maar niets te hoeven missen.

'Mopski, ik zit nu *Entertainment Vandaag* te kijken en wat zie ik allemaal? Ik snap er helemaal niks van. En, nog belangrijker, waarom weet ik hier niets van?'

'Shit, ben ik nu op tv?'

'Je hebt het net gemist, schatje. Mathijs de Bakker vertelde voor de camera met een vreselijk zuur gezicht dat hij Derek en jou op straat heeft zien zoenen. En dat Derek hem vervolgens het ziekenhuis in heeft geslagen en dat jij vanochtend uit wraak hete koffie over hem hebt gegooid.'

'Dat liegt hij!'

'Waarom zeg je dat dan niet voor de camera? Volgens *Entertainment Vandaag* weiger je elk commentaar. Dat kom niet heel sterk over, Suus.'

'Ik wil gewoon niet,' reageer ik geïrriteerd.

'Dan niet. Maar je geeft die roddelpers zo alleen maar meer aanleiding om je te blijven volgen.'

'Onzin. Bovendien heb ik al duidelijk gemaakt dat er helemaal niets is tussen Derek en mij.'

'Maar die boodschap is duidelijk niet aangekomen.'

'Ja, wrijf het er nog maar een keer in. Sinds wanneer ben jij pr-consultant?'

Als ik geërgerd de verbinding heb verbroken, zit Romijn al achter haar computer te zoeken op 'Uitzending Gemist'. 'Laat maar. Ik wil het geloof ik niet zien.'

'Oké.'

Intussen gaat opnieuw mijn mobieltje: Joy. 'Ik zag net een reportage op *Entertainment Vandaag* over jou en Derek. Wat een onzin allemaal!'

'Het is verschrikkelijk. *Scoop* laat zelfs Bram van Heijningen voor mijn deur posten. Ik ben nu een soort van ondergedoken bij Romijn.' En terwijl ik mijn hart uitstort bij Joy, gebaart Romijn dat ze even naar beneden gaat, naar aan-uit-aan-liefje Fedde. Zodra ik heb opgehangen stromen de sms'jes van bekenden binnen en gaat mijn mobieltje voortdurend. Ik laat het allemaal langs me heen gaan. Totdat mijn telefoon opnieuw gaat en ik NOOR op het scherm zie staan. Als ik ergens geen trek in heb, is het een verwijt van mijn voormalige schoonzus. Toch neem ik op.

'Met Suus.'

'Hallo, met Noor. Bel ik gelegen?'

'Dat ligt eraan. Als je belt om me de grond in te trappen, dan kan ik je meteen vertellen dat ik daar niet zoveel zin in heb.'

'Wees niet bang, dat zal ik niet doen. Sterker nog, ik realiseer me dat ik nogal egoïstisch ben geweest. Volgens mij was ik een beetje vergeten dat ik niet de enige ben die het moeilijk heeft met Milo's dood... en zijn andere issues, zullen we maar zeggen. Het spijt me.'

'Ja,' is het enige wat ik weet uit te brengen.

'Ik was te veel met mijn eigen verdriet bezig om me om anderen te kunnen bekommeren, geloof ik. Maar ik wil je nu laten weten dat je mijn steun hebt. Ik sta achter je en als je ooit hulp nodig hebt, dan ben ik er voor je.'

O?! 'Dat is eh... echt heel aardig van je,' zeg ik stomverbaasd. Ik heb geen idee waar deze ommezwaai ineens vandaan komt. 'Ik vind het heel lief van je, natuurlijk. Maar ik ben ook verrast, gezien ons laatste gesprek, zeg maar.'

'Om je heel eerlijk te zeggen wist ik eerst niet zo goed wat ik moest geloven van die berichten van vandaag. Dus heb ik eerst Derek gebeld. En hij verzekerde me dat er echt niets tussen jullie speelt.' Als Noor dit zegt voel ik even een steekje in mijn hart. 'Hij vertelde dat die reporter al weken achter je aan zit voor een interview over Milo en dat dit zijn wraak is. Klopt dat?'

'Ja,' zeg ik zachtjes.

'Dankjewel, Suus. Ik vind het hartstikke goed dat je echt integer bent, zo loyaal richting Milo. Ik weet natuurlijk dat jij ook door een diep dal gaat. Maar in tegenstelling tot mij, heb jij nog eens te maken met de pers die je lastig blijft vallen.'

'Dat maakt het inderdaad zwaarder. En nu is het helemaal een gekkenhuis.'

Als mijn gesprek met Noor is geëindigd, is Romijn inmiddels terug. Ze is wat aan het rommelen in de keuken als ik bij haar kom staan.

'Weet je wie dat was? Noor! Om te zeggen dat ze me gelooft en helemaal achter me staat. Hoe is het mogelijk!'

'Die weet ook niet wat ze wil,' zegt Romijn bitter.

'Ach ja. Ze heeft haar excuses aangeboden en volgens mij meende ze dat. En... ze had ook eerst Derek gesproken. Blijkbaar geloofde ze eerst dat de verhalen over onze romance wel waar waren.'

Romijn schudt haar hoofd.

'Hoe was het bij Fedde eigenlijk? Echt lang ben je niet bij hem gebleven. Hou je voor mij niet in, hoor. Ik red me wel.'

'Nou... eerlijk gezegd.. Ik geloof dat het uit is tussen Fedde en mij. En nu echt voorgoed. Ik ben klaar met die ruzies. Klaar met hem.'

28

Hoogverraad!

MILO'S GELIEFDE DUIKT ONDER!

Suus Frans, de vrouw die achterbleef na de dood van Milo den Hartog, is het middelpunt van een smerige showbizzrel. Nadat Frans is betrapt met Derek Lester, haar nieuwe lover en bovendien al jaren de beste vriend van Den Hartog, slaat het duo, soms letterlijk, wild om zich heen.

In plaats van een lang rouwproces vond Suzanne Frans een ander middel om de dood van haar geliefde Milo den Hartog te verwerken. Ze laat zich **dankbaar troosten door Derek Lester**, platenbons bij M-Records, **womanizer** en bovendien **jarenlang de beste vriend van Milo** den Hartog. Nog geen halfjaar na de dood van Milo pleegt dit stel schaamteloos **hoogverraad** door elkaars geliefden te worden.

Dat het stel blijkbaar ook hun fout inziet, blijkt uit de s**chandalige reactie** na de ontmaskering. Als eerste **sloeg Lester** een reporter van *Boulevard* op straat neer. Later nam Suus wraak door op de werkplek **hete koffie over hem heen te gieten**. Sindsdien weigert het beruchte stel elk commentaar, en lijkt zich te **verschuilen voor de buitenwereld**. Zo mijdt Suus haar huis zorgvuldig. En wanneer ze wel thuiskomt, verstopt ze zich onder een dikke muts en stevige sjaal.

Genoeg nu. Ik stop met lezen en leg de *Scoop* weg. Ver weg. Nog nooit ben ik zo van slag geweest door een artikel als nu. Ik ben boos. Verontwaardigd. Verdrietig. En van dat laatste word ik weer boos. Ik veeg een traan van mijn wang.

'Stop met jezelf zo te pijnigen en lees die troep niet meer. Hier.' Romijn pakt het tijdschrift en loopt ermee naar de vuilnisbak. Met een overdreven gebaar kiepert ze het erin. 'Weg ermee. Zo, en wat staat er vandaag op het programma?'

'Ik wil zo kijken of ik een mail terug heb van Julio, de beheerder van die turtlefarm in Camaronal. Hopelijk heeft hij de lijst klaar met namen van afgestudeerde mensen die bij mij zouden willen solliciteren. Er hoeft maar één goede tussen te zitten...'

'Inderdaad. Zal ik dan die brief aan die organisatie voor vrijwilligerswerk nakijken?' Ik kijk Romijn aan. Als je niet beter zou weten zou je denken dat het schildpaddencentrum Romijns project is. Sinds ik de knoop heb doorgehakt en er echt werk van wil maken, helpt ze vol overgave mee. Ze heeft al toegegeven dat het een perfecte afleiding is voor het verdriet dat ze heeft om Fedde. Ik begrijp haar en laat haar. Ik kan alle hulp gebruiken en bovendien is het ontzettend gezellig om dit samen met Romijn te doen.

'Maar eerst ga ik Derek bellen,' zeg ik. 'Ik wil weten of hij die aanklacht tegen *Boulevard* nog wil doorzetten.' En omdat ik eigenlijk ook even zijn stem wil horen, denk ik stiekem. Maar ik ga nog liever dood dan dat ik dit toegeef.

'Dag Suus, leuk dat je belt,' zegt Derek enthousiast als hij opneemt. Ik moet meteen glimlachen. 'Hoe gaat het?'

'Druk,' antwoord ik. 'Ik ben bijna rond met een pand. Antonio doet de onderhandelingen namens mij en hoewel een vergunning niet noodzakelijk is, heb ik toch een aanvraag de deur uit gedaan. Ik ben goed op weg om alles op papier te zetten. Antonio heeft geholpen me in contact te brengen met de lokale overheid en ik ben bezig met een vergunning. Maar wat ik van Julio van de turtlefarm in Camaronal begrijp is dat zo'n vergunning slechts een formaliteit is. De meesten zijn aan de slag gegaan zonder welke vergunning dan ook.'

'Klinkt als typisch Costa Rica,' lacht Derek. 'Je bent goed bezig, meid. Petje af.'

'Dankjewel.'

'Heb je Noor inmiddels gepolst over het geld?'

'Toevallig heb ik morgen een afspraak met haar.'

'Ik weet bijna zeker dat zij dit een goed plan vindt.'

'Hoe kan iemand dit geen geweldig plan vinden?' lach ik. Dan serieuzer: 'Heb je *Scoop* nog gelezen?'

'Ja natuurlijk. Mijn lieve secretaresse is de eerste die me hierover op de hoogte stelt. Ze vinden ons blijkbaar erg interessant. Maar echt origineel zijn ze niet. Ze schrijven elkaar maar na. Hoe ze over Milo's rug de verontwaardigde moraalridder uithangen... Als het niet zo stuitend was, zou ik erom lachen.'

'Ze hebben het zelfs over hoogverraad. Ik was zo kwaad toen ik dat las.'

'Ach... Het is hun manier om wraak op je te nemen. Wij weten dat het absolute bullshit is.'

'Ja,' zeg ik weinig overtuigd. Nu ben ik stil. Raak ik misschien zo van streek door die berichten omdat ik stiekem rekening houd met de mogelijkheid dat er wel iets speelt tussen mij en Derek? 'Je gaat *Boulevard* dus niet aanklagen?' zeg ik uiteindelijk.

'Nee, mijn ervaring is dat dit soort rechtszaken alleen maar meer persaandacht genereert. Ik heb wel mijn advocaat een pittige brief laten sturen naar Mathijs de Bakker. En ook *Scoop* kan er nu eentje verwachten. Wie weet schrikt dat ze af. Ik heb in ieder geval geen paparazzi meer gezien. Ik kan mijn advocaat vragen of hij namens jou ook een brief schrijft.'

'Dat is misschien wel een heel goed idee.'

'Ik mail hem zo meteen. En maak je geen zorgen om de kosten, ik betaal dit.'

'Echt? Wat aardig!'

'Jij kunt je geld beter besteden aan die schildpadden van je.' Derek en ik lachen allebei. 'Ik ga je missen, Suus.'

'Ik jou ook.' Dan hoor ik een piep in mijn telefoon. Ik kijk op mijn scherm en zie ANTONIO staan. 'Sorry, Derek, maar ik heb een wisselgesprek. Van Antonio.'

'Dan moet je opnemen,' zegt hij beslist. 'Doe hem de groeten.'

'Dat zal ik zeker doen. Dag!'

Als ik de volgende ochtend Lunapark binnenstap zie ik Noor al aan een tafeltje zitten. Met een espresso in de hand leest ze rustig de krant. Ze ziet er goed uit, denk ik opgelucht.

'Goedemorgen,' zeg ik opgewekt als ik bij haar tafeltje sta.

Noor kijkt op en glimlacht. Meteen staat ze op om me drie kussen te geven. 'Wat zie je er goed uit!' zegt ze.

'Ik wilde dat net van jou zeggen. Ik ben blij je zo fris te zien. Een wereld van verschil met de vorige keer.'

Noor zucht. 'Dat ik ontdekte dat mijn broer er een dubbelleven op na hield was misschien wel een van de ergste momenten uit mijn leven. Dat en de dag dat Milo overleed. Even twijfelde ik aan alles.'

'Ik had precies hetzelfde,' zeg ik zachtjes.

'Hij was een losbol. Makkelijk uitgevallen. Mijn broer was een goed acteur en kreeg daarom rollen aangeboden, maar hij heeft nooit hard hoeven lopen.'

Ik schud glimlachend mijn hoofd. 'Dat klopt.'

'En als je dan snel geld kunt verdienen met een handeltje, is dat voor sommige mensen blijkbaar heel interessant. Ik begrijp nu ook hoe hij zijn enorme loft heeft kunnen betalen,' merkt Noor droog op. 'En dat huis in Costa Rica.'

Ik knik. 'Ik ga ervan uit dat zijn handeltje nu is gestopt en probeer er niet zoveel aan te denken.'

Noor vraagt: 'Jij bent intussen weer aan het werk? Zit je nog steeds bij SHE?'

'Nog wel,' reageer ik.

'O? Je gaat iets anders doen?'

'Dat is wel het plan. En ik wil ik iets voorstellen.'

'Wat dan?' vraagt Noor nieuwsgierig.

'Jij, Derek en ik hebben toch afgesproken dat we Milo's geld doneren aan een goed doel?'

'Ja?'

'Ik weet het perfecte goede doel. Je weet waarschijnlijk wel dat Milo helemaal weg was van de schildpadeieren die we bij Punta Banco hadden gevonden en waar we voor zorgden.' Noor rolt met haar ogen en knikt.

'Maanden hoor ik niets van hem en ineens word ik bestookt met lange enthousiaste mails over zijn baby's. Volgens mij is Milo nog nooit ergens zo gek op geweest. Behalve op jou natuurlijk.' Noor lacht en ik lach mee.

'Precies. Dus hoe perfect zou het zijn als we zijn geld doneren aan een organisatie die schildpadeieren redt en de uitgekomen schildpadjes terugzet in zee?'

'Misschien,' antwoordt Noor rustig, terwijl mijn hart intussen bonst van opwinding. 'En jij kent zo'n organisatie?'

'Ja,' zeg ik enthousiast. 'Ik ben die organisatie.' Noor kijkt me niet-begrijpend aan. 'Ik wil met behulp van Milo's geld zelf zo'n organisatie opzetten in Punta Banco,' verklaar ik. En vervolgens leg ik in geuren en kleuren uit wat mijn plan is. Noor luistert geconcentreerd. Als ik eindelijk klaar ben, kijk ik haar blij en ook een beetje voldaan aan. Noor knippert even met haar ogen.

'Wauw, Suus. Wat moet ik zeggen? Weet je zeker dat dit is wat je wilt?'

'Honderd procent. Punta Banco is een klein paradijsje en het lijkt me echt geweldig om met een groep leuke mensen kleine schildpadden te helpen.'

'Echt?'

'Echt. Geloof me, ik heb hier goed over nagedacht. Het werk in de journalistiek maakt me niet gelukkig. Ik vind het te lastig, het gekonkel met BN'ers en dat je vaak niet meer dan een doorgeefluik bent van hun imagocampagne. Ik wil iets doen wat ertoe doet.'

'Schildpadden redden.'

Ik knik met een brede glimlach. 'Inderdaad. Schildpadden redden.'

Noor is even stil en kijkt voor zich uit. Ik wacht gespannen af. Kom op, Noor, je kunt dit onmogelijk een slecht plan vinden. Maar ik heb werkelijk geen idee of ze mijn plan ziet zitten. Wat dat betreft vind ik Noor net zo onvoorspelbaar als haar broer. Dan zegt ze: 'Ik vind het een topidee. Dus mijn zegen heb je. En het geld ook.'

'Echt? Te gek! Dankjewel.' En ik geef haar een stevige omhelzing. 'Heel, heel erg bedankt,' zeg ik nogmaals. En ik denk: Costa Rica: *here I come*!

'Dus je gaat dit echt doorzetten?' Flint doet zijn best om niet een vies gezicht te trekken, maar de toon in zijn stem verraadt dat hij veel moeite heeft met mijn plannen.

'Ja. Nu ik weet dat ik Milo's geld kan gebruiken, ga ik waarschijnlijk een pand kopen in plaats van huren. Antonio is al druk aan het onderhandelen met lokale bouwvakkers zodat ik voor een zacht prijsje een gebouw kan laten verbouwen. En ik heb de toezegging van een net afgestudeerde biologe dat ze dolgraag wil meewerken in de farm. Eigenlijk hoef ik alleen nog maar mijn baan op te zeggen en een ticket te boeken.'

'O dear. Dit is een groot verlies voor modeminnend Nederland. Je was *this close* om Hollands next it-girl te worden. En toen ging Milo dood en nu verlies je jezelf in de ecotrend. Straks neem je nog dreads!' Flint slaat geschrokken zijn hand voor zijn mond.

Ik schud lachend mijn hoofd. 'Ik beloof hierbij plechtig dat ik nooit dreadlocks zal nemen, goed?'

Maar Flint is niet tevreden. 'Ik weet dat het heel hip is om bezig te zijn met de natuur en zo, al die Hollywood-sterren zijn er dol op, maar je kunt ook overdrijven. Moet je daar werkelijk naartoe gaan? Kun je niet gewoon een donatie doen aan het Wereld Natuur Fonds of zo?'

'Joh, boek voor de grap eens een vlucht naar Costa Rica en kom eens kijken. Wedden dat jij ook helemaal verliefd wordt op dat land en nooit meer weg wilt?'

'Wie ik? De kans is nog groter dat ik witte sportsokken draag dan dat ik in ongewassen kleding schildpadeieren ga rapen in die jungle van jou.'

'Jammer, Punta Banco kan wel wat gayflair gebruiken.'

'Precies de reden waarom ik niet ga. Ik voel er niet zoveel voor om *the only gay in the jungle* te zijn.'

'Weet je dat de mannen in Costa Rica onweerstaanbaar zijn? Goddelijk gespierde lichamen, *sunkissed* huidje, mmm.'

'Hoeveel kost een vlucht ook al weer, zei je?'

Romijn en ik lachen. Dan zegt Romijn: 'Ik vind het juist ontzettend stoer dat ze haar droom verwezenlijkt. Dat ze dit durft. Echt, ik heb zoveel bewondering voor je.' Romijn kijkt me aan.

'Dankjewel,' zeg ik ontroerd en ik leg mijn hand op haar arm. 'En zonder jouw hulp was het me waarschijnlijk niet gelukt. Ik ben je eeuwig dankbaar.'

'Daar heb je toch vrienden voor? Bovendien heb ik je nog nooit zo enthousiast gezien. En dat werkte zo aanstekelijk. Volgens mij word je heel gelukkig daar.'

'Dat denk ik ook,' reageer ik.

'Ik zou zo met je mee willen,' verzucht Romijn dan.

Verbaasd kijk ik haar aan. 'Serieus? Want als je dit echt meent, dan zou ik het geweldig vinden als je met me mee zou gaan.'

'Maar…' begint Flint, maar ik kap hem vlug af door mijn hand in de lucht te steken. Vragend kijk ik naar Romijn, die helemaal is stilgevallen. Ik zie haar nadenken. Maar volgens mij niet omdat ze niet wil, maar omdat ze niet zeker weet of ik het wel meen. Daarom zeg ik het nog eens. 'Ik zou niets liever willen dan dat je met me meegaat.'

Dan zegt ze zachtjes: 'Ik ook.'

'O,' gil ik uitgelaten en ik klap in mijn handen. 'Nu kan ik echt niet wachten om te vertrekken. We gaan het zo leuk hebben daar!'

Romijn begint zenuwachtig te giechelen. 'Vind je het echt goed? O, maar dan moet ik ook nog heel veel regelen. Wat zullen mijn ouders zeggen? O!' Romijn ratelt maar door, terwijl ik mee grinnik. Totdat Flint zijn mond opendoet.

'Dames, ik vind dit echt heel schattig allemaal, hoor, maar… zijn jullie serieus? Zijn jullie nu werkelijk van plan allebei naar de jungle te vertrekken om eieren te gaan zoeken? Maar… maar… maar dat betekent dat ik dan in één klap mijn Liz Taylor én mijn moeder Teresa verlies. Dat kan niet, hoor.' Flint kijkt ons ongelovig aan.

'O lieverd,' zeg ik troostend. 'Je hebt Joy toch altijd nog?'

29

Ik ben in diepe slaap als ik plotseling gewekt word door de deurbel. Met een schok schiet ik overeind en kijk op mijn wekkertje. Tien over twee. Wie staat er vredesnaam midden in de nacht aan mijn deur te bellen? Of liever: te bonzen? Want inmiddels is het bellen overgegaan in bonzen en wordt mijn naam ook geroepen. Wat is dit? Of beter gezegd: wie is dit? Met een bonzend hart trek ik haastig een badjas over mijn halfnaakte lijf. Zachtjes loop ik naar mijn deur. Ik wil niet dat deze gek hoort dat ik thuis ben.

'Suus? Suus? Ben je daar?' Derek! Ik herken de stem van Derek. Wat doet die op dit tijdstip bij mijn voordeur? Is er iets ernstigs gebeurd? Snel doe ik de deur open. Daar leunt Derek met één arm tegen de deurpost aan. Zoals altijd draagt hij een keurig, goed gesneden maatpak, maar tot mijn grote verbazing hangt nu zijn jasje slordig open, bungelt zijn blouse half uit zijn broek en zijn de knopen bijna allemaal open. Zijn haar is in de war en als hij mij met een schuin hoofd lodderig aankijkt valt het kwartje: hij is stomdronken.

'Kom binnen,' zeg ik weifelend en ik probeer Derek te ondersteunen. Maar we staan nog niet in mijn woonkamer of Derek drukt me plotseling tegen de muur. Geschrokken kijk ik hem aan. Twee diepbruine ogen staren intens terug, terwijl hij me met beide handen met mijn schouders tegen de muur gedrukt houdt. Ik ben verbaasd en begrijp niet wat Derek met deze actie wil zeggen. 'Wat is er aan de hand?' vraag ik hem ietwat onnozel.

Derek zegt niets, maar kijkt me alleen indringend aan. Ik voel zijn adem als hij zijn hoofd langzaam dichter bij het mijne brengt. Ik slik. Dan drukt hij zijn lippen ineens stevig op de mijne. Verrast sper ik mijn ogen open en probeer hem aan te kijken, maar

Derek heeft zijn ogen stijf dichtgeknepen, terwijl hij zijn dikke wenkbrauwen fronst. Ik voel zijn lippen op de mijne en wanneer zijn tong naar binnen glijdt, proef ik een vreemde, maar lekkere mengeling van wijn, whisky en zoet. Ik voel mijn hartslag versnellen en mijn buik week worden en besluit zijn kus te beantwoorden. Ik pak met mijn handen zijn gezicht vast en zoen hem gretig terug. Dereks greep om mijn schouders verslapt en zijn handen verplaatsen zich naar mijn rug. Ik sta nog steeds tegen de muur en Dereks handen glijden langzaam naar mijn billen. Met één hand doe ik hetzelfde bij hem. Dereks adem versnelt en ik voel hoe hij steeds opgewondener raakt. Nu we vrijen besef ik pas hoe erg ik naar hem heb verlangd. En nu ik toegeef aan dit verlangen, lijken alle remmen los. Ook ik raak steeds meer opgewonden. Intussen heeft Derek mijn badjas geopend en zoent hij mijn nek, mijn borsten. Ik knoop het laatste stukje blouse los en beweeg vervolgens mijn hand over zijn naakte bovenlichaam. Ik streel zijn gespierde borstkas en voel die op en neer gaan. Derek trekt me nog steviger tegen zich aan en als ik zijn blote borstkas tegen mijn naakte lijf voel, heb ik het bijna niet meer. Ik druk nu ook mijn onderlijf tegen hem aan. Met één hand kneedt hij mijn billen terwijl hij zich tegen me aan duwt. Met mijn ene hand ga ik naar zijn kruis, en probeer zijn broek los te maken. Met mijn andere hand ga ik door zijn haar en ik voel hoe zijn hand in mijn slipje glijdt. Nu kan ik echt maar aan één ding denken en dat is dat ik hem wil. Zachtjes kreun ik: 'O Derek.'

Als bij toverslag rukt Derek zich ineens van me los en kijkt me aan. Verward, verwilderd. Met een gekweld gezicht mompelt hij: 'Sorry, ik…' En hij loopt weg. Hij verdwijnt net zo plotseling als hij gekomen is. Stomverbaasd blijf ik achter en staar naar mijn voordeur die nog halfopen staat. Wat was dit? Wat is hier nu net gebeurd?

De volgende dagen blijft het voorval door mijn hoofd spoken. Als ik denk aan die heerlijke zoen, hoe ontzettend goed die was, hoe hartstochtelijk en vol verlangen we elkaar kusten, word ik helemaal warm vanbinnen. Zijn doordringende blik die mijn benen helemaal slap maakte. Zijn warme lippen op de mijne. Hoe hij opgewonden mijn lichaam aanraakte. Hoe opgewonden ik was. Maar als ik denk aan het feit dat Derek de beste vriend is van Milo, maakt een groot schaamtegevoel zich van mij meester. Een schuldgevoel zo groot dat het allesoverheersend is. Hoogverraad. Ik schaam me rot voor wat er gebeurd is. Het ergste vind ik de gevoelens die ik erbij heb. Want eerlijk is eerlijk, die kus was geweldig. Hij was intens, hij was lekker. Maar... hij was van Derek. Die bovendien midden in de vrijpartij plotseling is weggelopen. Zonder enige toelichting of uitleg.

Ik voel me verschrikkelijk. Zo goed en zo kwaad als het gaat probeer ik me te focussen op mijn vertrek. Samen met Romijn bekijken we wanneer we het beste kunnen vertrekken. Hoe eerder, hoe beter. Ik krijg het Spaans benauwd van Derek en mijn gevoelens voor hem. Romijn is de eerste die iets doorheeft.

'Wat is er toch?' vraagt ze als we bij mij thuis onze laatste plannen doornemen.

'Niets, hoezo?'

'Gewoon. Sinds het weekend ben je zo afwezig. Je hebt toch niet ineens twijfels, hè?'

'Natuurlijk niet. Ik vertrek nog liever vandaag dan morgen.' Dan hoef ik Derek tenminste ook niet meer onder ogen te komen, denk ik bij mezelf. Hoewel... in Punta Banco zal ik hem altijd weer tegenkomen. Hij is immers mijn buurman daar. O, hel. Dit is allemaal zo onhandig. Het liefst stort ik mijn hart uit bij Romijn, maar ik durf niet. Ik schaam me voor deze actie en ben bang dat zij het heel erg fout vindt. En diep in mijn hart vind ik dat zelf ook. Dus doe ik maar net alsof er niets aan de hand is.

Als Romijn naar huis gaat vraagt ze het nog eens: 'Als er iets is, moet je het me zeggen, hoor. Als je twijfels hebt, of toch niet wilt dat ik meega, of wat dan ook. Vertel het me.'

'Maak je geen zorgen. Onze Costa Rica-plannen gaan helemaal door.'

Als ik de volgende morgen wakker word, voel ik me slecht. Ik heb nauwelijks geslapen. Ik blijf maar malen over Derek. Wat de hele situatie niet beter maakt is dat ik nog helemaal niets van hem heb gehoord. Terwijl we elkaar voor dit alles bijna dagelijks spraken. Ik heb geen idee hoe hij over het voorval denkt. Maar aangezien hij zomaar ineens is weggelopen, kan ik daar wel naar raden. Het zit er dik in dat hij spijt als haren op zijn hoofd heeft van deze spontane actie. Hoe langer het geleden is, hoe gênanter ik het begin te vinden. Derek heeft een excuus. Hij kan zich handig verschuilen achter het feit dat hij dronken was. Maar wat is mijn excuus? Ik beantwoordde zijn zoen enthousiast en was op een gegeven moment minstens zo opgewonden als Derek. Misschien kan ik zeggen dat ik slaapwandelde? Nee, dat slaat natuurlijk helemaal nergens op. Of dat ik dacht dat hij Milo was? O boy, wat een wanhoopsgedachte. Laat ik Milo er alsjeblieft buiten houden. Het is allemaal al erg genoeg. Ik moet iets doen, dat is duidelijk. Ik moet Derek spreken en de dingen uitpraten. Gespannen zoek ik zijn nummer in mijn mobieltje en bel hem. Vooruit: het moment van de waarheid. Nerveus hoor ik het nummer overgaan. En dan: voicemail. Snel verbreek ik de verbinding. Ik ga écht niet iets inspreken. Zucht. Ik besluit Derek dan maar op zijn werk te bellen, tegen beter weten in.

'M-Records, met Janice,' hoor ik een enthousiaste stem zeggen.

Ik schraap mijn keel. 'Hallo, je spreekt met Suzanne Frans. Ik ben op zoek naar Derek Lester.'

'Natuurlijk. Wat was je naam ook al weer?'

'Suzanne Frans. Suus.'

'Momentje, Suzanne.'

Met bonzend hart luister ik naar de laatste hit van Sam, het soapsterretje dat een album heeft uitgebracht bij M-Records. Was het niet op haar cd-presentatie dat Derek en ik elkaar voor het eerst ontmoetten? En dat ik Milo voor het eerst zag, denk ik er direct achteraan. O, god. Het is echt belangrijk dat deze hele mislukking zo snel mogelijk uit de wereld is. Ik wil niet constant aan Milo of aan Derek denken, zonder dat er meteen een enorm schuldgevoel bij me op komt spelen.

'Hallo Suzanne?' De receptioniste met de vrolijke telefoonstem is weer terug.

'Ja?'

'Het spijt me, maar Derek kan niet aan de telefoon komen. Hij zit in een bespreking.'

'O. Enig idee hoelang dit gaat duren?'

'Geen idee, maar ga er maar van uit dat dit wel een hele tijd kan duren. Het heeft geen zin om hem vandaag nog te bellen. Sowieso is Derek erg druk,' zegt de receptioniste met een iets minder opgewekte stem. Ik weet genoeg. Volgens mij zit Derek helemaal niet in een meeting. Hij wil mij gewoon niet spreken. Beschaamd verbreek ik de verbinding. De tranen prikken achter mijn ogen.

'Gaat het wel?' Verschrikt kijk ik op en zie Pam van achter haar dikke bril bedenkelijk naar me kijken. 'Ik merk aan je dat je de laatste dagen behoorlijk down bent. Je bent er duidelijk met je hoofd niet bij. Wil je erover praten?'

O jee, daar zul je het hebben. Haastig schud ik mijn hoofd.

'Ook al zijn we dan al weer een halfjaar verder, de dood van je geliefde is niet niks. Soms denk je het ergste te hebben gehad en dan komt het verdriet ineens weer keihard binnen.'

Onhandig glimlach ik naar Pam. Ik weet gewoon niet wat ik moet zeggen.

'Als je behoefte hebt aan een kleine time-out moet je het zeggen. Dan ga je vanmiddag gewoon eerder naar huis. Het lukt wel met de eindredactie vandaag.'

'Dat is heel aardig van je, maar het gaat wel.' Door Pams medeleven en aardige woorden voel ik me eigenlijk alleen maar nog ellendiger. Ik ga die hele Derek-situatie vanavond nog opbiechten aan mijn vrienden. Vlug stuur ik aan alle drie een sms'je met de vraag of ze vanavond bij me willen eten.

Als Flint, Joy en Romijn bij me thuis zitten ben ik opvallend stil. Die hele affaire hangt als een molensteen om mijn nek. Ik ben bang dat ze het belachelijk vinden dat ik zoiets heb gedaan. Nadat de zoveelste fles wijn is opengetrokken, voel ik de alcohol zo in mijn kop dat ik de stoute schoenen wel durf aan te trekken. 'Ik moet iets heel, heel ergs vertellen. En jullie moeten beloven dit tegen niemand te vertellen,' zeg ik plompverloren.

Flint wrijft in zijn handen. 'Heerlijk! Eindelijk weer iets ouderwets te smullen. Suus, wat heb ik dat gemist.'

Joy kijkt Flint geïrriteerd aan. 'Flint, hou op. Volgens mij heeft Suus de laatste tijd genoeg voor haar kiezen gehad. Het is toch niet iets heel ernstigs, hè?'

'Dat ligt eraan… maar voordat ik het vertel moeten jullie echt beloven je mond hierover te houden. Ik schaam me dood.'

'Heb je nog een illegale activiteit van Milo ontdekt? Zat hij in de pornobusiness? Is dat het?' Flint moet zijn best doen niet te verlekkerd te kijken.

Joy negeert hem. 'Je kunt ons vertrouwen, dat weet je toch? En zo erg kan het toch niet zijn?'

Ik zwijg. Dus wel. Ik haal mijn neus op en stotter dan: 'Ik… eh… ik… o shit… Nou, ik heb dus een soort van per ongeluk een beetje gezoend met Derek.'

Mijn drie vrienden staren me met open mond aan. Net wat ik nodig had. Zie je wel. Ik had het nooit moeten vertellen. Het is ook gewoon te schandalig voor woorden.

'Derek?' zegt Joy uiteindelijk. 'Je bedoelt beste-vriend-van-Milo-Derek?'

'Of beter gezegd playboy, womanizer, dol-op-de-vrouwtjes-Derek?' voegt Flint eraan toe.

'Ja, die,' zeg ik gelaten.

'Wauw. Dat is *one hell of a rebound*, mopski.'

Wanhopig sla ik mijn handen voor mijn gezicht. 'Ik weet dat het not done is. Zoenen met de beste vriend van je overleden geliefde. Maar het gebeurde voor ik er erg in had. We schrokken er allebei van… Shit, ik schaam me rot.'

Joy lijkt als eerste weer bij haar positieven na mijn grote onthulling.

'Ik snap er helemaal niets van. Een paar weken geleden waren jullie nog woest toen de roddelpers beweerde dat jullie een relatie hadden, en nu hebben jullie gezoend?!'

'Ik weet het. Ik snap er ook niks meer van. Maar het was zo heftig, zo intens. Ik wist helemaal niet dat ik die gevoelens voor hem had.'

'En nu? Wat gaat er nu gebeuren,' vraagt Romijn enigszins bezorgd. 'Ben je verliefd op hem? Is hij verliefd op jou?' Ze kijkt me met een moeilijk gezicht aan.

'Dat weet ik allemaal niet. Derek is snel weggegaan. En sindsdien... heb ik hem niet meer gesproken.'

'Wanneer is dit dan gebeurd?'

'Vorige week vrijdag.'

'Suus, dat is bijna een week geleden! Jullie moeten dit toch uitpraten?' Joy kijkt me streng aan.

'Dat weet ik ook heus wel. Maar hoe dan? Hij neemt nooit zijn telefoon op als ik hem bel. Of hij laat me afwimpelen door zijn secretaresse.'

'Echt? O, o. Dat is geen goed teken.' Flint schudt zijn hoofd.

'Des te belangrijker dus dat je contact met hem hebt. Jullie zijn goede vrienden, dan moet dit gewoon de wereld uit. En meneer is mans genoeg om dit soort kwesties niet te laten afhandelen door zijn secretaresse.'

'Precies. En het is nou niet zo dat jij de eerste vrouw bent met wie hij moet dealen,' zegt Flint.

'Ja, ja,' reageer ik geïrriteerd. Ik krijg steeds meer spijt dat ik dit ter sprake heb gebracht.

'Bel hem. Sms hem,' zegt Romijn. 'Mail hem. Of ga naar zijn huis. Hoe dan ook, maak duidelijk dat je ervan baalt. Dat jullie waarschijnlijk allebei in de war zijn, maar dat het allemaal een grote vergissing is. Dat er absoluut geen gevoelens zijn die jullie vriendschap in de weg staan. Toch?' Romijn kijkt me strak aan. Zij is waarschijnlijk vooral bang dat dit alles onze reis naar Costa Rica kan dwarsbomen.

Ik ontwijk haar blik. 'Ja, nee, natuurlijk. Ach, ik baal er gewoon van.'

'Baal je van die zoen of baal je ervan dat je misschien gevoelens hebt voor Derek?' Nu is het Joys beurt om me indringend aan te kijken. Wat is dit voor een kruisverhoor?

'Ja, eh, hoor eens even. Ik weet het gewoon ook allemaal even niet meer. Laat me nou maar. Ik heb al spijt dat ik het aan jullie verteld heb.' En ik loop naar de keuken om nieuwe thee te maken.

Flint heeft al een tijd weinig tot niets gezegd. En ik heb het don-kerbruine vermoeden dat hij eigenlijk al precies weet hoe de vork in de steel zit.

30

Je bent verliefd op hem, is het niet?

Terwijl ik mijn tanden poets, staar ik naar het sms'je dat Flint me stuurde zodra iedereen weer naar huis was. Het is waar. Ik ben inderdaad verliefd op Derek. Shit. Dit is zo niet handig. Ik spoel het laatste restje tandpasta uit mijn mond en zet mijn tandenborstel terug. Morgenochtend vroeg ga ik bij Derek langs. Ik moet hem gewoon spreken.

Het is nog geen zeven uur als ik buiten voor Dereks deur sta. Ik wil net op de knop van de intercom drukken als er een vrouw naar buiten stapt. Ik bedenk me geen moment en glip naar binnen. Terwijl de lift naar de bovenste etage zoeft voel ik mijn hart bonzen. Dit heb ik niet goed voorbereid, realiseer ik me. Als ik in de spiegel van de lift kijk, zie ik een bang gezicht. 'Relax, dit is het beste,' spreek ik mezelf toe. En over hooguit een kwartier is dit voorbij.

Ik haal nog eens diep adem en druk dan op Dereks bel. Er gebeurt helemaal niets. Zou hij al naar zijn werk zijn? Ik weet dat hij de gewoonte heeft om ontzettend vroeg te beginnen, maar zo vroeg? Of zou hij nog in bed liggen? Onmogelijk. Ik druk nog eens op de bel. Nu langer. Dan hoor ik eindelijk gestommel. Een lamp gaat aan. Shit, lag hij dan toch nog in bed? Met mijn hand doe ik mijn haar over mijn schouders en trek ik mijn jas recht. Ik probeer zo neutraal mogelijk te kijken. Eindelijk gaat de deur open en voor me staat een rommelig ogende Derek. Hij komt overduidelijk net uit bed. Zijn haar is warrig, hij draagt een boxershort en zijn bovenlichaam is bloot. Oef. Ik slik.

'Goedemorgen,' zeg ik voorzichtig.

'Suus,' reageert Derek met een geschrokken gezicht. 'Wat doe jij hier?'

'Ik, eh… Ik wil heel graag even met je praten, als dat kan.'

'Nu? Eh…' Nu is het Derek die stamelt.

'Mag ik even binnenkomen?' Ik heb namelijk geen zin om mijn hart uit te storten op de gang.

'Eigenlijk komt het nu niet zo goed uit. Ik ben vannacht terug-gekomen uit Miami en heb nogal een jetlag. Een ander keertje mis-schien?'

En dan zie ik het. Aan Dereks kapstok hangt een felblauw da-mesjasje. Onmiskenbaar KLM-blauw. En daaronder staat een rol-koffertje op de grond. Derek heeft bezoek. Van een stewardess. Ik kijk naar Derek. Die kijkt met een onhandige blik terug.

'Ik begrijp het al. Je hebt bezoek. Het spijt me. Dag,' zeg ik zo koel mogelijk en ik draai me vlug om. Ik weet niet hoe snel ik hier weg moet wezen. Dereks gezicht leek geschrokken en stiekem hoop ik dat Derek me in zijn boxer achternasnelt. Maar dat ge-beurt niet. Hij roept niet eens 'Suus, wacht nou even'. Niets. De lafaard.

Beschaamd kijk ik naar mezelf als ik weer in de lift sta. Mijn wangen zijn vuurrood. Ik voel me zo ontzettend dom. Dit was een grote fout. Die kus betekende voor Derek helemaal niets. Hij was dronken en dacht er duidelijk niet bij na. Een traan biggelt langs mijn wang naar beneden. Hoe kon ik zo stom zijn om te denken dat het iets te betekenen had? Ik ken Dereks reputatie toch. Hij is de grootste playboy in mijn omgeving. Milo maakte altijd grapjes over de vele veroveringen van zijn beste vriend. En nu behoort zijn eigen vriendin daarbij. Langzaam glijdt er nog een traan naar be-neden. Als ik op straat sta schemert het nog. De straten zijn stil. Hier in alle stilte begin ik zachtjes te snikken. Ik ga terug naar huis. Ik heb geen zin om vandaag op het werk te verschijnen en gezellig te doen. Of nog erger: medelijden te krijgen omdat mijn collega's denken dat ik verdrietig ben vanwege Milo. Ik bel Didi's mobieltje.

'Goedemorgen Suus,' zegt ze verrast. 'Jij bent er vroeg bij.'

'Sorry. Ik wil me ziek melden. Ik geloof niet dat ik in staat ben om te werken vandaag, het spijt me heel erg.'

'Je hoeft je niet te verontschuldigen. Dat begrijpen we heus wel. Ik zal het aan Cordelia doorgeven. Doe jij maar rustig aan, ga iets leuks doen voor jezelf, neem een massage of zoiets.'

'Misschien doe ik dat wel,' zeg ik mat. Maar door Didi's medeleven voel ik me nog slechter.

Eenmaal thuis kruip ik meteen onder de dekens. Al snel val ik in een diepe slaap. Ik droom over Derek. We zijn samen in Punta Banco en liggen naast elkaar op het strand. Hij begint me te strelen. Vanaf mijn voeten, mijn benen, langzaam naar boven. Derek kijkt me aan en kust me, zijn lippen voorzichtig op de mijne. Ik proef het zout van de zee. Dan hoor ik een afkeurend kuchje. Ik kijk op en zie op een afstandje Noor staan. Met haar armen over elkaar kijkt ze me minzaam aan. Dan zie ik dat ook Willem en Mieke er zijn. Ook hun blik is allerminst aardig. Boos staren ze naar Derek en mij. Het volgende moment schrik ik me helemaal rot. Want tussen Willem en Mieke in zie ik plotseling Milo staan. Nog nooit heb ik hem zo gekwetst en geschokt zien kijken. 'Het is niet wat je denkt!' zeg ik wanhopig. En ik sta op en wil naar hem toe lopen. Maar dan staat Mathijs de Bakker ineens tegenover me. Met zijn opnamerecorder in de aanslag. 'Wil je me nu dan eindelijk dat interview geven?' Achter Willem en Mieke staat Bram van Heijningen stiekem foto's te maken. John de Zwart, Gwen en zelfs mijn oude chef Skylla staan er nu ook. Met een smalende blik kijken ze toe hoe ik wanhopig naar Milo loop. Maar die draait zich om en beent weg, op de voet gevolgd door Noor, Willem en Mieke. Terwijl Mathijs vragen op me afvuurt en Bram foto's maakt, roep ik nog eens. 'Ik kan het allemaal uitleggen.' Maar het enige wat de familie Den Hartog doet is omdraaien en me hun meest afkeurende blik toewerpen. Dan gaan ze weer verder. 'Alsjeblieft, wacht!'

Met een schok word ik wakker. Wat een klotedroom. Sinds Milo's dood heb ik tot mijn grote teleurstelling nooit over hem gedroomd. Ik was hem dolgraag nog eens tegengekomen in mijn onderbewuste. En nu verschijnt hij ineens wel om me meteen een schuldgevoel te geven. En waarvoor? Voor mijn gevoelens voor Derek? Ik neem me meteen voor die voortaan te negeren. Nu ik weet dat Derek niets bedoelde met die kus, kan ik verder. Móét ik verder. Ik kijk naar het stapeltje paperassen dat op mijn bureau ligt. Allemaal brieven en documenten over Costa Rica. Ineens ben ik vastberaden. Ik pak mijn mobieltje en bel Romijn.

'Hi Suus, hoe gaat het? Hopelijk niet te veel gepiekerd na gisteravond? Ik dacht later dat we misschien een beetje hard voor je waren.'

'Welnee, jullie hadden helemaal gelijk. Sterker nog, ik ben vanmorgen meteen bij Derek langsgegaan en we hebben het uitgepraat. Het was een vergissing, maar alles is prima. Geen probleem.' En terwijl ik mezelf hoor praten baal ik: het klinkt allemaal zoveel stoerder dan het in werkelijkheid is.

'Echt? Ik ben verbaasd. Gisteren zat je anders nog in zak en as om die kus.'

'Dat kwam omdat ik niet wist wat die betekende. Maar ik weet nu dat het niets voorstelde. Hij was dronken. Dat was alles.'

'En jij dan?'

'Ik was slaapdronken,' zeg ik snel. 'Ik liet me overrompelen.'

Romijn blijft aan de andere kant veelbetekenend zwijgen. 'Luister, ik wil jou wel eens zien als er midden in de nacht iemand voor je deur staat en je plotseling zoent.'

'Hm.'

'Hoe dan ook. Ik vind eigenlijk dat we zo snel mogelijk moeten vertrekken. Ik wil maandagochtend mijn baan opzeggen en dan zouden we over een maand al in het vliegtuig naar Costa Rica kunnen zitten. Als je wilt, natuurlijk.'

'Of ik wil? Ik vertrek het liefst zo snel mogelijk. Suus, ik vind het fantastisch! Ik dacht dat al dat geregel veel te lang zou duren en toen je gisteravond over Derek vertelde zat ik hem helemaal te knijpen. Misschien lelijk van me om te zeggen, maar ik was even bang dat als jullie twee iets zouden krijgen jij geen zin meer zou hebben om te emigreren.'

'Onzin. Derek is gewoon een heel goede vriend en jij en ik vliegen volgende maand naar Punta Banco!'

'Yeehaaa!' gilt Romijn terug.

Ik stuur Pilar en Antonio meteen een mailtje dat we volgende maand komen. Terwijl mijn computer langzaam opstart bedenk ik me dat het goed is zo. Als Derek mij vanochtend de liefde had verklaard was alles alleen maar gecompliceerder geworden. Wat dat betreft heeft Romijn gelijk. Een prille liefde is niet handig als je net wilt verhuizen. Bovendien, wat zou iedereen denken? Milo's ouders, Noor. Ze zouden het hoogverraad vinden, net zoals *Scoop* had geschreven. God, *Scoop*! De roddelpers zou ervan smullen als blijkt dat Derek en ik een stel zijn. 'Zie je wel,' zouden ze schrijven. Volgens mij is me zojuist een hoop ellende bespaard gebleven. Als ik routineus mijn mailbox aanklik schrik ik op. Ik zie dat ik een mailtje heb ontvangen van Eva Landsgraaf en het onderwerp liegt er niet om. Nerveus klik ik het mailtje open.

Aan: S.Frans@gmail.com
Van: E.Landsgraaf@gmail.com
Onderwerp: Geschokt!

Hallo Suus,
Tot mijn grote verbijstering las ik afgelopen weekend een interview van Maurice en Maureen in SHE. Een interview waarin ze samen mij en ook zijn andere minnaressen zwartmaken. Het is bijzonder kwetsend om te lezen hoe iemand in een interview grove leugens over je verspreidt.
De schok was nog groter toen ik zag dat uitgerekend jij de journalist was die deze woorden heeft opgeschreven. Suus Frans, die zich nog geen jaar geleden zo inspande om ons over te halen de waarheid te vertellen, praat nu net zo makkelijk mee met de leugens van Maurice! Heb je dan helemaal geen scrupules? Ik vind het teleurstellend en kwetsend om te lezen dat je Maurice zijn gang laat gaan tijdens het interview. Ik dacht dat je integer, eerlijk en rechtdoorzee was, maar je blijkt een laffe, schijnheilige en leugenachtige vrouw te zijn. Ik heb me duidelijk flink in je vergist en ik heb spijt als haren op mijn hoofd dat ik ooit heb meegewerkt aan jouw artikel voor Scoop.

Eva

Ik staar naar mijn beeldscherm. Mijn wangen gloeien en mijn hart bonst. Eva's woorden steken als een mes in mijn borst. Maar het ergste is dat ze helemaal gelijk heeft. Het was een heel laffe actie van me. Bij *Scoop* stak ik mijn nek uit om Maurice te ontmaskeren als overspelige hufter, en met dit interview heb ik mijn eigen onthulling gladgestreken en weggepoetst. Ik ben er zelf allesbehalve trots op. Maar er is niets wat ik kan doen om het terug te draaien. Er zit niets anders op dan mijn excuses aan te bieden. Voor wat het waard is.

Aan: E.Landsgraaf@gmail.com
Van: S.Frans@gmail.com
Onderwerp: re: Geschokt!

Beste Eva,
Je hebt helemaal gelijk. Het spijt me ontzettend wat er allemaal is gebeurd met het interview van Maurice en Maureen. Ik had gedacht dat Maurice tijdens het interview zou praten over zijn ontrouw, maar toen ik tegenover hem zat bleek hij gewoon door te gaan met zijn leugens. Ik heb kritische vragen gesteld, maar niet genoeg. Tot mijn grote spijt is het me niet gelukt om hem zijn affaires te laten opbiechten. Het artikel dat ik vervolgens heb geschreven is fout. Ik ben er niet trots op. Het was bovendien een bevestiging voor mij dat ik niet geschikt ben voor dit werk. Dat, samen met andere recente gebeurtenissen in mijn leven, heeft ervoor gezorgd dat ik mijn baan bij SHE ga opzeggen en naar Costa Rica emigreer. Ik realiseer me dat jij hier wellicht geen boodschap aan hebt. Toch hoop ik dat je mijn excuses aanvaardt en me gelooft wanneer ik je zeg dat dit nooit mijn opzet was.

Vriendelijke groeten,
Suus

Ik klap mijn laptop dicht. Wat een slappe hap. De grootste primeur die ik ooit heb gehad is voor mijn neus weggekaapt en daarna door mezelf met de mantel der liefde bedekt. Mocht ik ooit hebben getwijfeld aan mijn journalistieke kwaliteiten dan mag ik nu toch wel de conclusie trekken dat ik totaal niet geschikt ben voor hard nieuws. Ik laat me compleet ondersneeuwen door een musicalster en zijn vrouw. Als ik maandag mijn ontslag indien bij SHE is er geen groot journalist aan mij verloren gegaan. Ik had graag afscheid genomen met een knal, maar ik weet even niet hoe dat mogelijk is.

Als ik de volgende dag de redactie binnenstap voel ik me verre van euforisch. Hoewel de aanleiding voor mijn vertrek heel mooi is, voelt het door het mislukte interview met Maurice toch als falen. Alsof ik met de staart tussen de benen vertrek. Bovendien had Cordelia altijd vertrouwen in me en had ze alle begrip en geduld voor mijn verdriet om Milo's dood. Net als mijn andere collega's. Met een knoop in mijn maag loop ik naar Cordelia's kantoor.

'Kan ik je even spreken?'

Mijn chef kijkt op en glimlacht. 'Natuurlijk. Ga zitten.'

'Ik ben hier volgens mij niet zo goed in maar... ik wil je vertellen dat ik wil stoppen met mijn werkzaamheden voor SHE.'

'O? Waarom? Heb je een andere baan?'

'Ja. Maar niet in de journalistiek. Ik ga naar Costa Rica. Ik ga daar samen met een vriendin een centrum opzetten dat schildpadden helpt.'

'Schildpadden? Costa Rica?' Cordelia klapt in haar handen en lacht. 'Hoe kóm je erop!?'

'Nou, ik heb natuurlijk van Milo een stuk land in Costa Rica geërfd,' zeg ik, ietwat beledigd. 'En wanneer schildpadden hun eieren hebben gelegd gaan ze weer terug naar zee. Omdat die eieren onbeheerd achterblijven, worden ze heel vaak meegenomen, opgegeten of kapotgemaakt. Dus zo gek is het niet.'

'Suus, ik probeerde je niet op de kast te jagen. Ik vind het juist stoer dat je dit gaat doen. Mijn zegen heb je.'

'O?' Verrast kijk ik Cordelia aan. 'Dankjewel!'

'En wanneer zou je hier dan afscheid willen nemen?'

'Ik wil het liefst volgende maand vertrekken. Ik zou dan nog twee weken hier kunnen werken. Dan heb ik ook voldoende tijd om te pakken en de laatste dingen te regelen. Is dat heel lastig voor *she*?'

'Lastig wel. Onoverkomelijk niet. Dat is het risico dat je neemt met freelancers. Dan had ik je maar een vast contract moeten aanbieden,' zegt Cordelia nuchter.

'Misschien weet ik nog wel een oud-studiegenootje voor de eindredactie. En voor de interviews kun je altijd Amalie inschakelen. Die wil altijd,' grap ik.

Cordelia rolt met haar ogen. 'Met de manier waarop Amalie haar artikelen inlevert, heb ik wel twee extra eindredacteuren nodig, vrees ik.'

Ik grinnik.

Dan kijkt ze me onderzoekend aan en vraagt ernstig: 'Heeft dit vertrek misschien ook te maken met jouw interview met Maurice van Zanten?'

'Nou… Het maakte mijn keuze wel makkelijker. Hoezo?'

'Ik kreeg namelijk een telefoontje van Dunya Timon. En dat loog er niet om. Ze was boos en verweet jou met dubbele petten op te werken.'

'Ik heb een e-mail met soortgelijke strekking van Eva Landsgraaf gekregen.'

'Ik wist helemaal niet dat die scoop van jou was.'

'Dat weten wel meer mensen niet. Mijn chef Skylla streek destijds alle eer op.'

'Die durft. Ze klinkt als een onbeschofte dame. Maar wat was je idee toen je Maurice van Zanten voor *she* ging interviewen?'

'Weet ik veel. Ik had in ieder geval niet gedacht dat hij de schone schijn zou ophouden. Dat verzin je toch niet? Vorig jaar klapten drie minnaressen uit de school over hem.'

'Dus jij dacht alsnog je gram te halen?'

'Nee, dat niet. Die eer was al voor Skylla Boels. Ik vond het vooral lastig. Maar ik dacht dat hij zijn kant van het verhaal zou vertellen; waarom hij is vreemdgegaan en waarom Maureen hem vergeven heeft. Dat bleek naïef van me. Toen Maurice en Maureen over hun goede huwelijk en de leugens van de anderen praatten, heb ik echt geprobeerd daardoorheen te prikken. Maar dat lukte niet. Daar baal ik van. En Eva, Kiki en Dunya balen daar nog meer van. Ik geef ze groot gelijk.'

'Mag ik jou even zeggen dat ik je een heldin vind?'

Verbaasd kijk ik Cordelia aan.

'Dat meen ik, hoor. Jij bent een van de meest oneerzuchtige mensen die ik ken. Je had hier allang kunnen pochen dat die grote primeur eigenlijk van jou was, maar dat deed je niet. En toen je tegenover Maurice van Zanten zat, ging je niet dreigen met wat je allemaal weet, maar liet je hem in zijn waarde. Ik vind dat niet huichelachtig, maar juist knap.

'Eerlijk waar? Toch voelde het beter toen ik met de waarheid bezig was.'

'Maar iedereen heeft zijn eigen waarheid. En die van Maurice en Maureen is dat ze samen een gelukkig huwelijk hebben. Dunya en die andere minnaressen zijn boos op de verkeerde persoon. Ze moeten niet bij jou zijn, maar bij Maurice.

'Ik... ik weet even niet wat ik moet zeggen,' stamel ik. Ik ben sprakeloos en verrast door deze onverwachte lofzang.

'Dat je afscheid neemt van SHE en de journalistiek komt eerlijk gezegd niet als een heel grote verrassing. Ik zag je worstelen. En een keiharde tante ben je ook niet. Maar je bent wel integer en je kunt goed schrijven. Maar voor de slangenkuil die dit wereldje soms is ben jij niet geschikt. Toch denk ik dat je een heel goede interviewer had kunnen worden.'

'Dank je,' zeg ik.

'Ik vind het jammer, maar begrijp het helemaal. En ik wens je heel veel geluk in Costa Rica.' Cordelia staat op en schudt mijn hand.

'Dankjewel,' zeg ik ontroerd. 'Voor alles.'

31

Kalm kijk ik door mijn appartement. Op mijn enorme rugzak na is het leeg. De vrijwilligers van de kringloopwinkel hebben net de laatste dozen meegenomen. De rest is verkocht of staat opgeslagen in het huisje van mijn ouders. Over twee dagen vertrek ik met Romijn naar Punta Banco en dus zeg ik dit huisje nu vaarwel.

'Ben je er klaar voor?' vraagt Flint. Hij heeft de afgelopen dagen enorm geholpen met alles inpakken. Joy heeft op haar beurt Romijn geholpen. Ik knik.

'Kom mee dan,' zegt hij en hij slaat zijn arm om me heen. Samen lopen we naar buiten. Als ik op straat voor de laatste keer de voordeur op slot draai sta ik mezelf toe even melancholisch te worden. 'Wat ik allemaal in dit huis heb meegemaakt,' zeg ik weemoedig.

'Wat dit huisje zelf allemaal niet heeft moeten doorstaan,' merkt Flint sarcastisch op. 'Het heeft moeten toezien hoe jij je regelmatig laveloos zoop.'

'Echt niet.'

'Het heeft hulpeloos moeten toekijken hoe jij je continu liet uitwonen door weliswaar zeer aantrekkelijke mannen. Ik noem een Milo. Een Derek.'

'Pardon!?'

'En dan heb ik het nog niet eens over die maanden waarin het door Curtis werd mishandeld en jij er niet voor hem was.'

'Alsjeblieft, laten we het daar niet over hebben.'

'En je huis was er getuige van hoe je furore maakte als showbizzreporter, je daarna ontpopte als een ware it-girl en vervolgens transformeerde tot een schildpaddenfluisteraar.' Ik giechel. 'Kortom, dit huisje heeft zijn rust verdiend. Gun het hem.'

'Vooruit,' grinnik ik en ik geef met mijn hand een kus op de voordeur. Ik geef Flint een hand en samen lopen we naar zijn auto.

'Weet je zeker dat je mijn auto niet wilt hebben?' vraag ik als we wegrijden.

'Dat is lief van je, mopski. Maar ik heb dit autootje toch al? Bovendien heb je met de verkoop weer meer geld voor die schildpadden van je. Alles voor het goede doel, nietwaar?' Flint geef me een knipoog. Hij rijdt naar Doña Marguerite, een Latijns-Amerikaans restaurant waar we samen met Joy en Romijn een afscheidsetentje hebben. Als we daar binnenkomen zitten Joy en Romijn al aan tafel. We bestellen meteen de nodige cocktails en een aantal heerlijke gerechten. Als het dessert is opgediend, tikt Joy plechtig met een vorkje tegen haar glas.

'Ik wil graag zeggen dat ik jullie zal missen, meiden. En ik weet wat jullie willen zeggen, ik heb Flint nog. Dat klopt. En daar ben ik ook heel blij om. Maar het aantal goede vrienden dat ik midden in de nacht kan bellen om raad slinkt op deze manier wel drastisch.'

'Je kunt ons nog altijd midden in de nacht bellen, hoor,' zegt Romijn. Ik knik instemmend. 'Bovendien is het voor ons dan nog geen nacht, dus dat is ideaal.'

'Vooruit, dat lijstje blijft dus. Maar jullie snappen natuurlijk wel wat ik bedoel. Ondanks telefoon, Skype, Facebook en de vele bezoekjes die ik ongetwijfeld aan Punta Banco ga brengen, zal ik jullie ontzettend missen. Ik ben heel trots op jullie.'

'Op de schildpadden!' zegt Flint.

'Op Costa Rica,' antwoorden wij.

'Dan is er nog iets,' zegt Joy, terwijl ze haar laptop uit haar tas pakt. Vragend kijk ik mijn drie vrienden aan. Die glimlachen geheimzinnig. 'Je weet dat ik een enorme hekel heb aan onafgehandelde zaken. En er was nog een kwestie die absoluut moest worden afgerond voordat jullie zouden vertrekken.' Met opgetrokken wenkbrauwen staar ik Joy aan. Waar heeft ze het over? 'De kwestie Curtis,' verduidelijkt ze. O jee.

'Hebben jullie hem een lesje geleerd?' vraag ik glunderend.

'Dat kun je wel zeggen,' glimlacht Romijn veelbetekenend.

'Kijk en huiver,' zegt Flint. 'En vergeet niet te genieten.'

'Oké, kom maar op,' en ik verschuif mijn stoel een beetje zodat ik goed naar het beeldscherm kan kijken. 'Wat is dit?' zeg ik als ik videobeelden zie waarop Curtis een podium oploopt.

'Curtis had die dag een belangrijke presentatie voor de Board of Managers van UniDad,' verklaart Joy. 'En ik heb hem van tevoren nog wat pilletjes in een glas thee gegeven, zodat hij geen last zou hebben van de zenuwen.'

'Maar wel van iets anders,' grinnikt Flint vals. Mijn mond valt open.

'Hebben jullie…? Die pillen van Milo?' zeg ik zachter. Ze knikken. Dit is zo gemeen en tegelijkertijd zo briljant. Aandachtig kijk ik naar wat er gaat gebeuren.

'*Goodmorning everybody. It's good to have so many people here today. I am going to tell you something about the facts and figures of Sunday Soap. As you all know, Sunday Soap has had a restyling and a whole new campaign. I…*' Plotseling klapt Curtis dubbel.

Flint gniffelt. 'Dit is zo hilarisch.'

Curtis lijkt zich te herstellen, maar houdt zich wel stevig vast aan zijn desk. Zijn knokkels zien wit. Zijn gezicht verkrampt en ik zie hem worstelen. Twijfelen. '*Excuse me…*' Hij draait zich om en probeert zo snel mogelijk het podium af te wandelen.

'Nu wordt het pas echt briljant,' zegt Flint.

Curtis wordt tegengehouden door een man. 'Dat is zijn leidinggevende,' verduidelijkt Joy. 'Hij wilde weten wat er aan de hand was.'

Curtis probeert aan zijn greep te ontsnappen, maar de bezorgde man slaat zijn hand om zijn schouder en probeert Curtis, die nu duidelijk in paniek is, te kalmeren. Curtis schudt heftig nee. 'O… Aaaah.' Curtis knielt een beetje, pakt zijn chef stevig vast bij de armen en… poept in zijn broek.

'O. Mijn. God,' breng ik geschokt uit.

'Dat was exact de reactie van de hele zaal,' reageert Joy.

Mijn mond valt open bij het tafereel op Joys laptop. Langzaam kleurt de kakikleurige broek van Curtis aan de achterkant bruin. Het is duidelijk diarree wat er langs zijn broekspijpen naar beneden sijpelt. Geschrokken sla ik mijn hand voor de mond. 'Wat erg!' lach ik.

'En dat, dames en heren, noemen we wraak,' zegt Flint plechtig. En terwijl we kijken hoe Curtis met stijve benen probeert weg te komen, gieren we het uit van het lachen.

'Jongens, namens mezelf en mijn misbruikte huisje: heel erg bedankt.'

'We waren heel erg bang dat je zou ontdekken dat we een doosje hadden meegenomen,' verklaart Romijn.

'Joh, ik heb die doosjes amper geteld.'

'Zie je wel!' zegt Flint. 'Het was voor mij heel verleidelijk om meer doosjes mee te nemen. Zodat ik voor de rest van mijn leven altijd een wraakmiddel paraat zou hebben. Maar dat mocht niet van de dames. Ach ja... Toen realiseerde ik me: die buikloop gaat op den duur ook vervelen. En een goede wraakactie bedenken is vaak ook de helft van het plezier.'

'Dat klopt. Echt ontzettend bedankt. Deze actie is wat mij betreft nu al legendarisch. Geweldig!'

Dan zie ik ineens een bekend gezicht. Guusje. 'Nou ja, dat is ook toevallig,' zeg ik, terwijl ik opsta en naar haar toe loop. 'Ik vertrek morgen naar Punta Banco!'

'Wat grappig dat ik je dan nog zie,' lacht Guusje met haar doorrookte stem. We geven elkaar een stevige omhelzing. Maar als vervolgens mijn ouders het restaurant binnenlopen, valt het kwartje.

'Jullie hebben een surpriseparty georganiseerd!' Flint en Joy grinniken. Romijn loopt intussen af op een oude studievriendin. Ook uitgenodigd door Flint en Joy.

'Wat ontzettend lief van jullie,' roep ik uit. Daarna wandel ik naar mijn ouders toe.

'Pap, mam, zijn jullie helemaal hierheen gekomen!'

'Wat dacht jij dan, Suus, straks wonen we nog verder van elkaar,' zegt mijn moeder.

'Ik zal jullie zoveel mogelijk mailen.' En ik voel een traan opkomen.

Intussen is het restaurant volgestroomd met vrienden, bekenden en oud-collega's van mij en Romijn. De mensen van *she*, mijn zus Sophie, maar ook Willem, Mieke en Noor. Zelfs enkele cast-leden van *Donkersloot* zijn door Joy en Flint uitgenodigd. Lange tijd ben ik bezig met iedereen begroeten en spreken. Als ik na een uur Romijn tegenkom bij de wc's gloeien haar wangen van alle opwinding. Ik schiet in de lach als ik in de spiegel ontdek dat mijn wangen net zo rood zijn.

'Kun je het geloven, we gaan straks echt,' jubel ik.

'Ik heb er zo'n zin in,' brengt Romijn opgewonden uit.

'Zullen we samen gaan speechen voor de gasten?'

Romijn knikt instemmend.

'We willen even iedereen toespreken,' fluister ik tegen Flint als we weer terug in het restaurant zijn. Flint loopt meteen naar de geluidsinstallatie en laat de muziek zachter zetten.

'Lieve mensen. Mag ik even jullie aandacht? Romijn en Suus, onze hippe latinaversies van *good old* Lenie 't Hart, willen graag wat zeggen.' Iedereen juicht en Romijn en ik stappen samen naar voren. Mijn vriendin neemt als eerste het woord.

'Overmorgen beginnen Suus en ik aan een waanzinnig avon-tuur waar ik ongelooflijk veel zin in heb. Verschillende mensen hebben me de afgelopen weken en ook vanavond gevraagd wat ik nou in hemelsnaam met schildpadden moet. Om jullie eerlijk te zeggen: ik heb geen flauw idee.' Romijn lacht en de zaal lacht mee. 'Maar om op zo'n mooi stukje van de wereld te kunnen le-ven, met zo'n lieve vriendin, wiens enthousiasme overigens heel aanstekelijk is, daarvoor wil ik zelfs nog wel op een vuilnisbelt werken. Maken jullie je geen zorgen, dat gaat natuurlijk niet ge-beuren, want ik ga me vol overgave inzetten voor de zorg voor de eieren. En als dat niet lukt, beginnen we gewoon een bar, toch Suus?' Romijn knipoogt naar me en we lachen hard. Dan geeft ze een knikje en is het mijn beurt.

'Bijna een jaar geleden stapte ik met Milo in het vliegtuig naar Punta Banco. Ik werd verliefd op die plek, dat kleine stukje para-dijs. Net zoals ik destijds verliefd werd op Milo. Iedereen hier weet dat we veel te vroeg afscheid hebben moeten nemen. Dat was zwaar, nog steeds. Ik zal hem altijd blijven missen. Maar ik ben blij dat ik kan zeggen dat zijn dood ook iets positiefs heeft voortgebracht. Want als Milo niet was overleden had ik nooit met Romijn het plan opgevat om samen van zijn stukje land iets moois te maken. Iets mooiers, moet ik zeggen, want het is al iets prachtigs. Ik zal jullie allemaal ontzettend missen. En ik hoop dat iedereen een keer een bezoekje brengt aan Romijn en mij, en aan onze schildpadden. Op Milo's Turtle Farm!' zeg ik, en ik hef mijn glas. De rest van de aanwezigen volgt opgetogen mijn voorbeeld. Dan zie ik Derek in de zaal staan. Hij staat achteraan, bij de bar, en houdt ook zijn glas omhoog. Ik knik naar hem en neem een slok. 'Ik moet even iemand gedag zeggen,' fluister ik tegen Romijn. Zo vlug mogelijk wurm ik me door de mensen heen, richting de bar.

'Derek. Wat een verrassing,' zeg ik als ik zijn rug zie. Derek draait zich om en kijkt me vrolijk aan. Dan betrekt zijn gezicht. Het is duidelijk dat hij zich niet goed een houding weet te geven.

'Een verrassing? En Joy bleef juist maar zeggen dat jij erop stond dat ik ook even langskwam. Maar... ik zie aan je gezicht dat dat dus helemaal niet waar is...' Terwijl Dereks stem langzaam afzwakt, staar ik hem zwijgend aan.

'Het was een surpriseparty,' verduidelijk ik hem.

'Aha, dat was mij dus niet verteld. Oké, dit is echt ongemakkelijk.' Derek kijkt om zich heen, pakt me vervolgens bij de arm en zeult me mee door de gang, richting het voorraadhok. Daar, tussen de kratten Corona en de flessen rum, gaat hij tegenover me staan. Hij slikt even, ademt uit en begint dan eindelijk te praten. 'Ik weet dat het laat is en ik hoop met heel mijn hart dat het niet té laat is. Ik wil graag mijn excuses aanbieden voor mijn gedrag onlangs.'

'Joh,' wimpel ik Derek zo achteloos mogelijk af, 'je was dronken en wist gewoon niet wat je deed.'

'Dronken? Hoe kom je daarbij? Ik had hooguit last van een jetlag, maar ik was echt niet dronken.'

'Jetlag? Waarvoor bied je nu precies je verontschuldigingen aan?'

Derek begint nerveus te lachen. 'Suus, je maakt het me niet echt gemakkelijk, hè? Ik bied mijn excuses aan voor die stewardess die laatst bij mij was. Het spijt me heel erg.'

'O, dat...'

'Jij dacht dat ik mijn excuses wilde aanbieden voor deze zoen?'
Ik zwijg ongemakkelijk. Dereks diepbruine ogen priemen in de mijne.

Zachtjes praat hij verder: 'Eerlijk gezegd heb ik daar helemaal geen spijt van. Integendeel zelfs. Ik vond het de beste kus ooit. En ik kreeg de indruk dat jij die mening misschien deelde?'

'Misschien wel,' zeg ik zachtjes en ik kijk hem recht in zijn gezicht. 'Totdat ik ontdekte dat je met een stewardess had liggen rommelen.'

Derek laat zijn schouders zakken. 'Wat ben ik toch een eikel. Je hebt helemaal gelijk. En het spijt me zo erg. Ik dacht dat ik jou op die manier wel uit mijn hoofd zou kunnen zetten. Heel dom natuurlijk. En het tegendeel bleek waar. Ik kan jou helemaal niet uit mijn kop krijgen, Suus. En eigenlijk wil ik dat ook helemaal niet.'

Omdat ik blijf zwijgen, gaat Derek verder met zijn betoog. 'Ik weet dat ik een reputatie heb, maar je moet me geloven: ik ben nog nooit zo gek op iemand geweest als op jou. Het is zo geleidelijk gegaan dat ik niet eens weet hoelang al. En toen ik die avond wat had gedronken, had ik eindelijk de ballen om je te zoenen. Dat had ik beter kunnen aanpakken, ik geef het toe. Maar je moet weten dat ik alleen maar jou wil, Suus. En ik zou heel graag willen dat je me een kans gaf. Ons een kans gaf. En wil je nu alsjeblieft iets zeggen, want normaal klets jij me de oren van mijn kop en ik word helemaal nerveus van jouw zwijgen.'

Ongelovig kijk ik Derek aan.

'Ja, echt,' zegt hij, enigszins beschaamd. Ik doe een stap naar voren, zodat ik heel dicht bij hem kom te staan, pak hem bij zijn colbertje, dat eeuwige colbertje van hem, trek hem tegen me aan en kus hem op de mond. Als onze lippen elkaar raken, voel ik dat Derek een beetje schrikt. Maar al snel opent hij voorzichtig zijn mond en voel ik zijn tong zachtjes tegen de mijne. Derek slaat zijn arm om me heen en trekt me stevig tegen zich aan. Ik sla mijn arm om zijn nek en laat een klein zuchtje ontsnappen. Deze kus is nog veel beter dan de vorige.

'Dit is niet zo handig,' lach ik uiteindelijk en ik strijk met mijn hand zachtjes over Dereks wang.

'Wat bedoel je? Een liefde op afstand of Milo die ons van boven-af boos in de gaten houdt?'

'Dat laatste geloof ik niet, jij wel? Ik denk dat hij blij zou zijn voor ons. Ken je Milo's oom Sven?'

'De oom die is overleden aan een hersentumor?'

'Ja. Hij had Milo gezegd om te genieten van het leven. Om er elke dag wat van te maken. Zijn tante kreeg ook snel weer een nieuwe relatie.'

'Dus jij denkt dat Milo het goedvindt?'

'Waarom zou dit slecht zijn?' fluister ik in zijn oor en ik bijt zachtjes in zijn oorlel. Derek zucht.

'Je doelde dus op het feit dat jij vanaf overmorgen duizenden kilometers verderop woont? Dat is inderdaad niet zo handig. Maar mag ik je eraan herinneren dat ik een frequent flyer-pas heb? En bovendien daar je buurman bent? Ik kom dus regelmatig een kopje suiker van je lenen.'

32

Een jaar later

'En wat is hierop uw antwoord?'

'Ja, ik wil.'

'Dan verklaar ik u hierbij man en vrouw. U mag elkaar kussen.'

Alle aanwezigen op het strand van Punta Banco klappen en jui-
chen. Ook Derek en ik. Trots kijk ik hem aan, terwijl hij me een
vette knipoog geeft. Hij pakt mijn hand en knijpt er voorzichtig in.
Joy en Ole draaien zich om naar hun gasten en zoenen elkaar nog
eens. Ze ziet er prachtig uit in haar lange, strapless jurk. Dan steekt
Joy blij haar arm in de lucht. Haar bruidsboeket zwiept mee.

'Voorzichtig, schat,' grapt Flint. 'Dat boeket gooi je pas aan het
einde van het feest.'

Tevreden kijk ik om me heen. Naar de gasten die op houten
stoeltjes op het strand bij elkaar zitten, naar het trouwaltaar onder de palmbomen, naar het schitterende bruidspaar. Ik ben er zo
trots op dat Ole en Joy hebben besloten om in Punta Banco te
trouwen. Toen ze hier tien maanden geleden op bezoek waren,
waren ze allebei direct onder de indruk van de omgeving. En Joy
wist meteen dat ze hier, met haar blote voeten in het zand, wilde
trouwen. De laatste maanden hebben we ons flink ingespannen
om er een geweldig feest van te maken. En dat is gelukt. Antonio
en Pilar verzorgen de catering, en veel gasten slapen in hun hostel.
Op het strand, pal voor ons huis, hebben we een houten dansvloer
gebouwd, er staat een bar en een dj-booth. Verderop staan lange
houten tafels met banken waaraan straks gegeten kan worden.
Overal hangen kleurige lampionnen en feestelijke slingers met de
initialen van het bruidspaar. Wat het vooral speciaal maakt, is dat,

ondanks de afstand, iedereen er is: Joys ouders, haar zus Jazz, ooms, tantes, alle jaargenoten van Ole, overige goede vrienden. En Flint natuurlijk. Mét zijn vriend: Robin. Ze staan al bij Joy en Ole om ze te feliciteren.

'Het was echt een prachtige ceremonie. Ik krijg bijna zin om me in een trouwjurk te hijsen en "I do" te zeggen,' verzucht Flint tegen Joy. We lachen.

'Lieverd, hartelijk gefeliciteerd,' zeg ik als het mijn beurt is. Ik sla mijn armen om Joy heen en kus haar daarna op de wangen.

'En jij bedankt voor deze fantastische locatie. Iedereen is razend enthousiast.'

'Graag gedaan, ik vind het een eer dat je hier je bruiloft wilde vieren.'

'Misschien kun je dit vaker doen,' zegt Ole. 'Ik kan je zo drie stellen aanwijzen die hier dolgraag hun trouwfeest willen houden. Als je die schildpadjes zat bent?'

'Schildpadjes zat?' roept Flint quasi-verontwaardigd. 'Suus is dé schildpaddenfluisteraar van Costa Rica! Die laat haar slome vriendjes niet in de steek. Nooit!'

'Voorlopig gaat het prima met Milo's Turtle Farm. Maar we hebben enorm veel plezier beleefd aan het organiseren van deze bruiloft.' Ik wend me tot Romijn: 'Misschien kunnen we twee of drie bruiloften per jaar doen, dat zou een mooie afwisseling zijn, toch Romijn?'

Romijn knikt: 'Zeker als het broedseizoen voorbij is.'

'Precies. Dus kom maar door met je businessplan, O.'

'Ho ho, we gaan geen zakendoen, hè? We zijn nog gewoon aan het feestvieren? Je lijkt je vriend wel,' zegt Joy.

'Sorry?' lacht Derek. Hij slaat zijn arm om mijn middel en kust me in mijn nek. 'Als ik hier ben denk ik juist nooit aan werk of zakendoen.'

'Lieve mensen, het bruidspaar gaat de taart aansnijden,' roept Jazz. Iedereen kijkt toe hoe Joy en haar kersverse echtgenoot een stuk uit de enorme taart snijden en elkaar lachend een hapje geven.

Ik klap en lach. De dag is tot nu toe een succes. Als ik om me heen kijk, word ik helemaal warm vanbinnen. Ik ben gelukkig hier. Romijn en ik hebben in een jaar tijd een goedlopend centrum opgezet waarmee we ervoor zorgen dat de schildpaddeneieren nu veilig kunnen worden uitgebroed. Vrijwilligers uit de hele wereld komen hiernaartoe omdat de sfeer zo goed is. En vooruit, ook vanwege het mooie weer en de goede surfplekken. Het is leuk, gezellig, en Romijn en ik krijgen veel energie van het werk. Even later komt Romijn naast me zitten met een groot stuk bruidstaart.

'Hij is heerlijk,' zegt ze vrolijk.

'Ik ben zo blij dat ik hier nu samen met jou woon,' zeg ik ontroerd. Ik voel de tranen opwellen.

'Wat is dit nou? Word je sentimenteel?' lacht ze, en ze neemt nog een hap. Ik haal mijn schouders op.

'Nou ja, het is toch hartstikke bijzonder dat we hier nu leven en dat we dit alles met ons tweetjes hebben opgezet?'

'Je hebt helemaal gelijk, Suus.' Romijn lacht zo goed als mogelijk is met een mond vol taart. Flint en Joy komen bij ons zitten.

'Heerlijk, net als vroeger, tussen mijn drie liefste katten,' zegt Flint.

'Katten?' veert Joy op. 'Je wordt bedankt. Je bent zelf altijd de meeste valse van ons geweest.'

'Dat lijkt maar zo.'

'Natuurlijk,' lach ik.

'Mag ik even zeggen dat ik enorm trots op jullie ben?' zegt Flint dan.

'Jezus, zit er iets in de wijn of zo? Suus deed net ook al zo sentimenteel.'

'Sinds wanneer heb jij moeite met soft gedoe?' sneert Flint terug. 'Bovendien, laat ons toch. Het komt door deze hele bruiloft, daar wordt een mens week van, nietwaar, Suus?'

'Absoluut,' glimlach ik.

'Maar zonder gekheid, ik ben echt trots op ons. Kijk ons hier nu zitten: Joy, die getrouwd is en waarschijnlijk snel een liefdesbaby zal baren. Romijn en Suus, die samen als twee tropische Lenies 't Hart strijden voor de schildpadden. Suus, die de grootste en misschien ook wel de lekkerste playboy van Nederland heeft getemd. En ik... ik heb volgens mij ook eindelijk mijn droomvent gevonden.'

'De wonderen zijn inderdaad de wereld nog niet uit,' merkt Romijn sarcastisch op.

'Tuttut, dametje. Niet zo zuur. Jouw tijd komt ook heus nog wel. Ik zag achter de bar nog een leuk exemplaar staan. Echt iets voor jou. En hij zit de hele dag al naar je te staren.'

'Je bedoelt Mike? Die is volgens mij al heel lang gek op Romijn. Hij durft er alleen niks mee te doen.'

'Wie, Mike?' reageert Romijn verbaasd. 'Sinds wanneer dan? Daar heb ik nooit iets van gemerkt. En dat heb je me nooit verteld!'

'Tijd om in actie te komen dan. Als je wilt natuurlijk,' zeg ik veelbetekenend.

Romijn zegt niets. Maar ze kijkt richting de bar, waar Mike druk is met glazen spoelen.

'Mag ik Suus even van jullie lenen,' vraagt Derek wanneer hij voor ons staat.

Ik kijk naar hem op. Zijn maatpak waarin je hem in Nederland kunt uittekenen, verruilt hij hier steevast voor een meer relaxte outfit: korte broek, shirt en slippers. Maar voor de bruiloft draagt hij een lange lichte broek, shirt en een jasje. En teenslippers. Hij ziet er geweldig uit. Derek steekt zijn hand uit. Ik leg mijn hand in de zijne en hij trekt me omhoog. We lopen naar de dansvloer, waar net een rustig nummer speelt. Ik leg mijn handen in zijn nek, hij laat de zijne rusten op mijn heupen.

'Je ziet er prachtig uit,' zegt hij terwijl hij me vol bewondering aankijkt.

Ik geef hem een kus. 'Je bent lief. En ik hou van je.'

'Ik hou ook van jou, Suzanne Frans. Voor altijd, dat weet je toch?'

'Dat weet ik. *Para siempre.*'

'Para siempre.'

'Het spijt me dat ik jullie tortelduifjes moet storen,' zegt Flint. 'Maar Joy gaat haar boeket gooien. En dat wil je niet missen, toch?' En hij knipoogt naar Derek. We kijken elkaar aan en moeten grinniken.

Dan zegt Derek lachend: 'Je weet wat de consequenties zijn als je het boeket vangt?'

Ik kijk Flint aan: 'Ik doe alleen mee als jij ook meegaat.'

'Oké, vooruit dan. Kom mee, mopski.' Ik geef Derek nog een kus en laat me door Flint meesleuren.

'Goed, dames. En heer,' grapt Joy. 'Opgelet allemaal. Ik tel tot drie en dan gooi ik hem. Eén...' Romijn, Flint en ik stootten elkaar grinnikend aan. 'Twee...' Flint stroopt zijn mouwen op en Romijn spuugt zogenaamd in haar handen. Ik zwaai nog een keer naar Derek.

'Drie!' Joys bruidsboeket vliegt met een boogje door de lucht.

'Ik heb hem! Ik heb hem!' Joy, Romijn en ik kijken verbaasd toe hoe Flint dolblij met het boeket in zijn handen naar Robin rent. Ik had het kunnen weten.

'Volgend jaar weer een bruiloftje organiseren?' vraagt Joy.

'Dat zit er dik in,' zeg ik. En we beginnen hard te lachen.

WOORD VAN DANK

Graag wil ik de volgende mensen bedanken: de mensen van The House of Books die het mogelijk maakten opnieuw een droom te verwezenlijken. En dan in het bijzonder Heleen Buth, Joeska de Wijs en ochtend- en avondmensch Wilbert Surewaard.

My dear Danny Post, die de eerste aanzet gaf voor dit boek. Plus duizendmaal dank voor de inspiratie en het (mee)bedenken van de beste namen.

Claudie Post voor het meelezen en haar opmerkingen.

Charlotte Kreukniet voor het dankbaar gebruiken van haar waargebeurde vlooienverhaal.

Griëtte Vrieling voor de medische termen en adviezen.

Eelco, Zilver en Storm: de drie belangrijkste personen in mijn leven.